知られざる

台湾語文学の足跡

廖瑞銘

酒井亨 訳

国書刊行会

日本語版に寄せて

国立台湾文学館館長　蘇碩斌

台湾は自由で民主的な文化的環境を有し、多様な民族の人々が住むところである。現在の台湾文学もまた、様々な母語による創作をする権利が守られている。母語は最も自然な言語であり、母語で話すこと、母語で創作することは、生活の中に息づく美学を表現するものでなければならない。しかしながら、台湾における母語創作は紆余曲折の道のりを経ることとなった。本書『知られざる台湾語文学の足跡』は、まさにこの艱難辛苦のプロセスを描いたものである。

近代史の度重なる統治者交代により、台湾社会には多くのエスニシティが併存することとなった。そこでは自分にとっては親しみのある、しかし他者にとっては身近ではない母語をそれぞれが話し、各々の生活圏と交わっていた。しかし文学の世界では多文化であることが光をもたらすことは決してなかったのである。一九四五年の終戦前までは、日本による殖民[*1]地統治により母語文学が抑圧された。その後、終戦と共に中華民国による統治へと転換したものの、中央政府の単一国語政策により、多くの文学創作者たちは再び「言葉を失った世代」へと追いやられた。

そしてようやく一九八〇年代後期の戒厳令解除になって、台湾の人々は政治的民主、思想解放を勝ち取ることができた。こうして多くの母語使用の取り締まりが緩和され、母語による文学創作の活力が湧き上がったのである。

著者の廖瑞銘教授は台湾の「母語復興運動」の先駆者で、生涯にわたり台湾文学のために力を尽くされた。廖教授が二〇一三年に本書を執筆された時には、台湾の母語文学はすでに成果がみられるようになった。廖教授は四年前（二〇一六年）に亡くなられたが、「国家言語発展法」が制定されたことで、あらゆる人々の母語が保障され、自然な言葉での創作が奨励されるようになったことを、きっと喜んでいることと思う。

この台湾の三〇年に及ぶ「母語復活」の時代の精神を記した本選書を、私たちは世界に紹介したいと思っている。本書を通して日本の読者の皆さんに台湾の多元文化と多様な文学について、より深く理解していただければ幸いである。

台湾文学は中国文学にあらず

国立成功大学台湾文学学科教授　蔣為文

日本文学とは何か。日本の読者諸君にとっては、この問いは自明なことに違いない。しかし、翻って台湾文学とは何か。この問いには、日本の読者のみならず、多くの台湾人さえ答えられないだろう。甚だしくは、現代の多くの人が中国文学を台湾文学と、あるいは台湾文学を中国文学の支流と誤認しているほどである。なぜこのような不条理な現象が起こってしまったのだろうか。まさに本書がこの問いを解き明かし、なおかつ真の台湾文学、すなわち台語による創作文学作品とは何かをわれわれ読者に教えてくれるのである。

多くの日本人は台湾人の母語は中国語だと思っているが、実は台湾人の九割が中国語と全く異なる台湾本土[*2]の言語を使用しており、蔣介石と共に渡ってきた中国軍民（台湾の人口の約一割）が、アクセントの異なる中国語を使用しているに過ぎない。台湾本土の言語は主に三種類に分けられ、そのうちの約七六％が台語族、一二％が客家《ハッカ》語族、そして二％が南島族である。一九四五年以降、蔣介石政権が台湾に移った後、中国語政策により中国語だけが尊重され、その結果、台湾人がもともと使っている言語が抑圧されたのである。なぜ台湾人は中国語を学ぶことを強いられたのだろうか。これにはまず第二次世界大戦後まで遡らなければならない。

一九四五年八月一五日、日本の昭和天皇が正式に降伏を宣言するまで、台湾は日本の属地であった。同年九月二日、連合軍マッカーサー元帥の第一号命令により、中国（満州を除く）、台湾、および北緯一六度以北のベトナムは、蔣介石が日本軍の投降を受けることになった。インドネシアおよび北緯一六度以南のベトナムは、イギリス軍とオーストラリア軍により調停処理されることになった。これを考えると、蔣介石は日本軍の投降を処理した後、すみやかに台湾を撤退するべきであったことになる。そして韓国や琉球諸島のように、台湾はある一定の期間、米軍政府の委任統治を受けた後、そこに住む台湾人の投票により台湾の未来が決められるべきであった。だが残念なことに、蔣介石政権は中国内戦で中国共産党に敗れた後も台湾を占領し続け、台湾を中国の一部と公言してきたのである。

その後、朝鮮戦争やベトナム戦争が相次いで起こり、米国は蔣介石による中国共産党への敵対姿勢を利用し、台湾の地位を意図的に曖昧にし、蔣介石の国民党亡命政権を暫定的に台湾に駐留することを認めた。この一時しのぎの機会を得た国民党政権は、台湾人に感謝するどころか、むしろ三八年間（一九四九－八七年）の長きにわたる戒厳令を施行し、独裁支配を続けたのである。

国民党政権が台湾を占領している間、経済搾取、政治抑圧、文化軽視政策をほしいままにした。台湾民衆の生活は困窮し、極度の不満を引き起こした。一九四七年二月二八日、民衆たちは台湾行政長官公署前広場に集まり請願を行った。しかし、公署衛兵による機銃掃射を受けることになり、これをきっかけに台湾全土で起義抗争が勃発した。蔣介石はさらに中国から数万の軍隊を台湾へ派遣、武力をもって民衆を鎮圧し、わずか三ヶ月間に約三万人の台湾人の命が失われた。これが台湾現代史でいう「二二八大虐殺」[*3]である。

また蔣介石政権は教育やマスコミを通して、長期間にわたり台湾人に対し中国化の洗脳活動を行った。台湾人の教育権を剝奪し、台湾人が自分たちの言語や文学、歴史、文化などを学習することを禁じた。それは、元来台湾語を母語として使用していた台湾人に、中国北京語を学習するように強いるものだった。多くの若い世代の台湾人はすでに台湾語の能力を失っている。さらに蔣介石政権は中国北京語による創作活動を支援し、台湾は中国の一省の「反共文学」作家であると主張した。台湾語創作や台湾人の観点を有する真の文学活動は厳重に禁止され、周辺化された。その結果、台湾人の気持ちを反映する真の文学は抑圧され、蔣介石亡命政権に連なる難民文学が台湾文学の代表作品であるかのように捏造されることとなった。

実際は、中国語が蔣介石によって台湾に持ち込まれる以前に、台湾人はすでに台湾語で創作を行っていた。台湾語による創作文学は二種類に分けられる。一つは漢字表記による伝統的な漢文であり、一つは白話字（Pe̍h-ōe-jī、台語ローマ字）表記による現代白話文学である。台湾近代白話文学の発展は一八八五年のバークレー（巴克礼、Rev. Thomas Barclay、一八四九－一九三五年）牧師が台南で発行した白話字新聞『台湾府城教会報（Tâi-oân-hú-siâⁿ Kàu-hōe-pò）』にその基礎が作られたのだ！　たとえば、一八八六年一月『台湾府城教会報』第七号に「Ji̍t-pún ê koài-sū（日本の怪事）」という小説がある。内容は欲深い旅館の主人が客人に化けた狐に金をだまし取られるというものである。この小説は中国五四運動の指導者、魯迅の白話小説『狂人日記』（一九一八年）や胡適の「文学改良芻議」（一九一七年）より三〇年以上早いのである！

台湾文学に不幸な過去があるのは確かだが、徐々に台湾人が目覚め、このような呪いは次第に薄れてきている。たとえば二〇〇九年、台語創作を主張する台湾作家たちが国立台湾文学館において「台文筆会（Tâi-bûn Pit-hōe, Taiwanese Pen、台湾語ペンクラブ）」を創立した。このことは、新しい時代の台湾人の覚醒が太平洋の満潮の如く高まっていることを表している。

本書は、多くの方たちや団体の協力のおかげで無事に日本語版の出版を迎えることができた。まず、本書の翻訳および出版助成をいただいた国立台湾文学館に感謝の意を表したい。また、陳麗君准教授、潘秀蓮さん、林玟錚さん、伊藤佳代博士などのチームスタッフ、とりわけ今回、本書翻訳を担当してくださった酒井亨准教授に感謝の意を表したい。そして、国書刊行会および本書を手に取って下さった読者の皆さんにも感謝申し上げたい。皆さんのおかげでさらに多くの人たちに台湾文学の境遇について知ってもらうことができた。この本を通じて、日本と台湾の間でさらなる文化交流や友好交流の輪が広がることを期待してやまない。

知られざる台湾語文学の足跡◉目次

知られざる台湾語文学の足跡

本書は、台湾住民の最大多数の母語で、一般的に日本では「台湾語」と呼ばれてきた言語による文学の通史である。

台湾では「台語」と呼ばれることが多いので、この翻訳でも「台語」を採用した。それは本書の原著が、多言語社会台湾に存在してきたすべての言語に目配りしているからである。その場合、「台湾語」というと、「台湾にあるすべての言語」の意味も含むためである。また、登場する雑誌や団体などの固有名詞には「台語」と冠したものも多く、固有名詞が「台語」なのに、説明は「台湾語」では混乱すると判断した。

本書に登場する用語として、似ているがニュアンスが違う用語がいくつかあるので、ここで説明しておきたい。それは、台語文、台湾話文、台湾語文、母語文である。

台語文　これは本書の主軸である台湾住民最大話者を抱える「台語」による文章語を指す。

台湾話文　これは、一九三〇年代を中心とした戦前における台語文の呼称である。なぜ台湾「話」文と呼ぶかというと、台湾人の話しことば（話）に即した「言文一致」の文章語を目指すという含意があるからである。ただしこれは最近のものについては用いず、主に一九三〇年代の「台湾話文論争」のころの台語文について使う。

台湾語文　これには二通りの使い方がある。一つは「台湾語・文」のことで、台語をはじめとした台湾土着の言語による文章語という意味である。もう一つは「台湾・語文」であり、台湾土着の言語による文章語による文化や空間に注目したものである。

母語文　台湾にある多くの母語による文章語を包摂した言い方である。たとえば、台語を母語とする人にとっては「台語文」、客家語あるいは原住民のある言語を母語とする人にとっては「客家語文」ないしは「原住民語文」ということになる。

（訳者）

【凡例】〔　〕は訳註で、長いものはアスタリスク（［＊］）を付し巻末にまとめた。原註は算用数字で番号を付した。

第一章　はじめに

台湾は西太平洋にある美しい海の島である。異なる族群[*4]が異なる時代に異なる場所から、移民としてここにやって来て開墾した。そして、異なる外来政権による殖民地支配を経て独特の歴史を描いてきた。島の様々な族群の母語が長年にわたる政治権力の転換の中でオーバーラップし、新旧混交が行われ、多言語による多文化の様相を呈するようになった。

言語は文化生態の遺伝子である。多言語は文化的生命力をもたらす好条件である。しかし台湾は先天的な優勢条件を有していながら、重層的な殖民関係によって、台湾本土の各族群の母語は少しずつ外来の強い言語にとって代わるか消滅の危機に瀕している。これまでの殖民地支配体制によって各族群の母語は基本的な「話す」「聞く」の権利すら奪われてきた。ましてや書記系統の発展や書面語文学の創作の機会については言うに及ばない。このため、母語文学について語ろうとするならば、台湾各族群の母語の生態、運命、母語書記系統の発展について語らなければならないだろう。

一　母語の文化的意義

母語とは文字通り、一人の人間が生まれ母親から学んだ言語のことを指し、英語ではmother tongueと呼ぶ。それは人類にとっての「第一言語」であり、社会言語学の角度からみて母語は、「個人的母語（personal mother tongue）」と「族群母語（ethnic language、あるいは「民族母語」national language）」に細分化されるであろう。正常な状況においては、「第一言語」は個人的母語であるだけでなく、族群母語でもあるはずだ。[1] 族群母語とは、その族群にとって最も基本的な表象である。「言語はある族群文化の根である」と指摘する人もいるように、族群母語が消滅あるいは死亡することは、族群文化の絶滅宣告に等しい、といえるだろう。

文化とはその族群の生活様式の総体的な表現である。生活のあらゆる事、物、感情の細部において、有形・無形を問わず、あるいは抽象・具体を問わず、すべて母語によって命名、表現、記録、叙述されるものである。そのため、生活の隅々について自らの母語で表現し、記録ができなくなった時には、他の言語に頼らざるを得なくなる。それはその族群の文化的特徴が他の言語文化によって取って代わられることを意味する。いわゆる「同化」である。台湾の歴史上かつて存在していた平埔《へいほ》族[*5]が消失したのは、その具体例である。これはまた、なぜある族群が自らの文化を復興しようとするとき、まずは母語から始め、救い出したのちに、その文化復興に希望が持てるとされるかの理由でもある。

生態学では、生物界の遺伝子が多様であればあるほどその生態系は豊かになり、生命力も強まると考えられている。つまり最も多様な生態系こそが最も強い生態系であり、持続的な発展の条件ということだ。同じことは文化についてもいえ、言語は文化の遺伝子であり、言語の多様性は、その世界の文化的な多様性、すなわち豊かさにつながるのである。最も多様な言語生態系は最も強い文化生態系となり、破壊されにくくなる。もし破壊されたとしても、修復は比較的容易である。こうした考え方に基づいて、国際連合教育科学文化機関（ＵＮＥＳＣＯ）は言語問題を重視してきた。

一九九六年にスペインのバルセロナで発表された「世界言語権宣言（Universal Declaration of Linguistic Rights）」では、すべての言語は公用語になりうると強調されている。また一九九九年には、二〇〇〇年から毎年二月二一日を「世界母語デー（International Mother Language Day、ＩＭＬＤ）」に制定することが決められた。言語は人類の文化遺産にとって不可欠の要素であり、人類の創造力および文明の多様性を維持するための基本的な前提であると指摘されている。そのうえで、世界各国が母語の流失、死亡の問題を真摯かつ厳粛に受け止め、母語の研究・保存・発展に積極的に取り組むよう訴えている。

こうした考え方は、全世界の文化人類学者のコンセンサスになっている。つまりあらゆる言語は人類共通の文化遺産だということである。人類にとって文化的多様性は、生物的多様性が生態的な平衡につながるのと同様に、必須かつ不可欠のものであり、そのため今日、世界各地において（言語多様性確保のための）積極的な行動が展開されているのである。とくに先進国においては、言語保護機関が設置され、各種言語の研究・保存・発展に対して積極的に予算がつけられ、奨励・執行されている。つまり母語を重視する行動こそが、現代の文明国家の文化レベルを示す基本的な指標になっているのである。

二　台湾各族群母語の生態と命運

台湾は様々な族群が各地から渡ってきて開墾し、繁栄させてきた美麗島である。もともと非常に豊かな母語遺伝子の宝庫であり、典型的な多文化のショーウィンドウであった。だが惜しむらくは一五世紀末に新航路が開通して以来、東アジアの海洋における特殊かつ卓越した地理的な位置が災いして、様々な海賊商業集団――まず最初に欧州からはるばるやってきたオランダとスペイン、さらに東アジアの中国と日本――がやってきては草刈り場となってきた。そうして何百年にもわたる殖民地支配を受ける運命に陥った。そうした殖民地支配の通例として、まず殖民地の土着言語が狙い撃ちにされ、支配者が交代するたびに台湾に住む人たちは「国語」を変えさせられた。こうして台湾土着の族群の「母語」は滅ぼされようとしてきた。そしてようやく一九八〇年代になって「母語復興運動」が起こったのである。

理論的には、族群ごとに同数あるいはそれ以上の異なる言語があるはずである。たとえば、中国には五五の少数民族が八〇あまりの言語を使用しているとされる。[2]ではいったい、台湾という土地にはいくつの言語が存在するのか？

台湾島にいる原住民族（先住民族）は、大きくは高山族と平埔《へいほ》族に分けられる。そして高山族はさらに、タイヤル族（泰雅族、Atayal）、サイシャット族（賽夏族、Saysiat）、プユマ族（卑南族、Puyuma）、アミス族（またはパンツァハ族。阿美族、Pangcah, Amis）、パイワン族（排湾族、Paiwan）、ブヌン族（布農族、Bunun）、ツォウ族（鄒族、Tsou）、ルカイ族（魯凱族、Rukai）、タオ族（達悟族、Tao, Yami）、タロコ族（太魯閣族、Taroko, Taruku）、サキザヤ族（撒奇莱雅族、Sakiraya）、セデック族（賽徳克族、Seediq）などである。

また、平埔族の方は、大部分が平地ないしは低い山地に住んでおり、ケタガラン族（凱達格蘭族、Ketagalan）、カヴァラン族（噶瑪蘭族、Kavalan）、タオカス族（道卡斯族、Taokas）、パゼッヘ族（巴宰族、Pazeh）、パポラ族（巴布拉族、Papora, Papura）、バブザ族（貓霧捒族、Babuza）、バサイ族（馬賽族、Basay）、サオ族（邵族、Ita, Thao）、クーロン族（亀崙族、Kulon）、ホアニャ族（洪雅族、Hoanya）、シラヤ族（西拉雅族、Siraya）、マカタオ族（馬卡道族、Makattao）、カウカウ族（猴猴族、Qauqaut）、タイヴォアン族（大武壟族、Taivoan）などである。

これら原住民族の各族群は、それぞれの母語を持っていた。現在の学者が言語学的に系統を調査した結果、これら高山族および平埔族は、太平洋の各島民族と同じくオーストロネシア語族に属しているという。のみならず、台湾は大洋洲にある各オーストロネシア語族の発祥の地でもあると推測されている。つまり、西はマダガスカル島から東はイースター島にいたるオーストロネシア語族の言語は、すべて台湾から船出した祖先によって拡散されたものだということだ。[3] 中でも高山族各族群は山地や渓谷あるいは離島に住んでいるため、ほとんどの族群はその本来の言語と伝統的部族文化を保存している。しかし、平埔族各族は外来移住者（とくにいわゆる漢人）に常に侵略された結果、文化的に同化してしまい、平埔族本来の言語と文化を徐々に失っていった。絶滅したものもあるのである。

一方、この島の原住民族以外の者たちは、一二世紀あるいはそれ以前より今でいう中国の東南沿岸の福建・広東地域の住民で、陸続として海を渡って台湾にやってきた。そのうち閩南《ビンナン》（福建南部）泉州、漳州などの住民が最も多く、彼らは「ホーロー（福佬、Hō-ló）語」と呼ばれる言語を話し、「閩南人」と呼ばれた。また広東東部一帯から台湾にやってきた住民は客家《ハッカ》話を話し、一般的に客家（Hak-ka）人と呼ばれる。

また第二次大戦後、中国から国民党政府とともに台湾接収工作のためやってきた官吏や軍人たち、および一九五〇年代に中国共産党政権から避難して国民党とともに「撤退」して台湾にやってきた中国人もまた、台湾におけるある大きな族群である。この族群は中国各省の住民からなり、本来は各省「方言」が母語のはずであるが、彼ら自身の習慣では「国語」[*6]を話す人たちである。そして彼らは元からいた台湾人が使っている言葉を「方言」[*7]と呼んだ。

実際には戦前から台湾への移民の最大多数は泉州、漳州の両地域からであり、自分たちの母語を「台湾話《タイワンウェー》（Tâi-oân-oē）」と呼んでいた。客家人はそれを「ホーロー語」[*8]と呼んだ。日本人はホーロー語が台湾において話者人数が最多であることから、「台湾語《たいわんご》」と呼びならわし、客家語および原住民各族群の母語などとは区別した。日本人が台湾を占領してからは、支配の必要性から、警察官が台語の会話ができるように訓練し、そのための教材および辞書『台日大辞典』を編纂した。こうして

「台湾語」ないし「台語」という名称が広く受け入れられるようになり、他の族群の母語と混同されなくなった。

　戦後、国民党政権が台湾にやってきてからは「国語政策」が実施された。[*9] いわゆる「北京語（華語）」を「国語」とし、台語などを「方言」と見なした。また当時通用していた「台語」という名称を「閩南語」に改変した。[*10] それは「台湾」という記号を回避するためであり、また「台湾は中国の一部」とする（国民党政権の公式イデオロギーの）文化的根拠とするためであった。

　ところが、一九八〇年代に母語復興運動が起こり、台湾人が「台湾話」を話す権利を主張し始めた際、「台語」という名称が多くの論争を呼び起こすことになった。たとえば、原住民族は自らこそが本当の台湾人であり、自分たちの言葉こそが、「台湾話」「台語」である、と主張したのである。また客家人は「台湾話」というが、「ホーロー（福佬）話」といい、それは「台語」の一種にすぎず、ホーロー人を「大福佬沙文主義（ホーローによる覇権主義）」により、「台語」の名前を独占しようとするものだと責め立てた。一方で中には、「台語」は台湾のすべての族群の言語を包括するものであり、それには北京語も含まれるという人もいた。つまり「台語」とはそれまで通用してきた「台語（＝ホーロー語）」だけを示すものではあってはならないという主張である。

「台語」という言葉の定義がどうであれ、この言語が他の台湾各族群の母語と同様に、歴史的に様々なレベルで蹂躙されてきて、中には消滅させられた言語もあるのは事実である。たとえば、平埔族各族の母語は、初めに接触した漢人によって同化・消失してしまった。また原住民各族群の母語は日本統治時代には保存されていたとはいえ、日本語の要素を多く取り入れている。台語や客家語は、話者人口が比較的多かったうえに漢字表記の伝統を持っていた。また日本統治時代末期の「皇民化運動」時期に「国語（日本語）政策」による圧迫を受けながらも、戦争終結のころにはまだ一定程度の生命力を保っていた。

しかし戦後になると、別の「国語（つまり北京語）政策」が実施され、教育制度やテレビラジオなどのマスメディアによって「方言」（実は各族群の母語）の生存空間がどんどん狭められていったため、台湾土着の各族群の母語は、徐々に若者の口から消えていった。このように、「母語消失」の危機は将来的に十分に予測可能な問題である。

三　台湾各族群母語の表記法形成

文学は言語の芸術である。いかなる文学も口伝文学の創作や流布から始まっている。そして文字の発明によって言語が記録され、表記法が形成されることで、その表記法を用いた文学が創作されるのである。そこで我々は、台湾文学とは、台湾のすべての族群が自らの母語で創作した文学と定義したい。そのうえで、各族群が異なる段階に異なる表記法によって作品を創作してきたことを見ていくことにしよう。

台湾文学史はこれまで習慣的に漢字のみによって書かれた文学作品を主体に記述されてきた。そして中国文学の伝統に沿って公的な文学のみを扱い、口伝文学や民間文学、俗文学などは副次的な記述ないしは傍流の範疇で扱われてきた。そこでは、台語白話字《ペーオエジー》文学作品は文学史の記述に含まれていなかった。ようやく「母語文学」がテーマとなってから、母語による作品が一部の論者によって承認され、その存在が直視され、文学における言語の要素が注目されるようになった。そこで母語文学を語るには、まず台湾各族群の母語書面語の発展について議論しなければならない。

台湾は、日本、韓国およびベトナムと同様に、漢字文化圏に属しており、漢字を用いて自らの言語を表記してきた。つまり、漢字による表記法が書面語の主体となってきたのである。だが一五世紀に新航路が発見されてからは、台湾は西洋語の影響を受け、ローマ字表記と接触することになり、次のような二種類の表記法が生まれた。

（一）漢字表記法

歴史的に中国[*11]は秦の始皇帝による統一によって、「書同文」政策を進めてきた。つまり漢字表記以外に、言語の違いによる異なる表記法が存在しなくなった。漢字文化圏の国々は、漢字発祥地である中国と歴史的関係を長く保ち、漢字によって自らの言語を表記することになった。のみならず、漢字表記法は、これらの国の内部で知識を独占する封建的な既得権勢力を形成することになり、言語表記の主体的な発展を阻害することとなった。このため、これらの国々は中国の直接支配を受けその後中国から独立したところであっても、政治的には中国の「属国」の地位を保ち、文化的にも「中原正統文化」[*12]の観念に支配され続けた。これらの国々は、のちに「漢字廃止」によって政治的、また文化的な完全な独立のための「外在要因」を作らねばならなかった。[13]

台湾もまた漢字文化圏の一員であり、政治的にも文化的にも「中原正統文化」の観念支配から逃れることは難しかった。台語や客家語は、広東語や上海語、山東話などと同様に「漢語方言」とされ、一律的に漢字表記法に組み込まれた。台湾の各族群（原住民族も含む）の母語は、古来より漢字表記法のみが存在してきた。戦後の「国語政策」によって、漢字表記のみが正統とされ、原住民族は自らの姓名すらも漢字によることとされた。

（二）ローマ字表記法

台湾におけるローマ字表記法は、二つの時期に分けられる。第一はオランダ統治時代である。オランダの宣教師が平埔《へいほ》族のある言語のために作った「新港文《シンカン》」は、一七世紀から一九世紀初期ごろまで使われた。第二は一九世紀後半から今日にいたるまで、やはり西洋の宣教師が主に台語を表記するために作った「白話字《ペーオエジー》」である。

1　新港《シンカン》文書

現有の文献資料から、台湾原住民族の各母語は自らの表記法を作ることはせず、オランダ人統治時代にのみ独自の表記法が存在していたと考えられる。台湾にやってきた宣教師は布教の必要から、当時の原住民族のためにローマ字表記法を編み出した。これこそが台湾の歴史上初めて出現した体系的な表記法であり、初めてのローマ字表記法であった。

当時の宣教師の布教の仕方は、現地の言語で教義を説くというものであった。そして現地言語を用いるために、宣教師たちは学習も容易な文字体系によって現地言語を書き表すことを思いついた。そのローマ字とは、宣教師が現地言語を記録し学習するためにも便利であったが、現地人にとっても、自らの言語で書かれた聖書や教義書に容易にアクセスできるものであった。

一六二七年、オランダの宣教師カンディディウス（甘迪士、Geogius Candidius）が台湾にやって来て、台南の新港社《シンカン》（平埔族の集落名）で布教を行った。一六三六年に学校を開設し、新港社平埔族にローマ字を教え、新港語で聖書を翻訳した。このローマ字表記法があらわした言語とは、主にオランダ占領地の大本営である台南一帯にいたシラヤ族（Siraya）の言語であった。台南一帯のシラヤ族はオランダ人宣教師の影響を受けて、ローマ字によって自らの言語の読み書きを覚え、それを生活にも使った。のちに鄭成功がオランダ人を追い出した後には、「漢字」が公的文字系統とされたが、ローマ字による「新港文」はしばらくの間、民間で使われ続けた。たとえば『諸羅県志』の「下淡水社寄語」には、こうした「紅毛仔《アンモーアー》（オランダ人の蔑称）の文字」が使われたとの記述があり、当時のその証拠となっている。

だがシラヤ語は、その後徐々に衰退していった。そして一九世紀になって、かつてのローマ字が使われていた証拠が再発見された。それは「新港文」による古文書であり、あるものはすべて「新港文」で書かれ、あるものは「新港文」と「漢字」が対照となった文書であった。これらの古文書の大部分は、売買・差押・貸出の契約書であった。これらが発見された場所が「新港《シンカン》」（今日の台南市新市区）であったことから、専門家がこれを「新港文書」と命名した。一般の漢人はこれを「番仔契《ホアナケー》（番人の契約書）」と呼んだ。

村上直次郎の研究によれば、現存する新港文書はおおよそ一四一件あり、最古のものは一六八三年、最新のものは一八一三年であるという。このことから少なくとも一九世紀初めごろまではシラヤ族が「新港文」の読み書きができたことがわかる。シラヤ語はすでに消失してしまっているため、今日では解読が困難となっている。ましてや文学研究の対象となっておらず、文献記録の存在を示すだけのものとなっている。

2　白話字

「新港文」が台湾島における初めての外国人布教活動の産物だとしたら、「白話字《ペーオエジー》」の発展は、オランダ撤退以来の台湾における外国人布教活動の復興を示すものである。

オランダ撤退以降、西洋人の台湾における布教活動はしばし停滞し、一九世紀後半になってようやく再開した。それは一八五八年に清帝国が外国と締結した「天津条約」によって外国人宣教師の中国各地の宣教が認められたことが契機であった。天主教（カトリック）と基督教（プロテスタント）がこうした背景から台湾にもやってきて宣教した。[*14] その中で、最も積極的に白話字の拡張に努めたのが「長老教会」[*15]であり、一八六五年には医師でもあるマクスウェル（馬雅各、James L. Maxwell 一八三六－一九二一年）が主導して、今日の台南に布教本部を設けた。

彼ら宣教師は台湾に来る前には、中国東南部一帯で長らく布教活動を行っており、彼の地においてローマ字による閩南語や客家語の表記法を編み出していた。たとえば、タルメージ（打馬字、John Van Nest Talmage、一八一九－九二年）はローマ字表記の廈門話《アモイ》（閩南語の一種）による『唐話番字初学』を一八五二年に廈門で出版した。このローマ字表記が台湾で「白話字」や「教会ローマ字」と呼ばれるものであった。これが「白話字（口語の文字）」と呼ばれたのは、この文字系統が日常生活の口語を表記するもので、学習者が容易にこの文字で自らの口語を表記できるものであったからである。これは学習に時間がかかるわりに発音を正確に表せない漢字とは対照をなすものであった。

だがまずもって、「白話字」は布教の目的で発展したものであった。そのため、その実用と出版物は、宗教関連がほとんどであった。これら白話字を用いた出版物あるいは個人による使用は、次のいくつかに分類される。すなわち、白話字の教材・辞書、聖書・教理問答・宣教パンフレット、新聞・雑誌、その他、哲学・数学理科関係、小説、個人のメモ・手紙の六種類である。

一九世紀から少なからずの白話字の辞書が出版されている。たとえば、メダースト（麦都思、Water H. Medhurst、一七九六－一八五七年）が一八三七年に出版した『福建方言字典』、ダグラス（杜嘉徳、Carstairs Douglas、一八三〇－七七年）が一八七三年に出版した『廈英大辞典』、それから今日台湾で最も使われている『廈門音新字典』はキャンベル牧師（甘為霖、Rev. William Campbell、一八四一－一九二一年）が編纂し、一九一三年に台南の教会公報社から初版が出ている。

最初の白話字による新約聖書『咱的救主耶穌基督的新約（Lán ê kiù-chú Iâ-so͘ Ki-tok ê Sin-iok）』は一八七三年に出版され、最初の旧約聖書『旧約的聖経（Kū-iok ê Sèng-keng）』は一八八四年に出版された。白話字は早期の台湾基督教会で広く用いられたが、その中で最も貢献が大きかったのは、白話字による新聞『台湾府城教会報（Tâi-oân-hú-siân Kàu-hōe-pò）』で、一八八五年にバークレー（巴克礼、Rev. Thomas Barclay、一八四九－一九三五年）牧師によって発行された。白話字による出版物には、宗教に直接関係するものから、教義とはそれほど関係ないものまで含まれていた。たとえば、一八九七年にゲー・ウイリム（Gê Uí-Lîm）が出版した数学の書『筆算的初学』、一九一七年にガシュー＝テイラー（戴仁寿、Dr. George Gushue-Taylor、一八八三－一九五四年）が出版した『内外科看護学（Lāi-gōa-kho Khàn-hō͘-ha̍k、内科・外科看護学）』（英題 *The Principles and Practice of Nursing*）、一九二六年に鄭渓泮が出版した小説『出死線（Chhut Sí-sòa^{n}、死線を超えて）』、一九二五年に蔡培火が出版した社会評論集『十項管見（Cha̍p-hāng Koán-kiàn）』がある。

キリスト教信者は教会で白話字を学んでからは、これを日常生活でも使った。たとえば、子供に手紙を送ったり、日記を書いたり、あるいは様々な事柄のメモをとったりするときなどにである。白話字は一九七〇年代以前には、台湾の教会においてはかなり広く用いられていた。だがその後「国語政策」の影響によって徐々に使う人が減ってゆく。

「白話字」は当初、キリスト教の布教を目的に作られたものであった。だが一九八〇年代以降になると、台湾母語復興運動の過程において、台湾土着の文化界から「嘴講台語、手写台湾文（台語を話し、台湾語文を書く）」運動が澎湃《ほうはい》として起こってからは、多くの台語実践団体や個人が白話字もしくはその改良形によって台語を書くようになった。ここで白話字は教会関係の文字とは言えなくなった。さらに台語で書く作者の背景などが多様化し、今日では「白話字」が使われるのは、かつての教会や宣教を目的としたものではなく、世俗化してきているのである。

四　台湾各族群母語文学の起源

言語は文学創作のための基本的要素である。それは音楽における音符、絵画における絵具などと同様である。それぞれが自らの母語で文学創作を行うことは、本来なら至極当たり前のことであるはずである。だが表記法が形成されるまでにはかなり長い時間を必要とする。初期段階には、まず各族群は直接母語によって歌を歌い、祭祀を行い、自らの神話や伝説、物語を継承する。これらは口伝民間文学と呼ばれるものであるが、その特徴は次のようである。

①特定の作者がおらず、創作された時間ははっきりしない。
②口伝系統ごとに内容が異なり定本がない。
③後世になって採集されたものであり、採集者の理解、言語、表記法によって文献記録がなされる。

中国的な伝統文学の観念においては、各族群の言語的差異は関心事ではない。そのため、そこには「母語文学」なるものははじめから存在しない。一九三〇年代の「台湾話文論争[*16]（郷土文学論争）」のときでも、主に議論となったのは、文学の内容や形式の問題であり、どんな「言葉」をどんな「文字」で書くかという表記法の問題はなおざりにされてきた。そうして一九八〇年代の母語復興運動によって我々は初めて「母語文学」の意味を問い始めたのであった。

台湾各族群の母語は、異なる「国語政策」による圧迫を受けて流失してきた。そして制度的な正書法発展の機会を奪われてきたのである。ましてや母語による文学創作の発展など顧みられてこなかった。そのため、台語や客家語の作家は漢語（漢文や中国語）による文学創作を行い、原住民族の作家でさえ大部分は漢語による文学創作を強いられてきた。

「母語文学」はごく最近になって生まれた観念であって、一九八〇年代以前には、自らの母語による文学創作といえば、民間における歌謡、伝説、または物語などに限られてきた。しかもこれらのテキストさえも、後世になって採集・記録されたものであり、口伝民間文学の範疇に入れられ、台湾文学史の正史の中に扱われてこなかったのである。わずかに台語だけは、白話字表記による出版物や、娯楽市場における歌詞や劇の脚本などの文字表記が行われてきた。それらはのちに台語文学創作との間に関係性が認められ、台湾文学のテーマとして関連づけられることもある。

五　本書のアウトライン

本書は「台湾文学史長篇」プロジェクトシリーズの一冊であり、とくに一九八〇年代の母語復興運動以降に焦点を当てて母語文学発展の歴史を叙述するものである。というのも、一九八〇年代以前の母語表記は、母語という意識が覚醒する以前に自然と生まれた創作であって、創作者自身が母語で書くという明確な意識を持っていなかったと考えられるからである。一九八〇年代の母語復興運動以降になって初めて「母語文学」という明確な意識が生まれ、中でも台語文学は、参与者が比較的多く、議論や論争も活発で、成果も豊富であることから紙幅を割くことになった。このため、「台湾文学」という包括的概念との齟齬が生じてくるかもしれない。つまり、本書が記述するものの重点はあくまでも、母語運動の過程、運動過程における争点、母語文学団体の形成、そして母語文学の作品および作家の概要である。

【関連文献】

（1）張復聚「世界母語日」『自由時報』第一五版、二〇〇一年一月一九日

（2）大衛・克里斯托著、周蔚訳『語言的死亡』台北：貓頭鷹出版社、二〇〇一年（David Crystal, *Language Death*, Cambridge University Press, 2000）

（3）蔣為文『語言、認同与去殖民』台南：成功大学台文系台語研究室、二〇〇五年

（4）蔣為文『語言、文学 kap 台湾国家再想像』台南：成功大学台文系台語研究室、二〇〇七年

（5）賈徳・戴蒙著、王道還、廖月娟訳『槍砲、病菌与鋼鉄——人類社会的命運』台北：時報文化出版社、一九九八年（Jared Mason, Diamond, *Guns, Germs, and Steel: the Fates of Human Societies*, W.W. Norton, 1997／ジャレド・メイスン・ダイアモンド著、倉骨彰訳『銃・病原菌・鉄——一万三〇〇〇年にわたる人類史の謎』上・下、草思社、二〇〇〇年）

第二章　母語覚醒前の台湾母語文学

文学創作の基本要素は言語である。文学の起源は集団による口伝創作に始まる。その後、文字体系が確立されてからは個人や書面による文学が発展する。台湾各族群の文学はすべてこうした集団による口伝創作から始まっている。そして外国からの宣教師、中国からの移民、日本統治によって各種文字体系がもたらされ、少しずつ書面語文学が発展してきた。もしわれわれが台湾に暮らすすべての族群それぞれの母語によって創作した文学を、すべて台湾文学史に入れるのならば、漢字だけでなく、非漢字表記の各族群母語文学のテキストも含められるべきである。

母語覚醒以前において、各族群の伝説や祭典、歌謡などの口伝民間文学以外にも、台湾人はすでに母語によって文学の創作を行っていた事実がある。だがそれらは母語という自覚を意識して行った創作ではなかった。それはたとえば民間の伝説故事、民間芸人による唸歌《リャムコア》〔台語による口伝歌謡〕芸術、台湾長老教会が発展させた白話字文学、流行歌、台語による伝統演劇、舞台劇、映画などである。

これらの作品に共通する特徴は、口伝方式による創作や上演であり、テキストは単に付随品でしかなかった点である。あるものは口伝の方式で演じられ、後で通俗的な漢字によって記録・保存された。それはフィールドワークによる採集記録のようなものである。またあるものは直接ローマ字で書かれ、一種のサブカルチャーのように教会内だけで流通した。つまりこの種のものは「方言（俗語）」として作られたものであって、正統な漢文表記とは異なり、民間文学あるいは通俗文学、さらにはパフォーマンス芸術の範疇に分類され、主流文学界からは承認されず、従来の台湾文学史ないし主流文学では無視されてきた。

文学として承認されなかったり重視されなかった作品も、われわれが台湾文学における「母語文学」の発展について論じようとする際には、むしろ重要な文学的事実となって浮上する。その多くは新たに「母語文学」が評価されてから発見されたものである。だがこれらの作品は母語覚醒前の台湾母語文学として、一九八〇年代の母語復興運動勃興以降に発展した「母語文学」とは区別されなければならないだろう。

母語復興運動勃興前には、これら早期の口伝母語文学の創作人口としては台語族が最多であり、創作のジャンルも最も多様であった。漢字表記の伝統による古典詩詞や現代新文学の創作のほかに、次のものがある。

①『台湾府城教会報』を中心とする、一九世紀末以降に始まったキリスト教長老教会およびその周辺から発展した、台語白話字文学の伝統。
②日本統治時代の民間に伝えられた歌仔冊《コアツェッ》と、台湾新文学運動以降の漢字表記による台語文学

作品。

③台語流行歌など演芸テキストや、戦後に登場した台語演劇。

ここでは、母語覚醒前の台湾母語文学について説明しよう。

一　口伝母語文学

いにしえより台湾各族群は、自然に各自の母語によって異なる形式の文学創作を行ってきた。原住民族の各族群は神話や伝説、歌謡などの口伝文学によって各族群の輝かしい起源を記録し歌ってきた。その生存過程において蓄積されてきた山海文化の経験、および先祖代々の知恵の伝承である。しかし母語表記法が確立する前まではそうした創作文学は、口伝形式で伝えられただけであり、その後はそれぞれの部族人ないし専門家がフィールドで集め、それを漢文ないしは日本語で記録した文字テキストを民間文学としてきた。

台湾平埔《へいほ》族各族群は漢文化が混入する前には、多彩な歌舞や祭儀、風俗文化を有していた。それらは民間口伝形式によってそれぞれの族群の中で継承された。そして漢人の侵入によってそれらが散発的に採集され、漢字音訳で記録され、漢文で註解された。それらは様々な漢文文献に記録されている。たとえば郁永河『裨海紀遊』や黄淑璥『台海使槎録』、またいくつかの地方志書においてである。もっとも、これら漢字音訳によって伝承された文献記述は彼らの言語を正確に記録したものではない。その言語が死亡、消失した後となってはこれらの記述を見ても、誰にも理解されないものとなっている。つまりそれは口伝文学ですらなく、漢文註解によってただ面影を眺めるしかないのである。

一方、この漢文文献以外に、平埔族文化の記録として残され、今日的にも重要なものに「新港《シンカン》文書」がある。

一七世紀初め、オランダ人が台湾を支配し、オランダ宣教師がオランダ東インド会社に付随して台湾へ布教にやってきた。彼らは布教の便宜のためにローマ字で現地言語のシラヤ語を記録した。また聖書翻訳文学や平埔族の生活を記録した文献を残した。これらの文献は一九世紀になって発見されたが、シラヤ語はほとんど消滅していたので、完全には解読できていない。われわれはこれらの古文書を骨董品ないしは遺跡として弔うのみであり、母語文学としては扱えないものとなっている。また現存するのは土地売買に関する契約文書と宗教テキストで、それ以外の文学テキストなどは発見されていない。当時のシラヤ族がこの表記法によって文学創作を行っていたかどうかは知りようがないのである。

そしてオランダ人支配時代の後、鄭氏政権が台湾にやってくる前後になって漢字表記法が持ち込まれた。この時代の沈光文は、台湾文学史上初めて成功した詩人とされ、「台湾はそれまでは人はいなかったが、斯庵（沈光文）が始めた。台湾はそれまで文字がなかったが、斯庵が文字を始めた[4]」とまで言う人もいる。とはいえ、こうして台湾で古典文学が始まった。それが何族群で何語を使用しようと、漢字表記で書かれ創作される歴史である。そして鄭氏王朝から清帝国にいたる二五〇年の統治によってすべての台湾住民は漢文教育を受け、「漢字文化圏」に編入されていった。

こうして中国から来た漢人移民のみならず、原住民族や平埔族も漢文化の影響を受け、漢人と通婚、あるいは漢人の姓名への変更、漢文学習などを通じて漢化していった。漢文化の侵入によっても台湾各族群は日常生活ではそれぞれの母語を保っていたが、表記や記録では漢字を使うようになった。とくに台語や客家語の住民たちは自らを漢人と考え、漢文により伝統古典詩詞ないしは現代新文学の創作を行った。また民間の口伝文学創作も通俗漢字によってテキストを残すか、のちのフィールド調査で採集されたものも漢字に転写され文献として残された。しかしそれらは中国文学の中の通俗文学とされるだけで、「母語文学」創作という事実については認知されなかったのである。

二　台語白話字文学

一九世紀後期に再び西洋の宣教師がやってきた。宣教のため改めてローマ字による台湾母語の表記法が持ち込まれた。そのうち台湾で使用人口が最多の台語によるものは、特に「台語白話字」と呼ばれた。もっともこれは教会内部でのみ流通したので、これを「教会ローマ字」と呼ぶ人もいる。台語族群はこの表記法で著述・創作し、それによって漢字文学以外の台語白話字文学が生まれた。もっとも漢字以外の表記法が加わったという認識であって、だれもこれらを「母語文学」とは呼んでこなかった。

（一）『台湾府城教会報』および台語白話字文学資料

一九世紀後期に西洋から台湾にやってきたキリスト教の宣教師は、福音の伝道や教会事務の便宜のため白話字表記法を作り、信徒たちにも基本的な読み書き教育を行った。多くはまだ識字できなかった信徒がこれによって聖書を読み、教義書を理解するようになった。台語はこうして安定した表記法が確立され、『台湾府城教会報』紙を中心とする台語白話字文学の伝統を作った。

英国から府城（台南市旧市街地）にやってきた医師のマクスウェル（馬雅各）は、一八八〇年に教会に一台の印刷機や道具を寄付した。これは台湾で初めての活字印刷機であった。印刷機具（排字架、鉛字など一一箱）が台湾に到着後、バークレー（巴克礼）牧師がすぐさま書店と印刷出版事業をたちあげた。バークレー牧師は文字組などの技術を習得するため英国に一時帰国。一八八四年に台湾に戻ると、すぐに印刷機を導入して、印刷作業を始めた。

バークレーは書店を「聚珍堂」と命名した。これが今日の「新楼書房」である。印刷機は白話字聖書に使われたが、主たる目的は新聞印刷にあった。それが一八八五年七月バークレーが創刊した『台湾府城教会報』（今日の『台湾教会公報』）である。これは台湾における最初に印刷された新聞であり、平面媒体であった。そして一九六九年以前に白話字で書かれた唯一の台語出版物であった。

『台湾府城教会報』の刊行期間は三つの世紀にまたがり、何度か名称を変更しながら今日まで引き継がれている。創刊の主たる目的は教義を宣伝し、教会内部の連絡手段とすることにあったが、結果的には西洋の近代文明を台湾にもたらす効果があった。また一九世紀末期以降の台湾の豊かな歴史・文化を記録する、漢字文献以外の重要な歴史的文献でもある。最も重要なのは、『台湾府城教会報』に載せられた新聞記事やルポ、宗教論、それから詩や随筆、小説を含む文学作品は、当時の台語の語彙語法を保存するものであり、今日では台語の言語学的研究には不可欠の資料であり、台語の歴史的文献であることである。いわば、『台湾府城教会報』は台湾の言語、文学、文化の重要な宝庫だと言えよう。

『台湾府城教会報』が有している重要な文献的価値は、近年これをめぐる研究計画の展開と、そこから発展した台語白話字の学術研究領域の存在からも証明されるだろう。黄佳恵の碩士（修士）論文「白話字資料中の台語文学研究」（二〇〇〇年）は台語白話字作品を台湾文学研究のテーマとした最初の論文である。また呂興昌の「台湾白話字文学資料蒐集整理計画」（文資中心、二〇〇一－〇四年）、高成炎の「台語文デジタル収蔵データベース（第一階段）——台湾語文全ローマ字表記言語アウトプットシステム」（台湾文学館、二〇〇四－〇五年）、楊允言の「台湾語文デジタル収蔵データベース（第二階段）——台語文学オンライン博物館」（台湾文学館、二〇〇五－〇六年）、廖瑞銘（本書著者）の「白話字博物館デジタル収蔵計画」（台湾文学館、二〇〇九－一〇年）、李勤岸の「台湾教会公報白話字文献デジタル収蔵計画」（国科会、二〇〇八年）など、続々と『台湾府城教会報』とその関連白話字作品がデジタルデータベース化されて、学術向けの研究データベースとなっている。

二〇一一年には蒋為文が編集長となり、彼と楊允言、何信輸、林裕凱、張学謙らが各巻の主編

（責任編集）となった『台語白話字文学選集』（全五巻）が出版された。これは『台湾府城教会報』を主とした台語白話字文学作品選集である。これは一九三〇年代の、台湾新文学運動よりはるか前から「台語白話字文学」の伝統が形成されたことを示している。

これらの研究やデータベース計画は、台語白話字の価値を浮き彫りにし、台語白話字文学の存在を証明し、現代人にそれらを認識させるうえでよいプロジェクトとなった。

（二）日本統治時代以降の台語白話字文学

白話字を表記ツールとして台湾各族群の母語を表記することは、まさに「話すように書く」効果の実践であり、「白話文」文体の成熟化により文学創作を生みだすものである。これはまた「台湾新文学」の要求に呼応するものである。台語白話字版の『台湾教会公報』は一八八五年に創刊（創刊時は『台湾府城教会報』）されてから一九六九年に白話字が国民党政権に禁止されるまでの八〇数年間に、大量の新詩、随筆、ルポ、小説、戯曲、翻訳などの文学作品を掲載してきた。これらはいずれも「白話文学」であり、台湾新文学より早期に形成されたものである。また清国時代末期から日本統治時代を経て、戦後、国民党政権時代に至るまで中断することなく、台語白話字文学の伝統を継承してきた。それは台湾新文学の動きに勝るとも劣らない。

だが白話字表記は台湾の主流の漢文化伝統からは受け入れられず、日本統治時代に蔡培火がローマ字運動を提唱したことがあるが、当時、台湾政治・社会・文化運動のリーダーであった知識人の多くに受けいれられなかった。つまり、日本統治時代にはすでに成熟した台語白話字文学作品が出現していたものの、主流文学界には認知されなかったのである。そして、戦後母語復興運動の勃興によって改めて認知され、多くの台語白話字文学作品が発見されるようになった。

われわれが台語白話字文学および作家の発掘を進める中で、台語白話字作家の数が想像以上に多いことに気づいた。施俊州の統計でも、台湾新文学の代表的作家頼和と同じ一八九〇年代生まれの名前が確認できる台語白話字作家は少なくとも六〇人を数える。その伝記資料はまた頼永祥が作ったデータベースで見ることができる。中には宣教、医療伝道を背景とする医師や牧師やその妻の名前が多いが、また字典や教材を書いた「漢文先（漢文教師）」、詩人、郷土史家などと職業は多岐にわたっている。[5]

日本統治時代には『台湾教会公報』に掲載された以外にも巷間に白話字書籍が流通していた。たとえば一九一七年の「台湾痲瘋（ハンセン病）救済の父」とされる医師のガシュー＝テイラー（戴仁寿）による医学書『内外科看護学（内科・外科看護学）』、一九二三年の陳清義主筆の論著『北部台湾基督長老教会的歴史（北部台湾基督長老教会の歴史）』、一九二五年の蔡培火の随筆集『十項管見』、一九二五年の頼仁声の小説『阿娘ê目屎（母の涙）』[*17]、一九二六年の鄭渓泮の長篇小説『出死線（死線を超えて）』などである。これらは台語表記法の発展および同時代の台湾の言語、文化、歴史、医学、風俗、社会進歩の軌跡を記録している。

二〇〇八年、李勤岸主宰の国家科学委員会研究計画「台湾教会公報白話字文献デジタル収蔵計画（1885-1969）」が、一九二五年創刊の白話字月報『芥菜子』第一－二二号を発見した。[6]そこから、さらに多くの台語白話字文学作品が実は出ていたことがわかった。この月報は陳清忠が創刊し、発行兼主筆したものである。この発見によって同時代の台湾北部基督教の宣教の足跡や、陳清忠の「台語白話字文学」作品と文学的貢献が明らかになった。

『芥菜子』創刊号および第二号には郭頂順の中篇宗教小説「拯救（救い）」が連載されていた。一方で陳清忠本人が『芥菜子』でも発表した台語白話字作品は大部分が西洋文学の翻訳であった。たとえばディケンズの小説『クリスマスキャロル』（陳清忠の訳名は『聖誕歌（SÈNG-TÀN KOA）』）が代表例である。ほかにも西洋戯曲の翻訳が『台湾教会公報』との合併後の『芥菜子』第二七号（一九二八年）に掲載されているが、それはモーパッサンの「一条線（弦のかけら）」や、戦後初期に翻訳が発表されたシェークスピアの『Venice ê 生理人（ヴェニスの商人）』の第四幕第一景である。陳清忠の台語訳作品は台湾母語文学のもう一つの流れを示すものである。陳清忠はまた西洋の詩歌、神学、哲学、文学などの文章の台語翻訳を行っており、そのジャンルに関する研究も今後深める必要があろう。[7]

実際、台語白話字文学は一九世紀後期以降、順調に発展し、日本統治時代には台湾新文学と同時平行的な発展を見せた。だが白話字系統の作品は主に教会内部だけで流通したものであり、教会外にはそれほど知られていなかった。また戦後の主流文学でも議論されてこなかった。そのため、今のところその研究の蓄積はまだ少ない。

ここで、その中で最も代表的な鄭溪泮および頼仁声という二人の作家を紹介しておこう。鄭溪泮は主にその先駆者としての存在意義について、頼仁声はその作品の意義と二つの異なる殖民地言語の支配を経てもなお、その文学言語の主体性を維持した意義について述べよう。

1　鄭渓泮と『出死線』

鄭渓泮は頼和と同じく日本による台湾統治が始まるころに生まれ、同世代人であった。もちろん宗教信仰、職業、教育が異なることから、両者は異なる文学を発展させ、異なる領域に属していた。頼和は漢字表記による新文学によって大きな文学的成果を上げ、「台湾新文学の父」と呼ばれた。一方で鄭渓泮は台語白話字文学の先駆者であったが、教会以外の台湾文学界にはほとんど存在を知られていない。しかし実に興味深い生涯を送っている。

鄭渓泮は一八九六年五月二三日、台南永康蜈蜞潭に生まれた。父・鄭漢川は著名な民間演劇の管弦琴師で、劇団について各地で公演を行っていた。[8]鄭渓泮は四歳のときに父を亡くし、母が信仰をもって太平境教会小学校、長老教会中学校（現在の長栄中学校）から台南神学校（今の台南神学院）に学び、一九一七年三月卒業し、同年四月、呉恩加と結婚した。

結婚後、鄭渓泮は「帰仁北教会」で伝道を行い、一九一九年四月に里港教会の牧師となった。里港牧会に一二年務め、台湾基督長老教会の「自養」「自伝」「自立」の運動に共鳴、[9]台湾人が自らの中会[*18]を設立することを奨励した。鄭渓泮は何人かの仲間と鋼板謄写式で毎月『高雄基督教報』を一〇〇〇部発行した。後にバークレーの紹介で中国上海から新式鉛版を購入して『教会新報』を印刷し、出版社「醒世社」を設立する。『教会新報』は林燕臣牧師が発行、巌慶庸が漢文主筆、須田清基が日本語主筆、鄭渓泮自身が台語白話文主筆兼醒世社主事となった。[10]

この間に「醒世社」は『救主聖誕劇本』全六巻を出版し、その中で鄭渓泮自身が台語白話字で自伝小説『出死線（死線を超えて）』『孫大信伝』、頼仁声が『阿娘ê目屎（母の涙）』を書いた。[11] ほかにも一〇冊近くの聖誕準備集を執筆した。中には詩歌、対話集、戯曲が含まれ、教会で喜ばれた。[12]「醒世社」は当時『台湾教会公報』系統以外の台語白話字の出版を手がけた出版社であった。

鄭渓泮はまたその他の教会での経歴もあるが、ここでは詳述しない。一九四六年に高雄病院において白内障手術が失敗、三日後に完全に失明した。[13] 失明後の鄭渓泮は、盲人専用のローマ字台語点字機を用いるようになった。そして簡略化点字を発明し、盲人用の聖書、讃美歌などを編纂、作詞作曲も行った。[14] 一九五〇年七月、水底寮教会の招きで牧会に常駐することになり、台湾教会で初めての盲人牧師となった。一九五一年六月二四日、限局性肺疾患により死去、[15] 息子五人、娘三人を儲けた。

鄭渓泮の一生は多彩であった。台湾の教会黎明期において重要な牧師であり、多芸多才な文学家、音楽家でもあり、その作品には人口に膾炙したものもある。また盲人教育でも先駆者として多くの功績がある。鄭渓泮が受けた教育は多元的であった。太平境教会で漢文と教会ローマ字の基礎を受けたほか、長栄中学校と台南神学院では日本語教育も受け、簡単な日本語会話もできた。もっとも日本語は読めなかったようだ。[16]『出死線』では、白話字・漢字・日本語の三言語を使い分けている。

『出死線』は自伝的な家族の物語である。小説は女子チーキン（至勤。作家本人の母）の一六歳の時（一八八七年）[17] の、家の出来事から始まる。チンシン（真声。作家本人）が生まれ、そして最後、チンシンの子スーピッリン（作者の三男、鄭泉声）が生まれた（一九二五年五月一八日夜）[18] がもう少しで病死するところを助ける（一九二六年四月二八日）[19] ところで物語は終わる。全部で四〇章。最後に作者は「頭一本完（第一巻完）」と明記しており、さらに続けようとした意図があったようだ。息子の鄭泉声によれば、『出死線』下巻はスーピッリンが神学院に学び（一九四八年三月台湾神学院卒業）、徴兵を終えたところまでの九九％が完成していたらしいが、途中太平洋戦争の米軍の空襲を受けて、下巻原稿のすべてが焼失してしまったという。[20]

鄭泉声によれば、鄭渓泮は続ける意志があったもののさらに一九四六年に白内障手術が失敗し、完全に失明してから書けなくなったという。[21] これは実に惜しいことである。華語独占体制の時代には台湾文学界では誰一人としてこの作品に言及する人は現れなかった。一九九八年になってようやく李勤岸教授が『台文通訊』でこの小説を紹介して、文学界に再登場することとなった。

鄭渓泮は優れたストーリーテラーであり、『出死線』の中のストーリーの多くは当時の社会の真実を描いていた。[22] 小説で語られる風俗、歴史、教会史、教会学校の話などは歴史的に価値があるものである。リアリズム以外にも、『出死線』にはいくつかの文学的特徴が指摘できる。

（1）事実をもとにした文学的なデフォルメ。『出死線』の場面は鄭渓泮自身が実際に経験したことを文学的デフォルメしたものである。たとえば、彼が自転車にのって里港に戻ろうとすると大風雨に見舞われ河川が増水し、六人の農民とともに村で休み水が引いてから家に戻ったことがあった。[23] 鄭渓泮はこれを第二九章で使っている（『出死線』一五一―一五三頁）。

（2）ローマ字の特徴を活用した言語的な面白さ。『出死線』は白話字で書かれたものであるため、生き生きとした台語や、漢文、日本語など多言語を使って、われわれに一九二〇年代の台湾社会の言語使用環境を彷彿とさせてくれる。たとえば中国漢代李陵が匈奴征伐に苦戦して孤軍奮闘の一幕があるが（『出死線』五－六頁）、鄭はこれを台語白話字以外にも多くの漢文の故事成語を使って表現している。「不解其意」（同、三頁）、「一刀両断」（同、六頁）、「尽帰烏有」（同、八頁）、「央三託四」（同、一〇頁）、「煥燃一新」（同、二七頁）、「負笈従師」（同、三二頁）、「心満意足」（同、八六頁）。つまり、『出死線』は中国伝統の章回小説[*19]の手法も一部用いながら、章の末尾に詩句によって故事をまとめている。最も特色があるのはナア・ピー・イウ・イーオー（獅子鼻で滑舌が悪い）人が登場する場面についてで、作者は「原音再現」として、たとえば「アンイー・ヤンアー／オン・ベ・オー・オー・イン／ワー・ベ・アイ・イー・ア・オアーマイ・エ」（同、七四頁）などと書いている。これは通常の表記では「タンキー・ヤンアー（童乩が願っている）／コン・ベ・ツォー・トーギン（土銀になると××（この部分、意味不明））／ゴア・ベ・ライキー　コアーマイ・レ（私も行ってみないと）」となる。これはローマ字でなかったら、こうした特殊な役割語は表せないだろう。

（3）聖書の故事や原文からの引用。『出死線』の大部分はキリスト教徒の生活故事であるため、聖書やその物語からの引用が数多くなされている。『出死線』の文体は『聖書』の「聖句注釈」の方法で、「聖書にいう」とか「イエスはいう」として聖句を引用しているが、これが小説の含意を深める役割を果たしている。鄭溪泮の文学創作は確実に聖書文学の影響がある。われわれは今後、台語聖書の台湾文学に対する影響について、改めて重要なテーマとして議論していくべきだろう。

もっとも、白話字表記は台湾主流文化界から認知されてこなかった。せいぜいがキリスト教の宣教書の一種として扱われたくらいだった。そのため『出死線』の内容についても、注目されてこなかった。しかし、台語白話字小説を宗教伝統文学的な特色を持ったものとして見直すならば、この一九二六年出版の『出死線』は、初めて台語白話字で書かれた長篇小説として、台湾文学史上きわめて特殊な意義をもっていると言えそうである。

2　頼仁声とその台語白話字文学

頼仁声（一八九八－一九七〇年）は本名を頼鉄羊といい、台中北屯犁頭店庄（田心仔）出身である。台中市柳原長老教会の頼臨（本名・長霖）長老の長子であった。一九一三－一七年に台南長老教中学校、一九一五年に台南神学校に入学、神学校ではバークレーらに学んだ。一九二一年に台南神学校を卒業し、まずは楠梓で伝道を行い、一九二四年四月二三日に牧会に派遣、一九二六年に日本聖教会中田重治の来台活動に感銘を受け、翌一九二七年に日本の東京聖書学校に学んだ。

一九二八年四－九月に豊原教会、一九二九年に苑裡で聖潔教会「福音使」となり、一九三〇－三一年に台中、一九三二年に佳里でそれぞれ伝道した。のちに長老教会に戻り、一九三三年に台中柳原教会青年伝道を一九三五年まで行った。彰化基督教病院や、馬公（一九三九年－）、清水（一九四九－五三年）、二林（一九五三－五五年）、白河（一九五六－六一年）、万豊（一九六一－六八年）などの教会もまわり、一九六八年に退職し、一九七〇年に死去した。享年七三歳だった。[24]

台湾中南部の地方教会で長年牧師を務めたことが、頼仁声の姿勢と思想に大きな影響を与えた。宗教信仰と牧師身分のため、その小説には宗教色と説教部分が多いが、作品には一般庶民の生活も描かれ、キリスト教による救済の話など、宗教的、社会的性格が濃厚な作品である。[25]

頼仁声は多産な作家で、生涯に書いた作品は多い。各教会の消息以外にも、随筆、短篇小説、長篇小説、翻訳作品などがあり、文学作品は大部分が白話字で書かれ、『台湾府城教会報』に発表された。台湾文学史上、出版最多の台語白話字小説の作家であるといえる。

一九二四年－六九年の間に書かれた台語小説として比較的知られているものだけでも『阿娘ê目屎（母之涙、母の涙）』（醒世社、一九二五年）、『十字架ê記号（十字架の記し）』（醒世社、一九二四年）、『刺仔内ê百合花（薔薇のなかの百合の花）』（台中中会青年部・教育部、一九五四年）、『疼你贏過通世間（この世よりもあなたを愛する）』（一九五五年）、『可愛ê仇人（愛すべき仇びと）』（台湾教会公報社、一九六〇年）がある。ほかにも『台湾教会公報』に掲載された短篇作品として、「用尻脊向上帝」（第六五三－五五号、第六五八号、一九三九年八－一〇月、四〇年一月）、「只有一条路」（第六六一号、一九四〇年四月）、「両款ê疼」（第六六二号、一九四〇年五月）、「伊是我ê丈夫」（第六六三号、一九四〇年六月）、「両極端ê教育」（第六六四－六五号、一九四〇年七－八月）、「一杯冷水」（第七九三号、一九五五年一月）、「Hoâi-tek-hūi ê伝記」（一九五五年）、「烏亀坐飛機」（「家庭的朋友」第三〇号、一九六〇年八月）、「伊関心 ti 你」（第一〇四五－五〇号、一九六九年一－三月）などがある。[26]

頼仁声が台語ローマ字（白話字）で創作した作品は、宗教的動機によるものである。最初に（一九二五年）出版された『阿娘ê目屎』の自序で、創作の理由として、文学的な動機はない、としている。

つまり、頼仁声の小説執筆の出発点は、実用的かつ宣教的なものであった。それは教友が小説を読むことでローマ字を学習し、教友の信仰心と品格を高めるためであり、またキリスト教家庭へ余暇の読み物として読書習慣を奨励するためであった。戦後一九六〇年に出版された『可愛ê仇人』序言でも、ローマ字による小説の主な目的は「信仰心の養成」であるとしていた。

宣教目的であるためもあって信徒に読ませる小説としては、宗教がテーマとなったのは必然である。初期に出版された『阿娘ê目屎』『十字架ê記号』は、信仰によってのみ救われるとするものであり、戦後出版された『刺仔内ê百合花』『可愛ê仇人』も、男女の恋愛を通してキリスト教徒を激励するものであった。『可愛ê仇人』序言で、当時の社会では男女異性問題が混乱しているのを憂いて書いた、としている。ちなみに、『刺仔内ê百合花』は男女の恋愛に関する説教内容を使ったもので、『十字架ê記号』のストーリーを改編したものである。

頼仁声の多くの作品の中で、戦後の『可愛ê仇人』以外に特筆に値するのは、『十字架ê記号』および『刺仔内ê百合花』である。前者は一九二四年に屏東で、後者は一九五四年に台中で出版された。両者は三〇年近い間隔があいているが、実際には重なっている部分があることがわかる。人名とあらすじが共通していて、比較研究が可能である。『刺仔内ê百合花』は『十字架ê記号』をもとにして、それを拡充改編した作品であるため、その内容、構造、人物の対話、話の流れなどが類似している。違いとしては、『刺仔内ê百合花』のほうが詳しく、より豊富で、『十字架ê記号』の拡充版と見なせることであろう。[27]

頼仁声は一般に流通した最大の台語白話字文学作家として知られる。他の作品も台湾文学史上、一定の地位を占めており、台湾文学史の視野を広げてくれる。

頼仁声の作品の多くは、台語白話字小説が存在する事実へ直視を迫るものである。文学社会学の角度からすれば、頼仁声作品の社会への流通と影響は、実際には主流台湾文学史で言及されてきた作品に劣らないものがあった。われわれは、彼の作品が代表する意義を無視することはできないであろう。頼仁声のいくつかの小説故事の舞台設定は中国となっている。それは文化的主体性を考えるうえでは意味深長なものがある。『十字架 ê 記号』と『刺仔内 ê 百合花』に登場する様々な悪習や暗黒面、たとえば軍人による強奪婚、旅館における謀殺事件、富裕家庭の妾《めかけ》などの封建性を当時の中国に仮託している。これは大きな説得力を持っている。そして一方では当時の台湾社会が相対的に文明的な社会であることを暗示しているのである。

また、作品の言語的な意義として、人物描写と対話がある。生き生きとして流れるような台語は、自然に台湾人の文化と思考を表現している。小説における人物の対話も、白話字によって書かれていることから台湾人の語感を完璧に再現しており、読めば自然と親近感を持てるものになっている。それはまた文学作品が母語で創作される必要性を示し、深い文化的意義を有している。この点も特筆に値する。そして最後に台湾文学発展過程において、殖民者言語による迫害を乗り越えるためにも、頼仁声の台語白話字小説の存在は、いまだに母語創作文学に疑念を抱く人たちに大きな啓蒙作用をもっていることを挙げよう。

ほかにも頼仁声の文学創作は、日本および国民党政権という二つの支配時期にまたがっている点がある。それぞれの言語環境と外来政権の言語政策が、彼の創作と言語使用に多少なりとも影響を与えており、それが独特の効果を与えている。[28] 台語で創作することはすなわち殖民者の言語に対する迫害を克服することである。頼自身は結局支配者による言語転換を経験することはないままであった。その点でも頼の存在は、台湾文学史上稀有の例を示してもいるのである。

『十字架ê記号』と『刺仔内ê百合花』は二つの時代に別々に出されたが、これは教会の中だけとはいえ、台湾人が自らの表記の主体性を保ちえたということであり、台語白話字小説作品が日本統治時代から戦後一九六〇年代まで常に存在し続けたということである。それは日本語と華語という二つの「国語政策」の影響を受けずに、言語的断層の問題も生じることがなかった。これは台湾文学史において注目すべきことである。

三　日本統治時代の台語漢字小説および歌仔冊《コアツエッ》

鄭氏政権が台湾を支配してから、台湾は儒教の影響を受け、「漢字文化圏」に組み込まれた。各族群はどんな母語を話していようとも、「公用語」は漢字表記法で表記された。日本統治時代には、台湾住民は生活では各族群それぞれの母語を使っていたが、「公用語」は日本語であり、表記も漢文と日本語の二種類が使われた。文学者の創作言語は、鄭氏政権以来の伝統を継承し、族群と母語の違いを問わず、漢字表記の文言文（古典漢文）や古典詩詞が当然だとされてきた。

だが一九二〇年代に新文学運動が起こると、「話すように書く」として白話文が興り、それで論争も起こった。つまり、ここで書かれるべき文字はどの「口語」に対応するものか？　というものである。日本統治時代の口語は、民族文化のアイデンティティによって日本語か非日本語かの区別があった。非日本語としては漢語系（台語、客家語）と非漢語系（原住民各族語）に大きく二つに分けられた。その中では台語族群が最大であった。そのため、台湾新文学勃興後に生まれた口語と書面語の対応問題とは、「台湾話文」の表記に関する議論であり、台語の表記こそが焦点となった。台語表記とはまた「漢字」問題をめぐるものであった。

黄石輝らは「台湾話文の建設」という主張を提起した。それは被殖民者の反抗行動の一つであった。「台湾話文」を使った台湾／郷土文学の理念というものが、多数派の支持を得た。殖民地統治下で自らの口語を堅持し、日本語会話の使用、日本語文による創作・文学記述を拒否することは、最も基本的な民族意識の表現であった。「台湾話文」は被殖民者の主体性の言語である。それは日本語、日本語文という殖民者の言語と対比されるものであった。とはいえ、まだ各族群母語意識の覚醒という次元ではなかった。

頼和の新文学観を例に挙げれば、「新文学運動は純然として洋学の影響で始まったものである。その目標は口と筆の一致」[29]であるという。そのため、頼の著作は「まずは文言文で書き、しかるのちに文言文の原稿を中国白話文に書き改め、さらに台湾話（台語）に近い文章に改める」[30]ものであった。そして最終的には漢字表記によって「台語に近い」段階を目指すというものだ。だが、それは漢語文から独立したものではない台湾話文による記述と創作であった。

つまり、あくまでも「漢字による表記」に固執していたのである。そして実際に創作する際にはまず用字の問題にぶち当たることになる。当時の知識人は台語漢字の標準化に多くの時間を費やした。つまり、議論多く、文学少なしという結果をもたらした。こうして人によっては創作じたいを放棄した。頼和のように、台湾話文による「一個同志的批信（一人の同志の手紙）」を書きながら、やはり新文学の著作をやめて、伝統的な文化人が用いてきた漢文表記に回帰してしまった例もある。[31] 台語漢字の論争は、漢字表記についても一致点がなく、台湾話文創作の課題を克服することができなかった、最終的に、外在的には政治環境の抑圧により、また内在的にはアイデンティティの分裂などの要素によって未完に終わった。さらに惜しむべきは、台湾話文による文学作品が非常に少なかったことである。

日本統治時代は、前述の教会台語白話字小説作品以外に、漢字表記による台語作品も存在し、それには、台語漢字小説や歌仔冊《コアツェッ》テキストがあった。それらも母語覚醒前の母語表記として存在していた。

（一）台語漢字小説（頼和、蔡秋桐、黄石輝）

台湾は漢字社会であり、知識界は台語を漢語の分岐や「方言」と認定してきた。台語の地位を高める目的で、牽強付会に台語は中原古音[*20]を継承し、文言漢字と華語漢字を台語漢字と見なして、漢字を台語文字化の第一のツールとする考え方が多かった。

日本統治時代以降、漢字表記の台語テキストには、頼和の白話文小説、戦後の華語郷土文学、許丙丁の三六九（新聞『三六九小報』）版『小封神』、および民間文学テキストとして歌仔冊や音楽歌詞、脚本、歌本が存在した。日本統治時代の「漢字小説」は母語覚醒前の母語表記であり。広義の母語文学である。

呂美親の碩士（修士）論文「日本時代台語小説研究」によれば[32]、日本統治時代の台語漢字小説には次のものがある。

（1）蔡秋桐の作品。「放屎百姓」（一九三一年）など七篇の漢字小説に、新たに発見された四篇。「帝君庄的秘史[33]」「連座[34]」「有求必応[35]」「痴[36]」。

（2）黄石輝の「以其自殺，不如殺敵[37]」。

（3）許丙丁の三六九版『小封神[38]』。それは「滑稽童話」とされている。呂興昌が言うには「台湾で初めて正式に発表された漢字台語小説[39]」である。後に三六九版『小封神』を収録したものに呂興昌編校の『許丙丁作品集』（一九九六年五月）、真平版『許丙丁台語文学選』（二〇〇一年一〇月）がある。

（4）楊逵の漢字小説。「貧農的変死[40]」「剁柴団仔[41]」。

（5）頼和の漢字小説。「一個同志的批信[42]（一人の同志の手紙）」「富戸人的歴史[43]（金持ちの歴史）」。

（6）鄭坤五の歴史小説『鯤島逸史』。次の四つの版本がある。①一九四二年九月、『南方』第一六〇号から第一八八号（一九四四年一月一日）、未刊完、南風雑誌社（一九四四年三月、全五〇回）。②一九六八年、太陽出版社『鯤島逸史』を再版、ただし書名は『台湾逸史』。③一九九六年五月、高雄県文化中心、羅景川校註の『鯤島逸史』上・下二巻。再補充版。④尚志文化版『鯤島逸史』、また「革新版」として「台湾外記」、一九九三年二月出版。

つまり、『小封神』と同様に『鯤島逸史』という章回小説形式の伝統型小説もあった。一九六七年に『小封神』は東映影業が台語映画にしたことがある。『鯤島逸史』も台湾テレビ会社の連続ドラマになったことがある。かなり通俗的な内容である。

一方で、林央敏の『台語小説史及作品総評』では、三六九版『小封神』等の漢字小説に対し、台語文学の価値から否定的に見ている。彼は連横〔一八七八－一九三六年〕の「書陳三姐」をむしろ評価している。そして基本的に「漢字白話文による、われわれが定義する台語小説には二篇しかない」として、頼和の「一個同志的批信」と黄石輝の「以其自殺，不如殺敵」を挙げる。だが頼和の「富戸人的歴史」や蔡秋桐の漢字小説には否定的だ。また「台語古文類似小説」や「白話散体小説」などは、母語文学の範疇からは外れる。

(二) 漢字表記による歌仔冊

「歌仔《コア》」は歌のことで、「冊《ツエッ》」とは本のことである。「歌仔冊《コアツエッ》」は「歌仔簿《コアポー》」とも呼ばれ、民間歌謡の歌詞単行本のことを指す。内容は流行歌謡、唸歌・説唱〔語りもの〕であり、これら民間の唸歌・説唱を文字記録にして本にして発行したテキストのことである。歌仔は民間芸人の説唱に使われ、内容には歴史故事、民間伝説、日常見聞などがある。その言語は生き生きとしており、庶民的生命力にあふれている。もともとは口頭による歌いがあり、文字に記録されて歌本となり一般市場で発行されたものである。後に、文化人も創作に加わり、歌仔先と呼ばれる唸歌の指導者も生まれた。「歌仔冊」は台湾の民間で始められた手書き本が元となり、一九世紀末までに歌詞を本にしてまとめ商業出版物として発行された。もともと民間文学であるため、「歌仔冊」の起源年代の確定は困難であり、原作者の多くも考証できない。知られているのは、民間における唸歌や「歌仔冊」が日本統治時代になってから民間で流行したという点である。多くのすぐれた民間芸人と傑作が生まれ、それが戦後に国宝級芸人となった人もいる。呂柳仙の『十殿閻君』、楊秀卿の『胡蠅蚊仔大戦歌』、呉天羅の『台湾歴史説唱』である。

歌仔は通常は七言ないし五言の形式で、三〇〇から四〇〇句の韻文からなっている。「歌仔冊」の用字は正確とは言えないが、簡体字、俗字、借音字、仮借、造字などを多用した。そして流通量が多かったため、多くの用字は自然に規範化され、公認の新漢字となっていった。またその貴重なところは、内容が写実的で歴史記録として価値があるほか、なんといっても一九八〇年代の母語覚醒以前に生まれた純正の母語テキストであり、貴重な台語語彙を残している点である。これによって啓発された母語文学創作者も多く、母語文学の伝統において重要な資産であることもまた間違いない。

四　戦後初期から母語覚醒までの母語文学

台湾原住民各族群の母語は、相次ぐ殖民地支配のため、その言語的主体性を獲得できず、何度も殖民者の「公用語」（あるいは「国語」）による抑圧を受け、「絶滅の危機に瀕して」きた。漢人の大量移入後は、多数派の台語や客家語も漢語「方言」と貶められ、漢文化の「言文分立」「言語発音は異なるが、書面語は同じ」とする「語文慣例」によって、漢文（漢字）表記が当然とされ、母語について議論されてこなかった。台湾文学界では、日本統治時代に言語による台湾文化の独自性を掲げた「台湾話文」の主張と論争が起こったが、とはいえ、それも母語意識の覚醒とはいえなかった。戦後は支配者が日本人から中国人に代わったが、「国語」が日本語から中国語に変わっただけで、台湾本土各族群に「母語権」を勝ち取るという意識は芽生えなかった。そしてもう一つの「国語」を学ぼうという努力だけが存在した。

母語は抑圧を受け続け、作家にとっての文学表記言語とならなかった。もっとも重要な点はメジャーな創作が文字テキストで発表される場合、台湾族群母語（とくに台語）を主とする文学創作は歴代の殖民地政権の「国語政策」によって圧迫され、庶民層の間に伏流として存在していたことである。前述したように、日本統治時代の伝統音楽の南管や北管、歌仔冊、教会における白話字文学、それから民間社会の流行歌謡である。

日常生活で使用される言語の変更は、生活のリズムの改変や社会全体の息遣いの改変を迫るものであった。とくに詩人にとって、これは大きな変化となった。言語は創作の根本であり、言語を奪われることはその表現能力を奪われることに等しいからである。二つの言語転換の時代は戦後台湾人に言語選択を迫り、それは文学者にとっては表記法の転換を迫られることであった。これはまたきわめて現実的な生活における難題となった。

戦後初期において、「国語政策」の大前提の下で、主流文学界は言語転換の問題に追われて、母語文学を提起してこなかった。だが台語は依然として台湾で最大多数の常用母語であり、文学表記はともかく、映画、演劇、流行歌などの常民文化の場では「台語文学」テキストが受け継がれた。これは母語文学が存在してきた歴史的な証拠である。

このころの「台語文学」テキストはいくつかのジャンルに分けられる。

①民間流行歌謡。

②呂訴上が「台語文の道具的援用」として出版した「国策戯曲」。

③王育徳の演出で、聖烽演劇研究会が台北公会堂において初演した宋非我の一幕悲劇『壁』。

（二）民間流行歌謡

歌謡とは庶民が直接親しむものであり、政治や社会情勢と関係していた。日本統治時代に蔡培火が「台湾文化協会」「美台団」「台湾白話字協会」のために創作した社会運動の歌は、民心を奮い立たせた。また戦後党外運動は「補破網」「農村曲」「四季紅」などの台語歌謡を替え歌にしたりして選挙ソングに活用し、台湾人の歴史的記憶を呼び覚ました。

一九五〇年代の台語映画と台語劇の隆盛、一九七〇年代の郷土小説における台語語彙の挿入、一九八〇年代の映画界における『児子的大玩偶（坊やの人形）』『嫁妝一牛車』などの郷土小説をもとにした台語映画、さらに一九九〇年代のバンド「黒名単工作室」による「抓狂歌」「民主阿草」など国民党政権を風刺した台語歌、一九九〇年代末に学生運動団体に人気があったバンド「恒春兮」による「工商服務」、一九九〇年代初めから台語で創作してきた王明哲の「台湾魂」「海洋的国家」「台湾民族主義」等の社会運動ソングなどがある。[44] これらは長年にわたる殖民者によって低級なものと貶められてきた「台語」が正式の公用語や文学言語とならなくても、台語の歌や歌詩といったオルタナティヴな形式で民間社会の台湾人一人ひとりの心に存在し続けたものであり、「台語文学運動」における重要な一部となっている。

（二）呂訴上の「国策戯曲」

呂訴上（一九一五‐七〇年）は彰化渓州人である。父親の呂深圳は日本時代に演劇教室「瀛洲賽牡丹倶楽団歌仔戯班」を運営していた。呂訴上は政府「御用」文化人と民間芸人という二つの立場を使い分け、日本留学経験もあり、台語文学史において特殊な事例を作った人物である。その名著『台湾電影戯劇史』は戦後の「文化砂漠」の時代に開いた一輪の花である。しかし戦中および戦後反共時期には戯曲検閲制度の制定と執行に参画し、国策演劇、社会教育、国策脚本などに携わった政府御用文化人としての在り方について、王育徳は支持できないとして、「世のなかを惑わせた文化人」と呼んでいる。

呂訴上が出版あるいは発表し選集に収録された脚本は、すべて戦後のものである。

①**国策脚本**　『女匪幹』（歌仔戯《コアヒ》、一〇場、台湾省新聞処出版、一九五一年五月）、『鑑湖女俠』（歌仔戯、六場、旬刊『台糖通訊』一二巻第二‐七号「文芸」欄連載、一九五三年一月一一日‐三月一日）、『養母与親母』（一幕話劇、『戯劇選集』正中書局出版、一九五四年九月）、『還我自由』（四幕話劇、幼獅出版社、一九五五年六月）。鄭成功を描いた歌仔戯『延平王復国』（一九五五年一二月）手稿。本となって公演もされたが正式に出版はされず。

②**非国策脚本**　『現代陳三五娘』（五幕話劇、銀華出版部再版、一九四七年七月／一九四七年六月初版）。作者によればこの作品は、「台湾民間風土語小説（劇）」、脚本、非狭義の小説、だという。

呂訴上は御用文化人として以外にも、「民間」芸人の一面もあった。また邱坤良の『呂訴上』（台北：文建会、二〇〇四年一二月）には未刊行の脚本一六種が紹介されている。

国策脚本の演劇は、歌仔戯系の民間演劇に分類される。歌仔戯は「民間」の台語文化であり、彼自身の原作ものもある。その特徴は、呂自身の常民文化のキャリアを基盤として、商業的・民間的性格をミックスしたものである。呂訴上は国策をテーマにして「改良」したため、それは政治性を商業や民間に再利用する行為である。呂訴上の国策脚本は文化のミスリードであり、民間文学の改変において、あくまでも台語を道具として利用したものに過ぎないのである。

（三）戦前文化＝新演劇の伝統の延長

こうした御用演劇路線や商業娯楽路線、あるいは民間戯曲伝統路線以外にも、演劇史には政治的、民間的性格に、美学ないしは商業的性格を絡めた独自の演劇活動があった。それは戦前の文化劇であり、進歩主義者が始めた新演劇の経験である。これは政治・美学的な「啓蒙路線」である。

一九四六年六月一三日、聖烽演劇研究会は台北公会堂で一幕悲劇『壁』（宋非我編訳・演出）と三幕喜劇『羅漢赴会』（宋非我演出）を初演した。また一九四五－四六年に王育徳、黄昆彬、陳汝舟らが戯劇研究会を結成し、台南学生連盟ないし研究会名義で非商業戯劇活動を実践した。また一九四七－四八年には台湾師範学院台語戯劇社（社長蔡徳本）の舞台も含めて、啓蒙路線が存在した。もっとも、これらの脚本の多くは残っていないか、または訳しか残っていない。

簡国賢の日本語原作、中文翻訳の『壁』は後に見つかり、藍博洲が校訂した中文版が『聯合文学』第一一二号（一九九四年二月一日）に掲載された。宋非我が一九四六年に台語に翻訳したものは、藍博洲が所有している。今日われわれが見ることのできる台語版は、洪隆邦が中文校訂版から訳したものであり（林央敏が注校）、『茄苳台文月刊』第八号の戯劇特集号など三号にわたって掲載された（一九九六年一月一日－三月一日）。

また、啓蒙路線としては次の例を補足しておきたい。一九四三年九月の厚生演劇研究会第一回発表会（台北永楽座）で張文環小説原著、林摶秋（博秋）改編、呂泉生編曲による二幕六場の日本語劇『閹雞』は、戦後も数回上演された記録がある。それは以下の通りで、①一九九五年、黄英雄編劇、李全西演出、康丁製作演出によるもの。②一九九八年四月四日林摶秋が死去し、遺品から「台語」映画脚本『閹雞』手稿、全漢字稿が見つかったもの。③較斉全の台語による台南人劇団版のもの。二〇〇八年八月一五日－一七日、王友輝脚本加筆、呂柏伸演出で『閹雞』が国家戯劇院で初演された。月里の女性役は見ごたえのあるもので、原作の「魂を取り戻した」再啓蒙作品であるといえる。

台湾演劇史を考察すると、われわれは台湾演劇の幕表戯、無脚本、日本語脚本、戦後漢字脚本、郷土文体脚本、さらには「台語演劇国語（北京語）脚本」現象などの発展をみることができる。もちろん台語運動とこれらの演劇とは多少とも関係しているだろう。これまで台語脚本の表記問題は、台語文学分類においてグレーゾーンであった。わずかながら一九八〇年代の台湾小劇場運動においていくつかの台語上演がなされ、これらものちに廖瑞銘（本書著者）責任編集の『戯劇交流道』に収められた二五脚本の中の四本として収録された。

【関連文献】

（1）施俊州『台語文学導論』台南：国立台湾文学館、二〇一二年。
（2）李勤岸『白話字文学――台湾文化 kap 語言、文学 ê 互動』台南：開朗雑誌事業、二〇一〇年。
（3）廖瑞銘「頼仁声 ê 宗教浪漫小説――比較『Sìp-jī-kè ê kì-hō』kap『Chhi-á-lāi ê pek-háp-hoe』」、「二〇一〇台語文学国際学術研討会」論文、台北：台湾師範大学台湾文学、語言及文化研究所、二〇一〇年一〇月二三日。
（4）廖瑞銘「Ùi『出死線』論台語文学 ê 宗教向度」『台語研究』三巻一期、二〇一一年三月。
（5）王育徳『台湾話講座　第一七～一九講』台北：自立出版社、一九九三年。

第三章　台湾母語復興運動

台湾人の言語観念は「漢文化」の一員のものである。「漢文化」というものは、文字を異常なまでに崇拝する一方で、近代言語学的な思考が欠如している。そのため「母語」とは何かもわからない。中国自身は多族群国家であり、それぞれの族群に「母語」がある。だが社会的には主流言語が一種類しか存在せず、それは「官話」と呼ばれてきた。また「言文分立」の原則によって、書面語と口語はそれぞれ独自に発展し、話し言葉では「官話」と各族群母語の区別があっても書くときの書面語は「文言文」と呼ばれ、もともと一字一音が対応するものではなかった。

中国人は秦の始皇帝が「書同文」政策を実施して以来、言語と文字はコインの裏表のようなもので、区別はしなかった。主流社会で流通する言語は「官話」と呼ばれ、文書は「文言文」ないし語体文と呼ばれた。だれも言語や母語の問題は取り上げなかった。ましてや「母語文学」のテーマなどなおさらである。そして台湾で「私の話し言葉を手で書く」とする白話文学の概念が勃興してから、言語と文字の区別がとりはらわれ、「言文一致」の観念が起こった。

一九八〇年代初め、澎湃《ほうはい》として起こった社会運動のうねりの中で台湾人の母語意識も勃興し、台湾各地で母語復興運動が展開された。その後一九九〇年代になると、海外の母語運動と連携して母語はタブーではなくなり、母語表記の流れが起こった。そして二〇〇〇年の政権交代後には、母語運動が体制外におけるスローガンから教育体制内に進出し、国として推進する機会を得た。こうして母語運動が推進されるにつれて人びとの母語意識が呼び起こされ、創作に向けた理論の基盤と発展の原動力が注入されるようになった。「母語を話す→母語で書く→母語で創作する」という流れで母語文学の発展が見られた。

一般的に戦後台湾の母語復興運動は、一九八八年一二月二八日に台湾各族群（台湾筆会〈ペンクラブ〉、雑誌『客家風雲』、原住民権利促進会などの社会運動団体）が共同で発起した「母語を返せ」運動のデモが起点と考えられる。だが実は、各族群の母語の覚醒による実際の行動は、もっと早い段階に始められていた。とくに台語は使用人口が最多で、漢字およびローマ字による二種類の台語表記法が発展してきた歴史的背景から、母語復興運動が民間に潜在し続けていたのがこれを機に芽を出したものである。

母語復興運動初期の目標は母語を話し、母語で書き、母語の生命力を回復させることであった。そこでは台語運動団体が最も多く、たいてい台語教室から始まり、その教室を基地として仲間を集め、固定支持層がいた。さらに講演会によって理念の宣伝を行い、台語雑誌によって台語作品の発表の場を設けた。そして理念を同じくする母語運動団体を通じて交流を深め、ともに助けあった。共通のテーマがあれば街頭デモでともに主張を広め、母語復興の大目標に向けて努力してきたのである。台語運動団体は台語の保護の方法により次の三つに分けられる。

①洪惟仁に代表される漢字派。
②鄭良偉に代表される教会ローマ字派。
③その他独自に開発された文字表記の独自方式派。

母語運動団体は基本的には同時多発的に展開され、必要があれば連携した。各団体のメンバーは母語をテーマに発展し、理念の違いによってその都度離合集散が起こった。本章では母語運動発展について台湾母語復興運動過程、母語表記法案、母語文学をめぐる論争について時系列で追い、また系統別に述べていきたい。そして最後に運動の成果と文学的な効果について述べよう。

一　母語復興運動の勃興

台湾各族群の母語は長年にわたって複数の殖民地主義による抑圧によって徐々に消失していった。戦前は日本の「皇民化運動」の下での「国語政策」により、台湾人社会の主流言語は「日本語」――日本語を話し書くもの――であった。戦後は一夜にして五〇年の日本殖民地政権から、もう一つの見慣れない統治集団による別の「国語政策」の下、各族群の母語は依然として圧迫を受け、さらに消失が進んだ。「中国は祖国」との前提で、台湾人の母語意識は消され、「国語」を学習するものとされた。こうして自らの母語は徐々に失われていったのである。ようやく一九八〇年代になって台湾社会運動の勃興により台湾人の母語意識が呼び覚まされると、母語権を勝ち取る必要性が認識されていった。

（二）戦後母語意識の抑圧と覚醒

台湾人は日本による半世紀の殖民地支配によって、近代現代文明の洗礼を受けたが、戦後国民党政権が台湾を接収すると、その事実は完全に否定され、台湾人を同胞として待遇するどころか日本によって奴隷化された賤民だとされ、長年の日本人に対する恨みを台湾人になすりつけて、差別した。こうして台湾人は日本から中国へのレジーム転換において政治的および文化的な二重適応という難題を突き付けられた。

陳儀らによる接収集団は台湾にやってきて、日本殖民地政権にとってかわることになった。「台湾同胞に祖国文化を徹底的に理解させる目的」として台湾人の文化アイデンティティを改造、接収の最初の段階で強硬な「国語政策」を実施して、台湾人に対して徹底的な「ポストコロニアル」な文化的洗脳工作を展開した。台湾人は日本統治時代の「国語運動」から解放されるのではなく、むしろもう一つの「国語」、別の文化を強制されるに至った。陳儀は表向きは「国語政策」を貫徹させることで台湾が完全に日本語文の環境から脱却できるとしていたが、実際には文化的に「祖国」的権威を見せつけて、中国政権が台湾人を支配するための合理性を作り上げ、台湾各族群母語を葬り去るものとなった。

一九五六年以降、国民党政権は全面的な「国語を話そう運動」を展開する。各行政機関、学校、および各種公共場所では国語を使えというものである。台湾省教育庁はまた「方言」禁止を通達し、学校に警備隊を設けて相互に監視させた。また山地〔原住民族地域は山間部が多く、こう呼ばれた〕の小学校についても日常的に訓話は「国語」を使うことを強制し、日本語を禁止した。そして映画館では国語映画に台語による説明は不可とした。こうして一連の規定や禁令によって教育体制とマスメディアが台湾の各領域、また各地に浸透し、一九七〇年代にはすべての台湾社会は「国語独尊〔国語〔華語〕だけに特権的地位を与える〕」世界に改造され、台湾人の読み書きの基盤や文学的趣向、言語美学が改変された。台湾社会の主流言語は「日本語文〔日本語を話し書く〕」から「話し言葉は国語〔華語〕で書くのは中文で」という体制に切り替えられた。

国民党政権は「国語独尊」の世界への改造とともに、母語使用を禁止する環境を整えた。「方言」で話すことを禁止したり、母語による聖書やその他出版物の発禁、放送における「方言」使用時間や番組枠の制限である。一九七五年に成立した広電法〔ラジオテレビ法〕第二〇条では、厳密にラジオテレビ番組における「方言」の使用が制限された。それは具体的に本土言語の生存空間を圧迫し、その消滅消失の危機を加速させるものであった。のちに、客家委員会主任委員〔大臣〕を務めた葉菊蘭が、台湾各族群母語の現況について非常に説得力のある次のような比喩を用いた。「原住民語はすでに遺体安置室、客家語は集中治療室、台語もすでに救急医療室にかかっている状態だ」

台湾各族群の母語の危機は一九八〇年代になってから公開の場で議論されるようになった。それによって台湾人の母語意識が徐々に呼び覚まされ、台湾社会運動の発展とともに「母語を返せ」の訴えが起こり、母語復興運動が展開されるようになってゆく。

一九八七年七月一五日、国民党政権の蔣経国は戒厳令解除を宣言した。これによって長年にわたって抑圧されてきた「社会力」[*21]が一気に爆発した。集会結社、言論の自由などの基本的人権を獲得し、人びとは忌憚なく意見発表ができるようになった。街頭に出て自らの権利を要求したり、様々なメディアを通じて情報を獲得できるようになり、また社会の様々な問題について公開の場で宣伝したり議論したりできるようになり、それが社会運動に発展した。「母語を返せ」運動は当時勃興した社会運動の一つでもあった。

戒厳令解除によってそれまで各族群母語を抑圧してきた「国語政策」も徐々に緩和された。一九八七年八月二〇日、台湾省教育庁は各種学校への通達で、体罰や罰銭（罰金）などの不当な方法で校内で「方言」を使った生徒に処罰を与えてはならないとした。これは「方言」に対する戒厳令解除の第一歩であった。

続いて台湾各族群が自らの母語の尊厳の回復を行う。一九八八年一二月二八日、台湾各族群（台湾筆会、雑誌『客家風雲』、原住民権利促進会などの社会団体も含む）が共同で「母語を返せ」デモを行い、ラジオテレビ法における「方言」使用の制限を撤廃する法改正と多様な新言語政策の採用を訴えた。多方面での折衝を経てそれから五年後の一九九三年七月一四日、立法院はついに同法第二〇条の「方言」制限条項を削除した。「ラジオは国内の放送使用言語は本国言語を主として、少数民族言語ないしその他の少数族群言語に放送の機会を与えなければならず、特段放送時間の比率の制限を設けてはならない」とした。台湾人は国民党政権に対して、立法手続きによって各族群母語への抑圧や差別の撤廃を迫ったのである。

台語や客家語、原住民各族語の母語復興運動は、ほぼ同時に展開された。各族群が共通して訴えたことは政府に対して自らの父母の言葉を使う権利であった。たとえば、原住民の場合の「母語を返せ」とは、原住民青年が出身部族で長老から自分の部族の言語や文化を学ぶこと、さらには「漢人名を捨てて、本来の部族名を名乗ること」が要求された。客家人は「客家語を返せ」運動で、若者も客家語を話せと主張し、客家文化を宣伝する雑誌を創刊した。台語族群は「嘴講台湾話、手写台湾語文（口では台語を話し、手では台湾語文を書く）」という主張を掲げた。

原住民や客家人の母語の訴えは徐々に政府からの対策を引き出し、中央行政院や各県市政府が相次いで「原住民委員会」「客家委員会」を設置し、「原住民電視台（原住民テレビ）」「客家電視台（客家テレビ）」などを立ち上げ、原住民語と客家語の能力検定制度を設けるなど、様々な施策によって客家語と原住民各族群母語と、その文化の保存に取り組んだ。一方で、台語族群の母語復興運動は常に体制外の社会運動として奮闘、また論争を行わざるをえなかった。

台語の母語復興運動は、客家語や原住民各族語のように政府の政策における具体的な対応を引き出せなかった。とはいえ台語の生存条件と表記法の発展は、相対的には進んでいた。台語の運動目標は他の各族語とは異なり、母語を聞く話すといった基本的人権だけでなく、読み書きの能力についても求め、さらには母語文学創作にまで発展させたからである。そのため母語の表記法の研究と構築に関しては台語運動団体による努力が割と多く、そこに様々な系統やグループが生まれ、力が分散した部分もある。

(二) 母語文運動団体のグループ

中国的な伝統観念では、言語は「官話」と「方言」の別があるだけで、各族群母語は漢語「方言」の一種とされた。台湾では原住民以外のホーロー（福佬）および客家族群はすべて漢人移民と見なされ、また台語と客家語は漢語「方言」と見なされ、中国語の学問領域として研究された。こうした研究方法は中断することがなく、戦前の日本統治時代や戦後国民党時期の「国語政策」の下でも、漢学者が苦心して台語や客家語の漢字表記や音韻のルーツを考証する人がいた。それは連雅堂、呉守禮、許成章、陳冠学らである。

こうした認識の下、台湾文化界からは母語問題が提起されたが、その議論の焦点は「言語」ではなく、「文字」にあった。戦前の「台湾話文論争（郷土文学論争）」でも台語の漢字表記法をめぐる対立が起こったが、なんの結果も生まなかった。戦後は「国語政策」の強制によって「母語／方言」は常にタブーとされ、初期に比較的目立つものとしては一九五七年に鍾肇政が自費出版した雑誌『文友通訊』第四号で文学作品における「方言」問題を議論、作家たちが各自の見方を提起したものだけである。

そのときも大部分は漢語表記を主として、中国語にその他「方言」を混ぜることには否定的であった。全部を母語（「方言」）で表記することは考えられなかった。当時の「国語独尊」社会においては、みんなが国語とその表記法を学ぶべきものとされ、母語問題を持ち出す人はいなかった。そうした時代背景は理解できる。一方、長老教会の中だけは台語による宣教のため、台語白話字聖書や讃美歌を使い、台語白話字による『台湾教会公報』が発行されていた。だがそれらは長老教会の中だけで継続されたものであって、母語運動とまでは言えなかった。

母語復興運動の初期には大方の共通認識は「母語の保存」であったが、その問題は「保存の具体的方策」にあった。それは戦前の「台湾話文論争」で多くの人が「台湾話文で書くこと」を理念とする点では合意していたものの「どのように書くか」をめぐって対立が見られたのと同様であった。そこで一九八〇年代の母語運動初期において、台語界であまたの言語専門家や文字発明家が出現することになった。母語運動団体の中で比較的に積極的だったのは台語族群である。その母語表記法は異なっていたが、おおよそ次の三つの類型に分類できる。

①洪惟仁の漢字派、②鄭良偉の教会ローマ字派、③独自方式派である。この三派の運動家は運動過程において連携したり争ったりして、母語運動団体の再編が繰り返された。のちに表記法の相違により文学に関する考えも異なるようになり、それぞれが異なる台語文学グループを形成し、それぞれの台語文学も異なる風貌を持つようになった。

二　漢字派の母語運動

戦後「国語政策」の強力な実施によって、台湾社会は中国人と「同文同種」の漢民族と位置付けられることになった。言語文化も同じ漢文化の伝統に属するとされ、当然ながら母語復興運動もそうした漢文化の大本から出発する考えとなった。台語および客家語はともに漢語「方言」であり、古漢語の音韻を保存していると考えられ、台語の復興とは中華文化発揚の一つの方策だという訴えがなされた。伝統的な漢学研究者が台語と中原古音韻との関連性を研究し続け、正確な漢字を探し出すことによって台語や客家語の表記法を確立できると確信していた。当時はこれを、中華文化を広げ深めることが目的だと主張していた。つまり、漢字派の母語運動家とは、伝統的漢学研究者と相互に支援しあって発展したものである。

（一）洪惟仁が開いた台語母語運動

戦後台湾社会で最も早く母語団体を作ったのは、一九八九年八月一五日に雑誌『台語文摘』を創刊発行した「台語社」であった。これは主に洪惟仁が中心となって作られたものである。

洪惟仁は一九四六年に生まれ、台湾嘉義の出身である。一九六六年に中国文化学院中文系に入学したものの、高校の同級生の徐清茂の勧めにより輔仁大学中文系に転学し、福建恵安出身の鍾露昇教授から言語学を学んだ。鍾は台湾で初めての「方言」地理学研究者であった。一九七二年に師範大学中文研究所（大学院）を修了したが、「大同主義青年革命軍」事件によって政治犯として逮捕・入獄した。一九七九年になって出獄。台湾政治の転換点となった美麗島事件が発生したのはその年の年末だった。

洪惟仁は出獄後、「洪鯤」の筆名で多くの党外雑誌[*22]に政治評論や翻訳などを投稿し、『台湾河洛話声調研究』『台湾礼俗語典』と二冊の台語研究書を出した。一九八五年には台湾全土の方言調査を始め、一九八九年に龔煌城教授の要請で中央研究院で台湾方言調査計画に参加し、『閩南語経典辞書彙編』計一四種の辞書復刻も行った。

一九八八年、黄勁連が創設した「漢声語文中心（漢声語文センター）」が開いた台語教室は洪惟仁にも出講を要請した。そこでは鄭良偉も出講していた。二週間に一回の授業で、音韻学および台語基礎知識を教えた。受講生は黄勁連のほか、杜建坊、陳憲国、邱文錫、林錦賢、陳恒嘉、洪錦田、呉秀麗、黄冠人、高穎亮、蔡雪幸、駱嘉鵬らがいた。彼らはのちに台語界で活躍する面々である。

一九九一年、洪惟仁は国内外の学者とともに「台湾語文学会」を結成し、初代秘書長（事務局長）に就いた。会長は曹逢甫である。この学会の最大の貢献はローマ字表記法「台湾語言音標方案（TLPA）」にある。のちにこの表記法は一九九五年に教育部から推薦を受け、一九九八年に公布され、一時期台湾で最も流通した表音文字となった。

一九八八年に話を戻すと、洪惟仁は米国と日本の台湾人同郷会や台美基金会の招きで日米にわたり巡回講演を行い、海外の台語運動と接点を持った。そこで洪惟仁は台語運動の単に情熱だけではよしとせず、研究が重要だと考え、伝統的な民間文学を重視することになった。そして帰国後の一九八九年八月に雑誌『台語文摘』を創刊する。

その趣旨は「国内外の閩南《ビンナン》語、客家語、山地語[*23]に関する研究論文や評論を集め、様々な文章、文学作品、ルポ、学界動向を紹介し、資料交流により潮流を見極め、仲間たちと連絡することを目的とする」とした。月刊の目次は、閩南語や客家語、山地語、それらと関係する他の言語に関する研究論文や言語問題の評論、ルポなどの収集、および台語研究者と台語運動家との情報交換であった。そしてこれは体制外の社会運動を行う台語学術研究団体としては初めての例であった。

一九九五年二月二九日に正式に「台語社」を発足すると、洪惟仁が初代社長となった。また雑誌『掖種（種をまく）』を創刊し隔月刊とした。これは社会運動型の総合情報雑誌であり、二〇〇五年三月に休刊するまで計三九号を発行した。主要編集者（編集長、責任編集）は陳憲国と林文平である。

台語社の社長任期中には、台語文作文会や台語研習教室、台語漢文教室、台湾民間文学教室などを開き、華語作家の何人かが台語に転向した。そのうちが黄勁連であり、またその他の母語作家を輩出した。林錦賢、洪錦田、林文平、陳憲国、邱文錫である。ほかにも「掖種台文創作賞」「生活台語子供サマーキャンプ」「子供台語演説コンテスト」などを主催し、母語教育と母語記述について一定の貢献を行った。

洪惟仁は一九九六年に台中で体制外学校として作られた台湾文化学院、また体制内の静宜大学で非常勤講師となった。一九九九年には中壢元智大学専任副（准）教授となり、二〇〇三年には清華大学言語研究所博士を終え、翌年、台中教育大学で台語文学系を立ち上げた。いずれも台語運動の理念の実践を行った。

洪惟仁の台語研究は基本的には緻密な方言フィールドワークおよび中国語音韻、訓詁、文字学の基礎にもとづくものである。この系統の理念と方法は、基本的には洪の専門的業績とその宣伝にあった。メンバーの活動は、静態的な資料蒐集と編集作業が主であった。のちに陳憲国はラジオに進出し教育部国語委員会が開いた母語教師養成訓練講座で関連授業を受け持ったほか、邱文鍚と共編で俗語（ことわざ）辞典や華台語対照辞典を出したり、伝統歌仔冊や漢字小説などを現代的なローマ字音標（表記）で註解したものの出版と、それによる台語運動の宣伝を行った。各メンバーたちは他の比較的理念が近い団体に所属し、行動することもあった。

（二）黄勁連による南台湾の母語文運動

洪惟仁は、一九八八年に黄勁連の「漢声語文中心」が開いた台語教室で教えたことで、南台湾の母語復興運動とも意外なつながりができた。

黄勁連は一九四六年台南県佳里興潭仔墘に生まれた。その地は文化的な香りが高く、日本統治時代には台湾文学の大本営とみなされ、「塩分地帯」と呼ばれた。黄勁連は戦後華語体制の下で華語詩人として名を馳せた。一九七〇年（数え二五歳）に「全国優秀青年詩人賞」を獲得したが、一九七九年（三四歳）の美麗島事件前夜、台北での出版事業をやめて故郷佳里興潭仔墘に戻り、台南文学の仲間とともに「第一回塩分地帯文学キャンプ」を開催した。これは台湾文壇としては初めて統治者の統制を受けない文学活動であり、台湾現代文学が郷土に根を下ろした画期的な活動であった。この文学キャンプにおいて黄勁連は台語による講演を耳にした。向陽（林淇瀁）、林宗源、柯旗化、趙天儀らが自らの台語詩を朗読したもので、それは大きな衝撃を与えた。台南での母語復興運動はこうして芽生えたのであった。

一九八一年、黄勁連は台北で友人とともに「漢声語文中心」という台語研究教室を立ち上げ、洪惟仁を招いて指導にあたらせた。これが台語運動への参加の出発点になった。その後台北におけるすべての事業をやめて故郷に戻り、林宗源、施炳華らと新しい勢力を築いた。これによって南台湾母語復興運動の舞台を開拓したのである。

台南に戻った後は各地で講演を行ったり、教室で講義を持ったりした。当時は台南市伝統文教学会理事長の李承忠や台南市政府秘書の劉阿蘇からの支持を受け、台南師範専門学院付属小学校で台語教室を開いた。方耀乾はこの台語教室第一期生であった。また延平郡王祠の裏手にある王里長事務室で四、五年にわたって台語研究教室を開いた。これによってさらに多くの台語支持者を獲得した。[*24]

後に郷城建設公司董事長（会長）顔恵山の「郷城文教基金会」の支援を受けた黄勁連は、成功大学中文系の施炳華教授と「郷城生活学苑」に台語教室を開いた。そして一九九六年四月「郷城台語読書会」（〜二〇〇一年三月）を開いた。会員は基本的に郷城台語教室の受講生であり、大学、高校、中学、小学校の教師、主婦、タクシー運転手、ラジオ局パーソナリティ、郷土文化歴史家、商人ら各層から構成されていた。その中の割に著名な人物を挙げれば、方耀乾、周定邦、許正勲、董峰政、陳泰然、陳正雄、王宗傑、藍淑貞らがいた。彼らは後に府城（台南市旧市街地）地区で重要な台語文学作家、運動家となった。読書会員は週に一度集まり、台語の文章を鑑賞したり、互いの創作作品を批評しあったりした。そして一部の会員は文学創作も始めていた。そして一九九七年六月、「菅芒花詩社」を創設し、同時に雑誌『菅芒花詩刊』を創刊、また一九九九年一月に雑誌『菅芒花台語文学』を始めた。

一九九八年五月九日、郷城台語読書会会員は、台南市裕農路三七五号地下室にある郷城生活学苑で「台南市菅芒花台語文学会」を結成した。黄勁連が初代理事長となった。歴代理事長には施炳華、方耀乾、周定邦、藍淑貞らがいる。創会の趣旨は次の通りである。

台湾語文に関心を持つ人たちと連携して、台湾語文の永続的発展を目指し、台湾を多言語、多文化が共存する新たな社会とするための基盤づくりをし、異なる言語族群との相互理解、尊重、共存を目指す。それは一九三〇年に黄石輝と郭秋生が提唱した「台湾話文運動」を継承し、「喙講父母話、手写台湾文（口では父母の言葉を話し、手では台湾語文を書く）」ものであり、尊厳ある台湾文学を構築する。

この趣旨表明において、「一九三〇年に黄石輝と郭秋生が唱した『台湾話文運動』を継承」「尊厳ある台湾文学を構築する」としたことは、自らを母語運動に位置づけるにとどまらず、母語文学の推進に邁進する意志を示したものである。この学会はその他の台語団体と同様に、一般的な母語運動、母語教育、つまり「府城台語開講（台南市で台語を話す）」、また台語研習教室の運営、台湾歌謡歌詩公演、台語文学キャンプなどの開催、学校における台語サークルの設立の支援、セミナーなどの開催などの活動のほか、その主な目標としては台語文学創作の推進や台語文学刊行物の発行に重点があった。

後に藍淑貞は「紅樹林台語文推展協会」、周定邦は個人で「台湾説唱芸術工作室」、許正勲と黄金汾夫妻も「府城台語文推展協会」を立ち上げた。これらはいずれも「菅芒花詩社」から花開いて広がったものである。ほかにも方耀乾、周定邦、陳正雄はのちに『台湾e文芸』や『台文戦線』の雑誌創立に参画したが、これらも菅芒花系統の文学の延長とみることができる。

（三）『海翁台語文学』の学校台語教師への浸透

黄勁連は菅芒花台語文学会を離れてから、金安文教機構[45]創業者の蔡金安と知己を得た。黄は金安のオフィスに「請説台語（台語で話しましょう）」と掲げられていたことに感銘を受け、二人は台語に関する考え方で意気投合した。二〇〇〇年に黄勁連は教職を辞して、金安文教機構で教室を開くとともに編集長兼台語顧問に就任し、台語の出版事業に転向した。そこでは小学校の台語教科書の出版に携わり、『海翁台語文学』を創刊し責任編集を務め、小中学校の台語教師の母語運動支持者を開拓した。

『海翁台語文学』は印刷が綺麗なうえ、文学と教育的性格を有する台語文学雑誌であった。小中学校の一線で活躍する台語教師を主な読者としていた。表記法は教育部が認定していた方式を採用し、最初は改良式TLPAとしていたが、作家各自の表記法も尊重していた。のちに教育部が漢字推薦字、二〇〇六年末に「台湾閩南語羅馬字拼音方案（台羅）」をそれぞれ発表したことから、『海翁台語文学』でも同年一二月の第六〇号から率先して教育部の政策に従った。表記法の対立に深入りすることは避けて、台語文学が順調に教育体制、また台語教師に浸透することだけを考えてのことであった。これによって、母語文学が教育体制の認知を得て浸透し、実質的な効果を生むことになった。また大量の囡仔劇（子供演劇）、囡仔詩（子供詩）、囡仔古（子供向け物語）および小学生用のスピーチ原稿なども掲載し、母語教材として母語教師に提供された。

同時に『海翁台語文学』は民間文学の整理にも比重を置いており、褒歌《ポーコア》（近代以前の台湾民間歌謡形式の一つ）の分析、民間故事の整理などについても強い関心を向けた。また毎号定期的に一篇ないし二篇の文学研究論文を掲載した。それは台語文学の学術的研究を深めるうえで指標的な意味を持った。『海翁台語文学』が載せた台語文学研究論文は、母語表記の理論、台語文学運動史論などであり、台語作家（黄勁連、林央敏、李勤岸、方耀乾、荘柏林、陳雷、陳明仁、胡民祥、向陽ら）の作家論、また作品美学に関する論考を掲載した。その蓄積は一定の密度を有し、台語文学史の解釈分野の発展に大きく寄与した。主な学者に李勤岸、許極燉、沙卡布拉揚、胡民祥、方耀乾、陳恒嘉、施炳華、林央敏、蔣為文、黄勁連、葉笛、廖瑞銘（本書著者）、施俊州、周華斌、呂美親らがいる。ほとんどの台語文学研究者がこれまで同誌に論文を発表したことがある。

金安文教機構は『海翁台語文学』を発行すると同時に、二〇〇八年九月には台語教育に関する雑誌『海翁台語文教学季刊』の発行を始めた。これは実用性を旨として、母語教育に実際に寄与することを目的としており、対象は台語教師のほか、台語に関心を持つすべての人においた。

他に台語文学出版物として、金安文教機構は多くの台語文学創作集を出版した。一五巻からなる「台語文学大系」はその典型である。同シリーズは『許丙丁台語文学選』『林宗源台語詩選』『向陽台語詩選』『林央敏台語文学選』『黃勁連台語文学選』『陳明仁台語文学選』『胡民祥台語文学選』『陳雷台語文学選』『沙卡布拉揚台語文学選』『李勤岸台語詩選』『林沈默台語詩選』『荘柏林台語詩選』『顔信星台語文学選』『路寒袖台語詩選』『方耀乾台語詩選』からなる。現在までのところ、台語文学経典（名作コレクション）としてはもっとも大規模なシリーズである。

二〇〇三年から金安文教機構は「海翁台語文学賞」（小説・詩・随筆・児童文学）をスタートさせた。米国台僑の呉金徳がほとんどの経費を寄付した。趣旨は簡単明瞭で「①台語白話文の推進を目的とする。②台語文学創作の新人登場を奨励する」とした。つまり第一に新人発掘を目的としており、資格を一〇年以内に台語文の発表を始めた新人に限定、また『海翁台語文学』に発表された作品に応募資格があった。その後、一〇年制限をとりはらい、第四回から参加者が急増し、作品の質も向上した。この賞は新世代の台語文学創作者たちにとって「励み」になった。受賞した作家には新世代の潜在力ある書き手が見られた。王貞文、胡長松、林文平、楊焜顯、陳正雄、陳廷宣、柯柏栄、王昭華、呂美親、李長青らである。

ほかにも二〇〇五年から毎年「海翁台湾文学キャンプ」を主催し、受講者を公募した。体制外運動の精神を受け継ぎつつも、台湾母語文学の理念の拡張を図るため、文学キャンプは「台語文学」でなく「台湾文学」と命名された。それは台湾文学が中国文学から疎外されてきたことへの反撃の意図、および台湾文学が長年にわたる華語表記から脱却するという意味を込めたものである。また金安文教機構が二〇〇六年に出版した論文集『台湾文学正名』は、さらに明確に母語運動がポストコロニアル段階[*25]に達している意志を示すものだ。

三　ローマ字派の母語運動

母語復興運動が勃興する以前は、台湾本土の各族群は「国語」を学習し、自ら母語を放棄してきた。そうして華語体制が盤石化したのであった。だが米国や日本にいた台湾人はそうした抑圧を受けることはなかったため、自らの母語を保持しえた。在外台湾人はメディアや学校によって台湾母語の命脈を維持し、一九七〇年代初期に台語運動を始めた。それは一九九〇年代になって『台文通訊』が台湾に連絡事務所を設けたり、「読者連誼会（同好会）」を各地に設置して国内の母語運動と合流・連携したりすることで国内外の台湾人団体の運動資源が組み合わさり、母語運動は海外から台湾本国に拡大することになった。

海外から台湾本国に拡大した母語運動は、在外台湾人団体の運動資源を利用したうえで、海外における母語運動の発展成果を背景に、台湾国内における漢字派母語運動とは異なる、母語復興運動への新たな突破口を見出すことができた。それは漢字だけに依存しようとする言語的な観念を捨てて、西洋現代言語学から学んだ言語計画の考え方を取り入れるものだった。そして情報処理やメディアによる広報を重視する戦略をとり、台語運動の出版物を通じて母語復興運動を展開した。こうして現代的かつ先進的に幅広く成長する機会を得られたのである。

(一) 在外台湾人の母語運動

戦後、北米に出た台湾留学生はそのまま住み続けた。彼らは自覚的に母語と文化の保持を行った。そうして各地にいた台湾人たちは中国語学校に台語課程を設置し、第二世代の子弟に母語を伝えた。これは台湾国内と比較して母語の保存空間が大きかったことを示している。後には在外台湾独立団体の運動資源と結合し、在外台湾人の母語復興運動を形成した。

一九七〇年代の「台湾独立連盟[*26]（のちの台湾独立建国連盟）」は、日本から米国、カナダなどの国に発展した。海外の台湾人団体は各地の台湾同郷会を通じて組織を発展させネットワークを形成し、徐々に結集していった。

一九六六年六月、米国各地の「台湾独立連盟（ＵＦＩ）」代表がフィラデルフィアに集まり、「全米台湾独立連盟（ＵＦＡＩ）」に結集、連絡に便利なように重要幹部が一九六八年秋から相次いでニューヨークに移り住んだ。一九六九年九月二〇日、米、日の台独団体はニューヨークで世界的組織、「台湾独立連盟（ＷＵＦＩ）」を結成した。毎年夏には各地の台湾同郷会が合同で「夏令会（サマーキャンプ）」を開催し、台湾から専門家を招いて台湾の言語文化に関する講演会を開いたり、台湾人独立建国の理念を宣伝したりしたが、台湾母語意識もテーマの一つとなった。夏令会が台湾人の情念を呼び起こし、在外台湾人の母語運動（台語と客家語を含む）がこうした政治活動の場面で徐々に拡大し形成された。

1　米国台語運動および台語媒体の夢

文献から考察されることは、海外で最も早く出現した母語運動団体は、李豊明らがニューヨークで設立した「台湾語言推広中心（The Center for the Study Promotion of the Taiwanese Languages、台湾言語推進センター）」であった。この団体は一九七五年八月一五日に『台語通訊』双（隔）月刊を創刊し、李豊明が責任編集した。初期は全漢字で発行されたが、第三号からは漢羅合用（漢字ローマ字混ぜ書き）表記法となった。発行部数は二〇〇部だけだったが、主な目的は台語教育を推進し、台語表記法の実験舞台を提供することにあった。一九七六年一〇月、「台湾語言推広中心」はニューヨーク州政府に団体登録を認可され、「台湾語文推広中心（台湾語文推進センター）」に改称した。これは言語と文化の二つの要素を含むことを意図したものだった。

一九七七年五月、「台湾語文推広中心」は『台語通訊』を第七号から新聞スタイルのものとすると決議、さらに『台湾語文月報（*Taiwan Linguistic & Cultural Monthly*）』と改称した。これが台湾人が初めて北米で発行した新聞である。表記法は引き続き漢羅合用台語を採用し、一九三〇年代の台湾話文と七字仔恋愛詩[*27]を転載したりした。発行部数は一〇〇〇部に増加した。発行人は李豊明であるものの、陳清風がシカゴで編集・印刷・発行を請け負い、ハワイ在住の鄭良偉が言語顧問となった。李豊明と邱文宗はニューヨークで宣伝を担当し、北米以外にも欧州、日本にも送られた。『台湾語文月報』各号の報道をみると「台湾語文推広中心」が米国各地で数多くの台語関連イベントを行っていたことがわかる。そこには白話字速成教室や台語教育教室、台湾文化鑑賞会、台湾言語文化展覧会、児童サマーキャンプ、演劇演出などがあり、また白話字教科書や子供向け教材、台湾民謡歌謡のテープ、絵入り辞書などの出版を行った。

一九七八年五月に『台湾語文月報』は『台湾論報（*Taiwan Tribune*）』と改称したが、翌年一月の第二一号で休刊してしまう。そのうちの一部は『亜洲商報』の立ち上げに転進した。『台湾論報』が一九七九年初めに休刊した後も、米国・カナダ地域の台湾人の母語運動への情熱は減退することはなく、その他北米の中国語新聞・雑誌に時々、台語の作品や台語活動の消息を載せ、台語運動を続けていた。そしてまた台湾国内にも手を伸ばそうとしていた。[*28]

海外台語運動は新聞・雑誌などの形で発展してきた。中でも台湾独立連盟の機関紙『台湾公論報』は台語文を最も支持した中国語媒体であり、一九九〇年から陳雷の華語小説を連載した後、台語対照の長篇小説「李石頭的古怪病（李石頭さんのおかしな病）」を掲載した。

一九九一年に『台文通訊』がロサンゼルスで創刊されると、翌年『台湾公論報』第一〇八四号から「台文通訊信箱」と題するページで『台文通訊』の内容を転載しはじめた。また一九九四年、蔡正隆が台湾独立建国連盟米国本部主席になると、台語運動の台湾独立建国における重要性を強く認識し、李勤岸を招いて台語社論執筆陣を作らせ、『台湾公論報』でも台語社論を掲載することにし、一九九四年九月から始め、一九九七年まで続いた。台語社論執筆陣には李勤岸、胡民祥、簡忠松、蔡正隆、陳柏寿らがいたが、胡民祥が最も多くを書いた。

一九九六年、『台湾公論報』は一ページの台語専門ページを設けたが、これも李勤岸が責任編集となった。さらに一九九八年から二〇〇二年に、社長・楊恵喬が胡民祥に責任編集させた台湾文化専門ページと文学ページにも台語文作品が掲載された。また、「文学園」と呼ばれるコーナーには華語と台語が併記され、台語は全漢字や漢字ローマ字混ぜ書きによるものが載せられた。二〇〇三年には発行人の許世模が林俊育を責任編集とさせて「蕃薯園――台語文専刊（サツマイモ畑――台語専門ページ）」を作らせた。これは最初半ページがのちに一ページ分に拡大された。「蕃薯園」は主に漢字ローマ字混ぜ書きで書かれ、一部は全ローマ字が使われた。

また北米において台語に関心を示した刊行物に『台湾学生（*Taiwan Collegian*）』『太平洋時報（*Pacific Times*）』『台湾文化（*Taiwan Culture*）』『台湾郷訊（*Houston Taiwanese American Journal*）』などがあった。『台湾学生』は台語文章の比率は少なかったが、台語特集号を組んだことがある。『太平洋時報』は週刊新聞で、一九八七年六月一五日に呉西面がカリフォルニア州で創刊した。一九九一年から毎月半ページを使って『台文通訊』を転載したほか、台語活動ニュースを報じた。李勤岸が二〇〇一年にハーバード大学で台語講座を開いたこと、ロサンゼルス台語学校、ワシントン台語学校などのニュースである。

『台湾文化』は一九八五年七月に陳文成教授記念基金会が創刊・発行したもので（～一九八九年三月、計一九号）、台語文化関連の論文や創作としては、胡民祥「台湾新文学運動時期の『台湾話』による文学への発展をめぐる検討」、鄭良偉「台語の中の文言音と白話音」、陳雷の台語小説「美麗 ê 樟脳林（美しき樟脳林）」などがある。『台湾郷訊』はヒューストン台湾同郷会（Taiwanese Association of American - Houston Chapter）が発行する月刊誌で、一九九八年一一月と一二月にそれぞれ創刊準備号を出し一九九九年一月から発行を開始した。これはヒューストン地区唯一の台湾人による平面媒体であり、毎月二〇〇〇部を発行し、会員に無料配布のほか、非会員も無料で受けとることができた。二〇〇三年四月には台語特集欄を設け、二〇〇四年二月までに書いた主な台語作家として、簡忠松や許隼夫らがいる。

2　『台文通訊』創刊

海外母語運動は前述の台語刊行物の成果のほか、社会運動団体としても努力が積み重ねられた。一九八五年にロサンゼルスの台湾人が設立した「南湾台美学校（サウスベイ台湾米国学校）」でも台湾母語教育が行われ、他にも、陳清風によって一九七〇年代に作られた「シカゴ台湾文化促進会」、一九九九年の温恵雄による「ロサンゼルス台湾語文促進会」、二〇〇二年の林俊育による「ボストン台語進歩社」などの台語団体が生まれた。

これらの台語団体は各地に読書会を設けて台語活動を行った。たとえば毎夏各地の台湾人サマーキャンプでは台語座談会が開かれ、内外の台語運動団体の意見交換の場となった。中でも蔡正隆が台湾独立建国連盟米国本部主席であった期間中の一九九五年に開かれた「北米台語サマーキャンプ」は、内外の台語運動の結集という歴史的な意味合いを持つものとなった。この第一回のサマーキャンプは七月一三日から一七日までヒューストンで開かれ、台語専門家や学者、作家、台語に関心を持つ台湾人が参加した。後に「世界台湾語文化キャンプ」と改称して台湾で台湾羅馬字協会が主催、今日に至っている。戦後台湾の母語復興運動が、こうしたますますの成果を収めることができたのは、こうした海外における運動資源が投入された結果であった。

一九九一年、ロサンゼルスの「台文習作会」が雑誌『台文通訊』を創刊した。これが海外台語運動において大きな意味を持つ転換点となった。

一九九〇年末、『台湾語文双（隔）月報』の李豊明がロサンゼルスの鄭良光らとともに台語パソコンシステムを習得すると、台語による執筆と創作に興味を覚え、定期的に集まるようになった。そこではローマ字を学習したり、相互に作品について話し合ったり、台語作品の批評をしたりした。徐々に参加者が増えてゆき、「台文習作会（Taiwanese Writing Forum）」として発展した。創会の趣旨はきわめてシンプルで、様々な職業の人たちが台語で自らの職業について説明し、台語が文明の進歩にキャッチアップしていることを示すことにあった。また台語パソコンシステムを宣伝し、台語文字の普及と標準化を進めることでより多くの台語作家を養成し、台語標準化を進めることにあった。

後に鄭良光（筆名・羅文傑）が兄・鄭良偉の関係でハワイ大学東アジア語文学科との台語研究計画に参画し、一九九一年七月にロサンゼルスで『台文通訊』月刊を創刊した。これは台文習作会会員の作品発表の舞台としてであった。当初予算は一万米ドルで、主な出資者は王秋森、鄭良光、陳立宗、江昭儀、陳雷、鄭良偉、胡維剛であった。鄭良光が発行人兼編集長となり、その兄の鄭良偉は「ハワイ大学東アジア語文学科台語研究計画」の名義で共同賛助人となった。

『台文通訊』の主な目的は、台語が絶滅の危惧にある今、この刊行物を通じて「火種」の役割を果たし、台語のたいまつをともし続ける、というものである。基本的に『台文通訊』は台語運動の草の根的な刊行物であり、その運動目標および業務としては多くの人の母語意識を喚起し、母語による執筆を奨励することであるとして、次の点を挙げている。

1 台語運動の内容を宣伝し、草の根における参画を広げる。
2 多くの人の台語/台湾語文への関心と学習を広げる。
3 政府の台語政策に影響を与える。
4 母語表記と執筆の舞台を提供する。
5 台語書面語の発展を促進する。
6 台語文学を紹介、推進する。

3 『台文通訊』発行と編集

『台文通訊』は毎月一回発行し、毎号一六頁、四-五〇〇〇部を発行していた。北米地区は聡美姉紀念基金会[46]が、台湾は李江却台語文教基金会が発行および発送業務を引き受けた。

『台文通訊』は初期はロサンゼルスで編集・発行され、部数は二〇〇〇部、「台湾新社会」「北美洲台湾人基督教協会(北米台湾人キリスト教協会)」などの団体の会員に配布した。一九九一年八月の第二号からは五〇〇〇部に増やし、台湾では前衛出版社に発行を委託、出版社の読者登録リストにも贈呈されるなど非営利で刊行された。また後に、『台湾教会公報』と約一年間提携して合作し、『台湾教会公報』の読者に折り込みで贈呈した。第一四号から第二四号までに、台湾での発行部数は一万部に増え、台湾医界連盟のほか、環境保護、教育、メディアなどの社会運動団体会員に贈呈された。翌年（一九九二年）、『台湾公論報』（第一〇八四号から「台文通訊信箱」ページを開設）、日本の『台生報』（八月から）、また『台湾教会公報』（一〇月から毎月三ページ）などに『台文通訊』の内容が転載され、これが『台文通訊』の発行網を拡大させた。

一九九三年一一月の第二五号からは米国ニューヨークの「聡美姉紀念基金会」が発行することになり、毎号一六ページに増やした。しかし二〇〇〇年九月、聡美姉紀念基金会が財務困難に陥る。そこで読者に向けた緊急アピール[47]として、読者一人に一年あたり米ドル／カナダドルで二〇〇ドル以上のカンパによる共同発行人への参加を呼び掛けた。

一方で一九九二年末には台湾に総連絡事務所を設けて、台湾については前衛出版社および台語伝播公司が発行した。そして一九九七年以降は発行元が「李江却台語文教基金会」となる。二〇〇六年二月、米国の聡美姉紀念基金会が『台文通訊』の発行業務を終えると、第一四三号から李江却台語文教基金会が発行業務全体を受け継ぎ、二〇一二年には『台文 BONG 報』と合併して『台文通訊 BONG 報』となった。

『台文通訊』の創刊初期にはロサンゼルスの「台文習作会」の会員が編集を担当し、鄭良光が発行人兼編集長であった。一九九八年の第五一号からは編集部がロサンゼルスからハワイに移動し、ハワイ大学で言語学博士課程に在籍していた李勤岸が編集長を務めた。また一九九九年夏、李勤岸が学業専念のため編集長を辞任、当時の聡美姉紀念基金会幹事長の陳柏寿がカナダの陳雷に接触、話し合いの結果、その年の一〇月の第六九号から編集部はカナダに移され、「トロント台文通訊読者連誼会」の会員が担当した。[48] そしてさらに、二〇一一年には台湾で編集することになった。[49]

『台文通訊』の編集会議は発行前に開かれ、編集部の主な仕事は原稿集め・整理・翻訳・選定・手直し・校正であった。編集長がそれをリードし、調整した。『台文通訊』の文字表記は台語界で主流となっている「漢字ローマ字混ぜ書き（漢羅合用）」を当初から採用し、初期の編集は蘇芝萌が開発した「HOTSYS-HAKSYS 台語文系統」と劉杰岳の「Taiwanese Package」という二つのパソコンソフト[*29]が使われた。すべての原稿のやり取りはインターネットを通じて行われ、編集・組版の後、ロサンゼルスと台湾へ同時に送られ印刷され、北米は聡美姉紀念基金会、台湾では李江却台語文教基金会が発行を行った。

4 『台文通訊』の海外での拡散と効果

「台文習作会」は後に「L・A（ロサンゼルス）台文通訊読者連誼会」に発展した。同会が台湾人団体に向けた台語宣伝の拠点となった。さらにこの手法が台湾にも持ち込まれ、台湾国内での母語復興運動として発展することになった。同時に海外でも「台文通訊読者連誼会」が各地で設立され母語運動が推進された。

一九九四年一月、在カナダ台湾人がトロントの連合教会において「トロント台文通訊読者連誼会」を結成した。同会は一九九六年二月から毎月定期的に一五ないし二五人が集まり、初級・中級・上級教室を開いた。初級教室では台語の基本を学び、中級教室の目標は声調記号を書かない全ローマ字表記の文章を読み書きできること、また上級教室では漢字ローマ字混ぜ書きないしは全ローマ字が書けることを目指した。教室はレベルごとに編成されて受講生の学習進度によって調整がなされた。これは随時参加が可能であった。陳雷の指導でローマ字学習、台語作品鑑賞、詩の朗読、演劇や台語文の習作が行われた。多くの人はすぐに上達し、トロントは海外台語運動の大本営の一つとして発展していった。

会員の大部分は、トロント台湾人コミュニティにおける活動的なメンバーであった。強烈な台湾意識を持っているだけでなく、各種団体に参加し、組織力と活動力にすぐれていた。それゆえ定例の集まり以外にも台語推進活動を行っていた。講演会、台湾人団体刊行物への寄稿、新聞での台語専門ページ「台文通訊園地」の開設（記事転載）、サマーキャンプ、二二八記念会合、また台湾同郷会の夜の会合での台語関連公演を行った。それには台語詩の朗読、台語演劇、台語答嘴鼓（漫才）などがある。同会は海外で今でも活動する、歴史的に最も古い台語団体である。

一九九四年四月、米国ニュージャージー州の「関懐台湾基金会（台湾に関心を持つ財団）」と台独連盟が『台文通訊』の財務面の支援に応じ、『台文通訊』の台湾独立建国連盟海外中央委員全員への発送を請け負った。また一九九五年、L・A台文習作会が『台文通訊』主筆の陳雷による台語話劇『厝辺隔壁（隣近所）』を上演し、一九九六年にロサンゼルスで「第二回北米台語サマーキャンプ」を開催した。

現代において、海外台語運動のほとんどが国内のそれと同時並行的に進行している。一九六〇年代の日本の『台湾青年』や一九七七年の『台湾語文月報』を除けば、『台文通訊』は国内運動の先導者だと言えるだろう。一九九一年から今日まで草の根における広がりを推め、台語のたいまつを受け継いできた。

『台文通訊』は現在、国内外でいまだに発行され続けている台語刊行物として、読者のカンパによって維持されている。これはまた現代海外台語運動の草の根的性格を受け継ぐものである。その影響はロサンゼルス、ヒューストン、ボストンなどにおける台語学校や台語研究サークルの開設という効果をもたらした。いくつかの海外の大学には正式に台語の授業が設置されている。また、海外台湾人の二大紙である『太平洋時報』（「台文通訊園地」ページ）、『台湾公論報』（「蕃薯園」ページ）にもそれぞれ『台文通訊』からの転載ページがもたれたことがある。

『台文通訊』は第一号から第一一七号まで海外版と国内版が同時に発行された。国内では中央研究院や教育部、大学が『台文通訊』の記事をデータベースとして使っているし、台語教育現場では『台文通訊』の文章が教材として使われている。『台文通訊』はすでに社会公認の台語データベースとなっているのである。

（二）『台文通訊』台湾総連絡事務所と李江却台語文教基金会

『台文通訊』がロサンゼルスで創刊されてから少し後の一九九二年年末、鄭良光は王秋森、張維嘉、王良益ら一〇人の仲間と一人あたり一万台湾ドルを出資、合計一〇万台湾ドルを原資として、台湾総連絡事務所の初期費用を捻出した。その予算で陳豊恵が台湾総連絡人として、母語運動推進のための台湾国内事業に取り組むことになった。

1　『台文通訊』台湾総連絡事務所

一九九三年二月一五日、台湾総連絡事務所が「L・A台文通訊読者連誼会」をモデルとして、台北市林森南路の豊泰基金会会議室で台湾国内初の「台文通訊読者連誼会（同好会）」を設立した。代表となった段震宇は「言語絶滅」は、「長期的、草の根運動的に治療しなければならない。読者連誼会はこうした草の根運動の在り方である。実際上の目的は各地の読者やボランティアスタッフと連携して、読者が漢字ローマ字混ぜ書き台語の読み書きを学習し、台湾各地の母語運動の情報を交換し、島内の台語運動を発展させることである。具体的な方法としては毎月定期的に集まり、台語の新曲の練習、『台文通訊』の文章の朗読、ローマ字読み書き練習、言語動向報告、事務的な議論、懇親会などである。草の根の連誼会を通じて台語に使命感を持っている人たちが具体的な行動を展開し、点から面に、また話す、読む、書くという新たな動きを推進し、母語を台湾各地で復活させることを望む」とした。

この後、台湾三五ヶ所に続々と同様な連誼会が設立された。主なものは、淡水（蔣為文）、民権東路（陳豊恵）、林森南路、民生東路（林怜利）、板橋（劉明新）、新竹（李豊明、林民芬、林裕凱）、台中（曽正義）、台南東門（顔信星）である。また、ここに名前を連ねた人物は、一九九〇年代の台語運動の重要メンバーをほぼ網羅している。

読者連誼会を通じて、様々な方向で他の民間団体や学生団体と連携していった。一九九三年八月には各地に一五の読者連誼会が結成され、多くの母語教師や民間活動家が、母語復興運動に参加した。「台文通訊読者連誼会」は母語を滅亡の危機から救い出し、台語白話文を推進するための運動拠点となった。

一九九三年八月一四日、台中市金国飯店（ホテル）で「台文通訊二周年記念兼全国読者連誼大会」が開かれた。各地連誼会会員が招かれ、国内外の台語の発展に関心を持つ人たちが相互交流を持ち、コンセンサスと絆を深めた。台語界の大同団結の様相を呈した。

「台文通訊読者連誼会」をモデルにして台湾各地には拠点が作られ、台語運動の種子がまかれ、台語の仲間が結集した。台中、彰化は特に成功した例である。「台中読者連誼会」は当初、曽正義が結成した。彼はその後、台語パソコン教室を立ち上げ、台語創作を奨励した。また、「台中台湾語文研究社」を結成し、『台湾語文研究通訊』（一九九四年六月二〇月－九六年、全一九号）と『蓮蕉花台文雑誌』（一九九九年一月二〇日－二〇〇八年一〇月二〇日、全三九号）を創刊した。

蔣為文の淡水読者連誼会と林裕凱らによる新竹読者連誼会は、若手世代の台語学生運動のリーダーであった。また陳福当の彰化読者連誼会がさらに花を咲かせ、彰化が台語の一大基地となり、在地の台語作家を輩出した。またカナダのトロント台文通訊読者連誼会は、後に一九九九年一〇月から『台文通訊』（第六九－一二四号）の編集本部となり、その会員のうち三人が編集長を務めた。

『台文通訊』台湾総連絡事務所は、全国の台語運動の拠点となっていた。その任務は、読者連誼会を立ち上げることと、各種台語教室を開き、台語教育を普及させることである。さらに一九九二年一一月には「台語伝播公司」を設立し、ラジオ番組を制作、ラジオ局で流した（台語をテーマにした番組「春風歌声」。陳明仁と陳豊恵がパーソナリティとなって、ＴＮＴ宝島新声広播電台[*30]で放送された）。また台語音声テープ付きの書籍、台語吹き替えのアニメビデオなどの台語商品を市場で流通させた。一九九二年一一月には世界で初めての客家語関係の雑誌『客家台湾』の設立を支援した。同年にはまた盧誕春、楊允言、潘科元ら大学生が結成した「学生台湾語文促進会」も支援した。

一九九六年には特徴的な母語運動が展開された。それは陳明仁らが結成に参加した政党「緑色本土清新党」（後に「緑党」と改称）の候補者として、台語団体が推薦した陳豊恵と廖瑞銘（本書著者）が国民大会代表選挙[*31]に出馬し、簡潔な政見を掲げたのである。それは「愛母語、毋是愛選挙（母語を愛するためで、選挙のためではない）」。これは選挙活動を利用して母語運動の知名度を高める戦略であった。もちろん落選したものの、母語運動の声を広めた点では効果があったと考えられる。

2　李江却台語文教基金会と『台文 BONG 報』

一九九六年の国民大会代表選挙の後の夏、陳明仁と陳豊恵、廖瑞銘の「三羽烏」が北米の「第二回台語サマーキャンプ」に参加し、台湾人団体に向けて台語文学の巡回講演を行い、在外台湾人から喝采を受けた。この海外渡航により達成されたのは次の二つ、雑誌『台文罔報』創刊と「李江却台語文教基金会」の設立である。

「三羽烏」が台湾に帰国すると、当時台湾では台語作品を掲載するメディアがほとんどなく、ここに発表の場を作る必要性を痛感した。より多くのより良い文学作品の執筆を慫慂し、台語文学の基盤を固めることが目的であった。そこで、「台北台文写作会[50]（執筆会）」を基本メンバーとして、同年の一九九六年に台語文学専門雑誌『台文 BONG 報』を立ち上げた。そこでは文学性、専門性、躍動性が謳われ、台語運動が言語の次元だけではなく、文学の次元、ひいては文化全体の次元での促進が目指された。それは一九八〇年代に台湾で始まった台語運動の次のステップへの始まりであり、海外での『台文通訊』の延長線上に行われたものであった。

一九九六年の「三羽鳥」による米国巡回講演のピッツバーグで、林皙陽が台語運動の理念に共鳴し、台語運動を長期的に推進する基金会＝財団の設立を提案した。「三羽鳥」は台湾帰国からまもなくの翌一九九七年に、林皙陽夫妻からのカンパ二〇〇万台湾ドルを原資にして「李江却台語文教基金会」を設立した。これは台湾で初めて専門的に台語事業を行う基金会であった。同会の設立趣旨は、台湾各族群母語と母語文学および文化の発展である。活動計画としては、台湾各族群言語の全面的使用、創作、翻訳、研究、教育、宣伝などの関係活動のすべてである。その最初の事業が『台文 BONG 報』の発行業務であった。

二〇〇六年二月、李江却台語文教基金会が米国聡美姉紀念基金会から『台文通訊』（第一四三号〜）の発行業務を継承し、二〇一一年にはその編集本部も台湾に移された。二〇一二年には『台文 BONG 報』と合併し、『台文通訊 BONG 報』となる。

さて、『台文 BONG 報』の名称は、幾度かの議論を経て決まったものである。創刊号において「BONG」という単語について次のような説明がなされた。

Góan bóng 報，bóng 想，bóng 写，lín bóng 読，bóng 嫌，bóng 捐（われわれは雑誌を出してみる、考えてみる、書いてみる。あなたは読んでみる、不満をいってみるが、募金してみる）。

BONG! 爆炸 ê 声（ボン。これは爆発音でもある）。

BONE，台湾語文是台湾文化意識 ê 骨（また bone、台湾語文は台湾文化意識の骨格である）。

台湾語文 beh 絶種 --a，做一個 bōng（台語はまさに絶滅しつあり、一つの墓／夢になりつつある）。

Khah 早無重視台文 ê，小 bong-- 一下（台語を重視しなかった過去を、少し感じてみよう）。

台文 tī 台湾，hō͘ 人罩 bông 罩霧，beh bông--a（台湾での台湾語文は、霧のように隠され、滅びようとしている）。

報大家 m̄-thang koh bòng-- 落去，為台文 phah 拚（みんな、もう二度と放っておかないで、台湾語文のために頑張ろう）。

Kap 大家 sńg 笑 --e，BONG 就是 B-O-N-G，随人歓喜，ka-tī 去解説[*32]（みんなと冗談を言いたい。ボンとは B,O,N,G と書く。楽しもう。一人ひとりがボンとは何かを考えよう）。

これは一見ちょっとした言葉遊びだが、実際には台語運動および台語表記に対する基本姿勢を示したものである。台湾を愛する人たちがみんなで台語雑誌を作り、台語の危機について考え、台語運動の深化によって台語文学運動を進めようと訴えたものだ。

『台文 BONG 報』の発行所は「台文罔報雑誌社」といい、発行人は廖瑞銘（本書著者）、社長は呂子銘で始まった。発刊の辞「台文 BONG 報出世（『台文 BONG 報』が誕生して）」の中で、この雑誌を「台北台文写作会」会員が出資して共同経営するが、「非同人誌」であり、「社務委員制」を採用したと述べている。これは『台文通訊』の「共同発行人制」にならったものであり、社務委員が毎月一人定期的に一〇〇〇台湾ドルを出資しなければならず、財源・発行人・社長・編集などを順番で担当する義務を負う。文字入力・レイアウト・郵送などの雑務は台北地区の会員がボランティアで行う。

創刊号には一六人の社務委員が挙げられている。前三人の幹部を除くと、陳明仁、陳豊恵、張素華、陳憲国、黄提銘、黄佳恵、林晢陽、林源泉、邱文錫、葉国興、荘恵平、詹随陽、洪錦田である。最初の二号の責任編集は楊嘉芬、第三号以降の編集長は陳明仁（第三－五〇号）、陳豊恵（第五一－八三号）、劉杰岳（第八五－九六号）、陳徳樺（第九七－一〇二号）、廖瑞銘（第一〇三－一八四号）が務めた。そして、二〇一二年二月に『台文通訊』と『台文 BONG 報』が合併して『台文通訊 BONG 報』となる。編集長は廖瑞銘が続投した。

雑誌は社務委員制の固定的な財源もあったものの、やはり収支バランスを保てなかった。そこで二年目（一九九七年）の第一三号からは「李江却台語文教基金会」が一部の人件事務費用を負担することになった。そして二〇〇二年には基金会の事務所と『台文 BONG 報』編集部が中華路の現在地に移動した。あいかわらず大部分の経費を基金会に依存していたため、二〇〇五年初めの理事会で『台文 BONG 報』を基金会の機関誌とすることを決定した。そうして先にもみたように二〇一二年初めに『台文通訊 BONG 報』として合併改称することになる。

『台文 BONG 報』は台北台文写作会会員による、非同人誌であった。そして雑誌は外部からの投稿を歓迎し、詩、随筆、小説などの複数ジャンルの文学創作が掲載され、また非文学的なテーマ、たとえば医学、科学、工業、法律なども掲載された。唯一の条件は台語で書くことだった。また客家語や原住民各族群母語の創作者に対しても、彼らの母語による作品の投稿を呼び掛けた。つまり『台文 BONG 報』は台語オンリーではなく、台湾各語族の声に耳を傾ける姿勢を示したのである。

第一号に「発行人の話」として、「われわれが意を決して作ったのは自らの媒体である。それはつまり文字によって自らの声を集め、その声にある詩、情、理、愛を表現する。最も重要なことは活力ある台湾の風味を表現すること」とある。

（三）学生台湾語文促進会

これまでみてきたように、一九八七年に国民党政権が戒厳令を解除したことによって、台湾の社会力が全面的に解放されることになった。母語復興運動はそうした社会運動の一つであった。大学においても本土文化を見直し、考えようという勢力が登場した。当時はまだ台湾文化および歴史に関する学科が存在しなかった時代であり、学生たちは自ら台語関連サークルを立ち上げた。

最も早く大学で設立されたものは、成功大学台語社（一九八八年）であり、次が台湾大学台湾語文社（一九九〇年）、交通大学台研社（一九九〇年）、淡江大学台湾語言文化研習社（一九九一年）、清華大学台語社（一九九二年）、また師範大学などにも作られた。後に高校にも作られ、大同高校、景美女子高校、楊梅高校などにも台語社が設立された。こうしたサークルは「台語運動の教育体制における先駆者」と言えるだろう。

またこれらのサークルが母体となって様々な活動が展開された。母語知識、母語読み書き学習、あるいは講師を招いての台湾文化の歴史や母語文学に関する講座である。北部にある大学の台語サークルは、陳明仁を指導講師に招き、他の地区でもそれぞれ講師を招いた。成功大学台語社は一九八八－九二年に、都市計画系の葉光毅が台語会話教室、林継雄や劉至明が現代文書法（独自の表音文字体系）を教えた。一九九〇年に交通大学台研社は部員の盧誕春が他の部員に台語を教え、また同年に台湾大学台湾語文社は呉秀麗による台語ローマ字拼音教室、林上超による漢詩教室、李元侯による台語古文教室、蔡雪幸による台語生活対話教室をそれぞれ開いた。一九九一年に淡江大学台湾語言文化研習社は阮徳中による台語音標教室、翌一九九二年に楊碧川による台湾史教室を開いた。また同年に清華大学台語社は潘科元による本土言語講座などを開いた。

各大学の台語サークルは母語教室（台語、客家語）を開いたほかにも、母語雑誌を刊行し、母語文化理念や母語文習作を掲載したりした。成功大学台語社の『小西門』、清華大学台語社と交通大学台湾研究社の合同による『台語風』、台湾大学台湾語文社の『台湾語文』、淡江大学台湾語言文化研習社の『台湾囡仔』、清華大学台語社の『生活台語文通訊』、実践大学台湾文学欣賞研究社の『憨集』などである。

台語サークルはまた部内で定例の読書会や講演会を開いたほか、各種社会運動にも参加した。大学間の交流も活発で、連携して母語運動を推進した。一九九二年五月三日には各大学台語文サークルの連合体として「学生台湾語文促進会」が台湾大学校友会館で設立された。歴代会長は楊允言、盧誕春、許文泰、呉国禎らである。

　こうした学生たちは「学生台湾語文促進会」によって台語運動の決意を示した。そうして連合体は雑誌『台語学生』を発刊し、その発刊の辞（台語漢字表記）で次のように説明する。


　我々はこの組織を通じて学校ごとに分散した勢力を結集し、社会大衆にわれわれが台語運動を進めるという決意を示したい。

　この刊行物はわれらの成績表である。各界からの批評や指摘を願いたい。最も重要なことは、われわれの努力によってより多くの人が台語運動に参加することであり、この運動が早い時期に成功することである。


　つまり、「学生台湾語文促進会」の最大の意義とは、全台湾で台湾母語文化に関心を持つ大学生が、母語の正義を求めて母語運動に携わる決意を示すことである。そしてそれが外に向かって拡散して、より多くの人が台語運動に参加することを希望したのである。この運動の成功を我々も願ってきた。

「学生台湾語文促進会」の活動は、主に母語意識の啓発と母語人材の育成である。具体的には、台語によって手紙を書き、Eメールでは白話字を使い、「台文通訊読者連誼会」にも参画し、高校生向けの台語キャンプを開くこと、また民主派ラジオの台語番組を制作し、教育改革に参画することである。教育改革の中では、台語を通識教育課程（教養課程）に入れ、台湾文化データベースを設立することも要求していた。

一九九三年には「県市長候補の母語態度調査」を実施し、そのための公聴会を開いたり、また「台語文学キャンプ」の共催者となった。また一九九五年に台語文学会と台湾大学大学院言語研究科の共催で「第二回台湾言語国際シンポジウム」が開催されたが、会議の使用言語が「国語（中国語）」と「英語」のみとされていたことに対し台語団体が抗議した。「学生台湾語文促進会」も抗議の列に加わった。

同会が発行した『台語学生』は、一九九二年七月一日に創刊準備号を出し、四号出してから九月一〇日より正式発行された。一九九五年二月二五日までに第二二号を出して休刊、計二六号が刊行された。発行人は主に楊允言が務め、最後の四号だけ盧誕春が務めた。

『台語学生』は主として学生による台語文習作発表の舞台であった。母語意識や教育、運動、台湾の社会、歴史、政治、生態環境などのテーマを議論した。第一四号から第一八号（一九九三年一月二〇日－二月二八日）に楊允言が発表した「台語文字化の過去と現在」は、台語文字化の発展過程について明快な分析整理を行ったものだ。また第二〇号（一九九四年三月一三日）の一九九三年の県市長候補に関する特集「県市長候補者母語教育態度に関する調査」では、良いのは民進党、次に国民党、最初から調査を拒否したのが新党との分析結果を載せた。この論文は四二ページにわたるもので、政党および政治家の母語に対する態度を考えるうえで大いに参考になるものである。

第一九号からは文学作品が大量に掲載されはじめた。これは学生台語運動が一九八八年のスタートから九四年までの間に学生による台語創作能力が向上し、表舞台に立ったことを示し、主な作家として有楊允言、蔣為文、丁鳳珍、董耀鴻らがいた。

『台語学生』の定期発行以外にも、学生たちは休み期間を利用して先駆者たちにインタビューを行った。洪惟仁、林央敏、黃元興、陳慶洲、陳雷、羅文傑、呉秀麗、林宗源、陳冠学らに対するものである。これは学生たちの自己学習の旅でもあり、先駆者たちの台語運動の足跡を記録するものでもあった。後にこれらは編集され一冊の本にまとめられ、『台語這条路（台湾という道）』として出版された。これは台語文献として大きな意味を持つものである。

そのころは、大学に台語関係学科が存在しない時代であり、正規の教育システムで母語や本土文化を学習できなかった。そのため大学生は、サークル活動で自発的に学習したり、雑誌などを作って母語による著述を発表するしかなかったのである。当時これらのサークルに集まった精鋭たちには、その後も台語による著述を継続する者もいた。なかには国外で学位を取得し、大学の文学科の教職に就いた者もいた。蔣為文、楊允言、陳永鑫、林裕凱、呉国禎、丁鳳珍らは今なお台語運動の主要人物として、あるいは台語研究の学者として活躍している。これはこの時期の台語運動が生み出した成果である。

（四）五％台訳計画および台湾語文促進会

ローマ字系統の台語文運動団体は前記の『台文通訊』の読者連誼会が最大であったが、それ以外にもその下部的なグループが二つ存在した。それが、「五％台訳計画」と「台湾語文促進会」である。

1　五%台訳計画

一九九五年末、台語の将来に関心をもつ若者たちが、実際の行動によって台湾書面語との対立に終止符を打とうと考えた。そのために、世界の名著を台語に翻訳するという計画が始動した。それによって多くの台湾人が母語によって読書をしたり子供に教えたりできるようにするというもので、「話すように書く」ことの理念の実現を目指そうとした。

一九九六年二月、「創国基金会」の中に「五%台訳計画工作室」が作られた。これは「世界の名作を翻訳して、台語運動の必要性を確立し、現代的な台語文学を普及しよう」というものである。実際の翻訳出版作業によって台語の社会的地位の向上、台語文字化の実践、台語パソコン化[*33]、台語教材の編纂、台語作家の養成などを目指すものである。そのための資金として、参加者が共同負担とし毎月個人の収入の五%を基金とするというものであった。一般社会人は毎月五〇〇台湾ドル以上、学生は三〇〇台湾ドル以上であった。参加者は翻訳作業に参加することができた。実際の運営は、「台訳事務会」を設立し、召集人（呉宗信）、執行秘書、財務、さらに編審委員会、写作会（執筆会）を設置した。二週に一回集まり、また内部通信誌を発行し、不定期に会員による進捗報告や活動報告が掲載された。

この計画は「台語翻訳」が中心で、翻訳対象は、日本統治時代の台湾の作品、児童書、社会思想分野の名作であった。一九九六年にまずは第一シリーズ七冊（シェークスピア『リア王』、頼和『富戸人的歴史（金持ちの歴史）』、翁鬧『天光前的戀愛故事（夜明け前の恋物語）』など）の翻訳を順調に出版した。翌一九九七年九月に第二シリーズの七巻を出版し、その中には『人魚姫』、ジョージ・オーウェル『動物農場』、朱点人『無花果』などが含まれた。[*34]

当時参加した人はそれほど多くはなく、『台文通訊』の台湾総連絡事務所関係者が中心となった。実際の執行・出資・翻訳・挿絵・出版などに携わったのは次のメンバーである。李自敬、呉宗信、許恵悰、荘恵平、Loonng（盧誕春）、Lesoat（廖麗雪）、陳豊恵、廖瑞銘（本書著者）、張学謙、蕭平治、丁鳳珍など。だが、参加者の意欲とまとまりに欠け、第二シリーズまでで事実上頓挫してしまった。

2　台湾語文促進会

「台湾語文促進会」は呉秀麗が半年をかけて作った団体である。

呉秀麗は一九五一年嘉義に生まれた。一九七二年に嘉義県東後寮教会で伝道を行った際に台語文に触れ、台語で物書きを始めた。一九八七年には筆名で台語の文章を初めて発表、一九八八年には杜建坊の子供の家庭教師を務め、洪惟仁や鄭良偉とも知己を得た。

一九九〇年一二月、呉秀麗は夕刊紙『自立晩報』の台語文専門コーナー「台語点心担（台語デザート屋台）」の編集責任者となった。これは新聞社で鄭良偉と話し合いのすえ結成した「台湾語文研究会」チームによるもので、参加したのは、趙天儀、李南衡、向陽、趙順文、陳恒嘉、方南強であった。彼らは『自立晩報』社で会議を開き、このコーナーの名称を決め、呉秀麗を担当とすることにした。最初は呉秀麗は、自分でパソコンで打ち込んだ原稿を新聞社に送っていた。そこへちょうど楊允言が徴兵から戻ってきて、このコーナー編集に協力をした。

「台語点心担」の情熱的継続をもって、呉秀麗は台湾長老教会台北城中教会のきょうだいや、この郷土を愛す人たちに声をかけた。そして一九九二年初めに準備活動を開始し、四月に機関誌『台語風』創刊準備号を発行、六月二一日に「台湾語文促進会（Tâi-ôan gú-bûn chhiok-chìn-hōe, Taiwan Languages Association）」を発足させた。

「台湾語文促進会」の成立趣旨は次の通りである。

一　台語漢字ローマ字混ぜ書き（漢羅合用）の書面語を普及させる。

二　社会および教会のニーズに合わせて母語教育を広める。「口で台語を話し、手で台湾語文を書く」をスローガンとする。

「台湾語文促進会」の初代会長は鄭信真、副会長が蔡東明、さらに一三人の常務委員を置き、呉秀麗が執行長（事務局長）兼『台語風』の中心編集者となった。呉秀麗がテキスト編集、邱瓊苑がアートディレクターを担当した。

『台語風』の目的は、台語書面語の発展である。それは単なる挨拶語だけでなく、台語によって思想、芸術、文学、医学、科学、歴史、建築、音楽など、様々な領域の文章を書けるようにすることである。創刊準備号には陳恒嘉の「媽媽請您保重（お母さん体をお大事に）」、創刊号には温振華教授の「大坌坑文化与原住民（大坌坑文化と原住民）」が載せられた。

一九九三年六月までに『台語風』は第六号を出し、以降は具体的な活動は行わなかった。

（五）台湾羅馬字協会とローマ字派の団結

国内の台語運動には二つの路線があった。ひとつは中国語学界が台湾を漢語「方言」とする考えから作った台語系統であり、それは連横『台語典』から呉守礼、許成章、それから洪惟仁、姚栄松に至る系譜である。もうひとつはキリスト教長老教会白話字系統である。

国民党による「国語政策」が猛威を振るった時代には、台語はタブーであり、中国語学界による台語研究ですら重視されなかった。ましてや長老教会の白話字は様々な迫害を受けた。一九六〇年代には『台湾教会公報』白話字版は禁止され、一九九三年には長老教会総会（本部）自身が一八六五年以来用いてきた台語白話字を否定した。しかし、一九九四年に鄭児玉牧師が台南神学院基督教社会研究所に「中級台語文化教室」を開設し、台湾母語初級教師の養成を始めた。この教室から二〇〇二年までに四〇〇人あまりの台語教師が育った。開業医の張復聚はこの台語教室の第一期卒業生である。張復聚はその後、高雄において台語白話字教室を開設し、台語人材の開発を行った。さらに「高雄羅馬字協会」を結成、全ローマ字雑誌『Tâi-oân-jī（台湾字）』を創刊した。後に二〇〇一年にこれが「台湾羅馬字協会」として全国に拡大した。

これは二〇〇一年、張復聚の鄭牧師へのある提案から始まった。それは「高雄台語羅馬字研習会」を基盤に全国各地の台語の仲間を結集することだった。同年八月一九日に台北淡水にある真理大学で「台湾羅馬字協会」が結成された。

張復聚は鄭児玉牧師が台南神学院に開設した台語教室に通い、台語白話字を習得した後、高雄に台語教室を開き、「高雄台語羅馬字研習会」を立ち上げ、『Tâi-oân-jī』も発行した。この雑誌は鄭詩宗が編集長となり、二〇〇〇年五月二〇日創刊し、二〇〇五年三月二〇日に休刊、計一八号が出された。目的は台語ローマ字、およびローマ字を用いた著作の推進であった。

二〇〇一年に設立された「台湾羅馬字協会」の主な会員には、張復聚、林清祥、蔣為文、何信翰、廖瑞銘(本書著者)、陳豊恵、鄭詩宗、張学謙、呉仁瑟、柯巧俐、丁鳳珍、楊允言、林裕凱らがいた。同会の最大の目的は、台語の全ローマ字化、台湾の言語に対する法的地位の確立であった。「ローマ字は伝統的に長老教会白話字聖書(原住民、客家、福佬＝ホーロー)が使用してきたローマ字系統のこと」であると定義したうえで、その趣旨は次の通りである。

1　台湾ローマ字の研究と普遍性の推進。
2　台湾ローマ字と台語の法定地位の承認。
3　政府に対して公平正義にもとづいた多言語政策を要求。
4　多元、開放、相互尊重の台湾文化の推進。

初代会長の張復聚は、設立大会のあいさつで、次のように簡潔明瞭に理念を提示した。

地球の言語文化を保存しましょう。それは地球全体の資源であり、世界人類共同の財産だからです。

台語運動がこのような地球レベルで要求するに至ったのは、母語の保存という運動が、国民党政権が長年にわたって言語を圧迫してきたことに対する反抗であるのみならず、世界すべての人類が地球上の重要な財産の保存に、共に努力していくべきとの考えに基づくものであった。この簡潔な要求は次のような鮮明な運動の方向性を示している。

つまり、その任務として、

1　台湾ローマ字の教育者育成、一般教育、訓練活動。
2　啓蒙的かつ学術的なシンポジウムやセミナーの開催。
3　台湾ローマ字による出版物の著作、編集、発行。
4　台湾ローマ字のパソコン化の進行。

これらを日常的活動とする一方で、「台湾羅馬字シンポジウム」として、すべて台語を用いた学術的著述と議論を行った。協会の綱領や文書もすべて台語ローマ字を主体に書かれ、中国語は付属文書として扱われた。これは台語表現の主体性を示すものであり、一九八〇年代以来の台語運動の実践から一歩踏みだす試みであった。台語運動が次のステージに踏みだしたことを示すものである。

台湾羅馬字協会は清国時代のバークレーや日本統治時代の蔡培火を継承して、全ローマ字表記を推進するものであった。またローマ字関連文献に関する学術研究や、台語ローマ字を教会内部から教会外の世俗領域に広げることを目指した。二〇〇二年からは二年に一回の「台湾羅馬字教育および研究に関する国際シンポジウム」を開催し、本稿までに六回開かれた。このほか「世界台語文化キャンプ」の第八回目（二〇〇二年）から主催団体となり、毎年一二〇〇人が参加するものとなった。文化キャンプで議論されるテーマはとても多様で、母語推進、母語教育、言語研究、台語文学、文学創作、母語政策、母語・台湾文化、母語と主体性構築、台湾言語文化の多様性、言語の人権、台語教育現況、母語と国際化、台語の歴史、台語とパソコン入力系統、児童台語などにわたっており、台語運動の推進に対してきわめて大きな影響を与えてきた。

「台湾羅馬字協会の成立」はローマ字派の母語復興運動が結集する機会であった。創立当初の趣旨の実現に向かって今でも活動している。

四　独自方式派の母語運動

これまでみてきた漢字派およびローマ字派の母語復興運動団体以外にも、理念は同じでも運動戦略が異なるものがあった。それらは独自の母語文字表記法を持っており、それぞれ数は異なるが支持者がいた。これら母語復興運動団体として比較的熱心に行動していたものとして次の人たちがいた。「台語科根文字化」を主張した歯科医・陳慶洲、台北関渡の歯科医・黄元興、タクシー運転手詩人・陳昭誠、辞典編集者・呉国安らである。その中で代表的な人やグループとして、林継雄の「台語現代文書法」と林央敏の『茄苳』系統を取り上げたい。

（一）林継雄の台語現代文書法

南台湾の母語復興運動の先駆者としては、前述した鄭児玉牧師が台南神学院で白話字の神学伝統を堅持していた以外だと、林継雄が挙げられる。後に黄勁連が台北から故郷の台南佳里に戻り、林宗源、施炳華らと結集して台語運動勢力を形成することになった。

林継雄は教会で台語ローマ字を学んだことがあるが、のちに「台語現代文書法」という独自方式を作り、別の台語運動団体を立ち上げた。

林継雄は一九三〇年台南市に生まれた。幼いころ台南太平境教会でバークレー牧師から直接教会ローマ字を学んだという。高俊明牧師はそのときの同門だった。一九八七年に太平境教会において「台湾語文研究会」を立ち上げ、成功大学で「台湾語文研究社」を結成した。

一九九〇年二月、教育部が成功大学護理系（看護学科）に「台語現代文」課程の開設を認可した。これは台湾の大学において初めて開設された台語課程であった。同年八月、高雄医学院でも同じような科目が開設され、一一月、栄民医院（病院）高雄分院でも「医療台語」が開設された。さらに一九九二年に林継雄は米国台湾人同郷会の招きでサマーキャンプ巡回講演を行い、「台語文と台湾意識」をテーマに話した。海外では趙弘雅と馮昭卿が台湾人向けの教室でそれぞれの表記法で教えていた。一九九三年からは一般向けの推進講座が開かれ、「台語閲読法」「台湾語文推広教室（台湾語文推進教室）」「外省人士台語会話教室」などがそうである。一九九五年からは台語教育者の訓練活動が行われた。

一九九三年、林継雄は台中台湾文化学院で台語講座を担当した。中興大学教授の荘勝雄はそれを受け、林継雄の文書法を土台にして、別の表記法「普実台文」を作り出した。

（二）林央敏の『茄苳』系統

一九八〇年代の台湾母語復興運動は、洪惟仁の台語社系統および『台文通訊』の台湾総連絡事務所などの運動を除けば、林央敏が結成した「台語文推展協会」が最大のものである。

台語社系統は漢字派、『台文通訊』はローマ字派であるが、一九九〇年代になって台語文運動は急速に成長し、台語界は戦国時代の様相を呈し、様々な文字記号が提案された。林央敏および何人かの運動家はそれらを取りまとめるべきだと考えた。

一九九五年五月二八日、林央敏らが共同発起人となって「台語文推展協会（台展会）」を結成した。歴代会長には林央敏、林明男、林宗源、呉長能らがいる。「台展会」の会員は最盛期には二四〇人を超えた。また同会は機関誌として『茄苳台文月刊』を発行し、部数は最高で三〇〇〇部に達した。これは当時の台語運動の盛り上がりを物語っている。

林央敏は一九五五年嘉義県太保市に生まれた。一九七二年に嘉義師範専門学院に入学、一九七五年から新聞に投稿を始め、同学院機関紙の編集長になった。一九七七年に同学院を卒業、学内で個人現代詩展などを開催した。一九八三年に輔仁大学中文系を卒業、翌年初めての華語詩集『睡地図的人(地図に眠る人)』を出版した。これによって戦後華語文学界の詩人として名を馳せた。一九八七年に『台湾新文化』第五号に自身初めての台語詩「雷公爚爁(稲光が光る)」を発表し、台語文学運動および創作活動を始めた。

林央敏は師範専門学院卒業後に一時期、小学校教師を務めた。だが社会運動に参加し、一九八九年五月には鄭南榕葬儀委員会委員、一九九一年五月には「蕃薯詩社」設立に参画した。同年九月には『自立晩報』に発表した「台湾文学の本来の姿を取り戻せ」で台語文学論争に火をつけ、一一月には「毋通嫌台湾(台湾を嫌わないで)」(蕭泰然が曲をつけた)で、行政院新聞局の第一回金曲賞台語歌曲最佳作詞者賞を受けた。ただし受賞名が「方言」との名称だったことから、一度は受賞を拒否した。一九九二年には台湾教師連盟の創立会員となった。

台語文推展協会は「台語文の推進、台湾民族意識の確立、本土文化の復興、台湾新文化の発展」を趣旨とする「文化的運動組織」である。台語文字記号の統合、それによる系統化とパソコン化、また一般人が使用しやすくし、台湾社会各層が台語を話し書くという目標を達成することを主張した。また、台語を公用語および国民教育言語とすることを初めて主張した台語文団体でもあった。

台語文推展協会は雑誌発行のほか、いくつかの具体的な社会運動活動を行っていた。たとえば、街頭デモ、政治への母語教育の要求、一般社会の台語への差別に対する抗議、北中南部のいくつかのラジオ局における台語番組、四県市における台語読書会、「台湾歌謡演芸会」開催およびラジオ中継、各地の街頭と廟での「台語文化定着の夜」「台語文学鑑賞会」などのイベント開催、シンポジウム「台語文化の危機」の開催、「台湾冊服務中心（台湾冊服務センター）」の開設、熱心な会員による映像メディアへの進出と台語番組開設、地方議員などに台語文化に関する質問をするうえでの演説原稿などがある。

台語文推展協会の重要な貢献に、同協会に集った作家群による台語精選文庫五巻シリーズの発刊がある。『語言文化与民族国家（言語文化と民族国家）』『台語文学運動論文集』『台語詩一甲子（台語詩六〇年）』『台語散文一紀年（台語随筆一二年）』『台語小説精選巻』である。これらは台語文運動の文書と重要な台語文学作品を整理したもので、過去から一九九七年までの台語文学の集成といえる。『茄苳台文月刊』の社長は林央敏が兼任し、歴代責任編集には張春凰、陳金順、黄元興、林央敏らがいる。会員は各県市の各層が集まっていた。職業も医者、弁護士、教師、教授、大学生、詩人、作家、画家、政治家らが含まれていた。

五　母語復興運動における客家語と原住民語

台湾各族群の母語復興運動は、いずれも一九八〇年代に基本的に同時多発的に勃興した。とはいえのちに目標や戦略の差異が起こった。また、北米台湾人の母語運動の大部分は台語に関するもので、その影響は台湾国内にも及んでいた。その中でも唯一、客家語運動を行っていたのは医師の朱真一であり、雑誌『客台語専刊』を発行した。多くの活動の場で、朱の姿が見られた。一方で原住民語については、各民族語の話し言葉の回復が精いっぱいで、母語文学の創作という段階には及んでいない。

（二）母語復興運動における客家語

客家語復興運動は、台湾客家運動の一部を構成している。一九七四年に政府の肝いりで民間団体を結集して「世界客属総会」を結成したが、これが本土客家運動の始まりであった。一九八七年の台湾戒厳令解除により、客家人の青年知識人が大同団結して雑誌『客家風雲』を発刊した（後に『客家雑誌』）。また台北客家人の精鋭が一九八八年に「母語を返せ」運動の一万人デモに参加した。このときの台北のデモでは、孫文[*35]の肖像画にマスクをかぶせて、客家人が「自らの言葉を話しにくい」歴史的な悲哀を象徴させ、メディアの注目を引いた。これが客家運動の第二弾であった。

その後、鍾肇政ら客家人が「台湾客家公共事務協会」を設立し、「新个客家人（新しい客家人）」の主張を掲げた。一九九七年には「世界台湾客家連合会」が成立、その「共同宣言」において政府に対して次のような要求を掲げた。

一　国内各族は一律平等に保障されるべきであり、各族の言語文化は適切な保護を受けるべきこと。

二　各放送メディアは一定比率の時間で各族言語を流すべきこと。

三　政府は客家話、河洛話（台語）、北京話（国語）および原住民話を、台湾共通の公用語と制定すべきこと。

四　台湾各中小学校は客家語を必修正式課程とし、毎週少なくとも二時間を設けるべきこと。

だが族群政治を利用しようとする政府の意図から、[*36] 中央から地方各レベルには「客家事務委員会」が設立され、「客家学院」「客家電視台（客家テレビ）」などが開設された。これによって中央省庁やテレビ局が設置され、客家語と文化の宣伝に対してきわめて有利な条件が整ったことになる。しかし客家語は母語文学の発展に対しては、あまり積極的ではなかった。これはおそらく伝統的な漢字表記の観念が、客家語ではより強かったことが影響しているのかもしれない。つまり漢字表記であれば、主流の華語文学とは差別化を図るのが難しく、独自の客家語表記の発展を妨げたものと考えられる。

(二) 原住民母語の「母語を返せ」運動

同じく「母語を返せ」運動に参加した原住民各語族も、客家語族と同様に、話し言葉の保存にのみ関心があり、文字表記の発展に関しては、台語族群ほど積極的ではなかった。

一九八〇年代はまさに台湾社会が移行期に突入した時期であるが、原住民運動も「本土化」との掛け声とともに不断の抗議によって、自らが原住民に属するという「族群意識」を発展させた。これが自らをテーマとする原住民文学の萌芽を生みだし、文字媒体においても徐々に発言権を獲得していった。その中で代表的な作品としては、莫那能《モナネン》（パイワン族）・の『美麗的稲穂（美麗の稲穂）』、拓抜斯《トゥオバシ》・塔瑪匹瑪《タマピマ》（ブヌン族）の『情人与妓女（恋人と遊女）』『最後的猟人（最後の猟人）』などである。

一九八七年と八九年には呉錦発が編集した『台湾山地小説選』と『台湾山地散文選』の二冊の選集が出た。そこには漢人と原住民による山地に関連する作品が収められている。また「山地文学」という名称で様々なジャンルの作品があった。その後、空間に着目した「山地」は族群身分としての「原住民」にシフトし、「原住民文学」という用語が使われるようになった。これによって原住民族群の経験を浮き彫りにし、主流の漢文化による創作とは一線を画した。

一九八〇年代以来の原住民運動は、一方では原住民の自族群への重視、もう一方ではその後の原住民文学創作者のテーマと創作の原動力が打ち出された。だが、問題はそれでも母語による創作ではなく、漢語（華語）によるものにとどまっていた。自己の存在を一人称で描く原住民漢語文学というものにとどまった。

一九九三年には、雑誌『山海文化』隔月刊が創刊された。これは新たなマイルストーンとなった。孫大川は創刊号の序文において、自らプユマ族として漢文化と異なる「山海」を主体とした原住民文化を打ち出し、もうひとつの台湾経験を浮き彫りにするとした。また孫大川は原住民文学の位置づけについて「人類が『自然』に回帰するという人間的な要求を浮き彫りにする」として、都市化や市場化が進む「台湾文学」の中で政治的な意味を持ついわゆる「台語文学」とは異なるものとなりたい、と述べた。

文学市場における熱心な試みの中で、原住民文学は量と質の面から大幅に成長していった。だがそれは終始漢語で書かれた。これに対して何人かの原住民文学創作者は満足しなかった。そして漢文表記による以外にも民族語をローマ字で表記し、さらに漢語訳を対照させた併記法、あるいは、ローマ字のみの表記法でそれぞれ著述することで漢語からの脱出を図る人もいた。

たとえばタイヤル族の娃利斯《ワリス》・羅干《ノルガン》の『泰雅腳蹤（タイヤルの足跡）』は全ローマ字表記による作品であり、それによってタイヤル族文化の実態に、より接近する意図を示した。また、夏曼《シャマン》・藍波安《ランボガン》（タオ族）の『八代湾的神話（八代湾の神話）』と、夏本《シャペン》・奇伯愛雅《ジペンガヤ》の『釣到雨鞋』では折衷方式で漢語訳と対照された。もっとも、こうした母語表記における民族語の習熟度と漢語訳の正確性は、まだ克服の余地がある。

第二回「台湾文学賞」の審査過程において、原住民文学の漢語表記について異なる見解が出された。それはまた原住民による「母語文学」の発展戦略の食い違いを示したものであった。漢人の李喬は、霍斯陸曼《フスルマン》・伐伐《ヴァヴァ》（ブヌン族）小説における言語使用について「漢人の言語習慣としては奇妙である」と指摘した。一方、タイヤル族の瓦歴斯《ワリス》・諾幹《ノカン》の方はその小説の言語的特徴について、中心言語（漢語）でまず書くのではなく、母語から書く逆方向にすることで、原住民文章のポストコロニアルな展開が図られると指摘した。[51]

原住民文学作家が漢語表記を選択するのか族群母語を選択するのかは、まだまだ長い議論と技術的な課題があると言えそうである。

【関連文献】
（1）楊允言等「九〇年代以来校園台語文運動概況」、「第七屆台湾新生代論文研討会」台北：台湾文化基金会、一九九五年七月一五―一六日。
（2）廖瑞銘「台語 lâu tī 文学体制門口徘徊――検討一九九〇年代以来 ê 台湾語文運動」、「台湾主体性与学術研究研討会」論文、台湾歴史学会主辦、二〇〇六年七月。
（3）蔡金安主編『台湾文学正名』台南、開朗雑誌社、二〇〇六年。
（4）林央敏「台語文推展協会種『茄苳』」『菅芒花詩刊』革新四期、二〇〇五年七月。
（5）李勤岸「北美地区台語文之研究、教学及推広」『台湾文学評論』四巻三期、二〇〇四年七月。
（6）黄恆秋『台湾客家文学史概論』台北：客家台湾文史工作室出版、一九九八年。
（7）康詠琪『塩分地帯文藝営研究』台南：台南市政府文化局、二〇一三年。
（8）陳豊恵『李江却台語文教基金会 kap 台湾母語復振運動』台北：国立台湾師範大学台語文学系碩士論文、二〇一二年。

第四章　母語表記と母語文学をめぐる対立

台湾各族群は台湾母語復興運動における共同の目標として、最も基本的なものに「母語権」を勝ち取ることを掲げた。その中には原住民の「母語を返せ」、客家人の「我らに客家語を返せ」、台語族群の「台語を話す」権利が含まれていた。具体的には、原住民は青年たちが出身の村に帰った際に年長者から部族語、部族文化を学ぶように呼びかけ、「漢人風の名前をやめて本来の部族語名を名乗ろう」と訴えた。客家人も若者が客家語を話すよう呼びかけ、客家文化を宣伝する雑誌を創刊した。

一連の社会運動や政治ロビー活動によって、こうした訴えは一定の成果を上げた。中央政府行政院と各県市政府には相次いで「原住民委員会」「客家委員会」が設置され、「原住民電視台（原住民テレビ）」「客家電視台（客家テレビ）」などを開局、原住民語と客家語の能力検定試験も始められた。客家語と原住民各族群の母語および文化は各種政策および潤沢な予算が割り当てられ、保存・復興が進められた。だが台語族群だけは今日に至るまで体制外の活動を余儀なくされている。専門の政府機関もそのための予算もなく、実質的な言語計画は進展せず、内実のないスローガンと文字をめぐる対立だけが展開されている。

一九八〇年代の母語復興運動以来の発展を振り返ると、次の三段階に整理できる。第一段階は「母語権」を勝ち取ることで、「話す」段階。第二段階は母語の文字化（書面化）で、表記法の統合の問題。第三段階は母語文学の位置づけと美学の問題である。原住民語および客家語は、第一階段の話し言葉を勝ち取る行動に注力し、それなりの成果を上げた。台語族群だけが第二、第三段階に進出できている。

運動の初期には、「話す」ことを要求するという点において各運動団体の目標は一致し、異論はなかった。そのため各団体が一致団結できた。ところが文字化推進段階になると、母語推進団体の間で意見対立が起こった。もし言語の保存というなら単に話すだけではなく、文字記録という支えがないといけないはずである。ところが、教材の編纂、教育や検定試験の実施にあたって、表記法の標準化の問題に直面し、団体やグループの分裂対立が発生することになった。それぞれの団体ごとに独自の文字表記案を提案し、それぞれの支持者が自分たちの理念による母語表記によって文学を創作し、文学グループを結成する。異なるグループごとの美学や理念が文学論評の基準となり、異なる文学理念間の論争が展開された。

本章では、前章で述べた母語運動の歴史的な背景を土台にして、母語表記法と母語文学をめぐる対立と発展について説明する。この種の対立の大部分が台語と客家語の間にあった。

一　母語表記をめぐる対立と調整

母語表記をめぐる対立は、主に台語の領域で起こった。なぜなら、台湾において台語の話者人口が最多であり、台語表記を必要とする人間も最多であり、また台語には早くから漢語ないしローマ字という二つの表記系統が存在してきたからである。それは表記をめぐる対立以外にも、宗教やナショナリズムの感情が絡み合ったものだった。

台語運動家は、運動の初期段階では一九三〇年代の「台湾話文論争（郷土文学論争）」を継承していた。つまり、多くの時間と資源を台語文字表記の論争に費やしたのである。教育部、文建会などの政府側助成による「語文研究計画」のほかにも、民間でも多数の自前の研究が行われ、多種多様な文字表記法が提案され、字典が作られ、雑誌も刊行された。これらは一見すると盛り上がっていたように見えるが、実のところ労多くして実少なしの対立でしかなかった。[*37]

戦後初めての文字化の論争は、大筋で次の三派に分けられる。すなわち漢字派、ローマ字（表音文字）派、その折衷（漢羅合用）派である。一九三〇年代の「台湾話文論争」と比較すると、新たに西洋言語学理論が導入され、漢字の呪縛から脱却しようとする考えが芽生えたことに違いがみられる。それがまた全漢字と全ローマ字の二元論以外の、第三の道が生まれたことで新たな展開がみられた。

（二）戦前の「台湾話文論争」の継承

台語文字化（書面化）の問題は、実際のところ一九三〇年代にも論争が起こり、なんの結論も得られないまま、日本殖民地当局によって中断させられてしまった。[*38] 加えて戦後は国民党政権が「国語政策」を強力に施行したことから、台語を含めた台湾各族群母語はいずれも抑圧され、衰退を余儀なくされた。当然、台語の文字化も提案する機会を奪われた。文字化の主張はようやく新たな母語運動勃興後に展開されるようになった。

一九三〇年代の「台湾話文論争」は、主として黄石輝が提案した「用台湾話写台湾詩、台湾文、台湾歌（台語によって台湾の詩と文章と歌を書く）」の理念をめぐるものであった。大方の人は、郷土文学を「台湾話文」で表記することに賛成した。だが問題はどのように表記するかだった。そのためこの論争は、漢字表記による台語表記の正確性と実用性の是非が焦点となった。しかし、漢字表記の台語は超えられない多くの壁があった。[*39] 台語漢字表記を主張する人の数は多かった。だが、現実に台語を使って創作しようとする人の数はきわめて少なかった。

現在知られているテキストとしては、頼和の「一個同志的信（ある同志の手紙）」、のちに林瑞明によって「発掘」された「富戸人的故事（金持ちの物語）」、おそらく黄石輝が外甥の名で書いたと思われる「与其殺敵，不如成仁（敵を殺すよりも仁となるのがよい）」だけである。

実際、一九三〇年代の「台湾話文論争」とは別に、台湾社会では一貫して「教会ローマ字（台語白話字）」だけで書かれた台語のテキストも存在した。それは一八八五年から継続的に発行されている『台湾府城教会報』およびその他多くの文学作品の出版にみられる。たとえば、一九二五年の頼仁声の『阿娘ㄟ目屎（母の涙）』、一九二五年の蔡培火による『十項管見』および一九二六年の鄭渓泮の『出死線（死線を超えて）』などである。

戦後になっても長老教会では台語白話字を使った文学が創作され、出版されている。その歴史は途絶えることはなかった。たとえば一九六〇年の頼仁声の『可愛ㄟ仇人（愛すべき仇びと）』がある。これは「台語白話字」が台湾社会において安定的かつ成熟した文字表記方式として存在したことを証明するものである。ただし、一般的には漢字表記への信仰が強かったのと、キリスト教に対する偏見もあって、主流の知識界からは承認もされず、受け入れられもしなかった。そのため、多くの時間が結果の出ない全漢字表記に費やされることになったのである。

戦後、国民党の「国語政策」の下で、体制内では、「台語を話す」ことが一種のタブーであり、恥辱だとまで見なされた。まして台語表記などは考えられない話だった。もっとも、民間の通俗文学領域においては、台語の創作空間が担保されていた。たとえば台語民間戯曲である歌仔戯《コアヒ》、布袋戯、唸歌、流行歌謡、映画、舞台劇、ラジオドラマ、コメディ等である。こうした演芸・映像のテキスト以外にも、書面（文字）表記テキストが存在した。それは歌仔冊《コアツェッ》である。歌本を印刷し、商業的に流通させたもので、通俗的な漢字表記がなされていた（かつてのベトナムの「字喃《チュノム》」に類似する）。

こうした通俗漢字台語のテキストは、正統・正確な表記法とはみなされなかったため、主流文学界からは無視されてきた。

そして、一九八〇年代の台湾語文運動勃興以降も、運動家たちはこうした通俗テキストの文字表記法には目もくれず、戦前の「台湾話文論争」とのつながりを求めて論争し、漢字表記法を模索したのであった。

(二)台語文字化をめぐる論争

文学者たちが創作のための文字を模索する際には、実用的な面から、言語文字化の問題に直面することになる。言語の書面標準化の完成には、言語学者の参与が必須条件である。こうして母語復興運動が始まったころには、言語専門家と自称する人物が登場し、ありとあらゆる台語文字化の提案がなされた。これらの「専門家」には、文学者や言語学者も含まれてはいたが、その比率は決して高くはなかった。そのため論争が起こると、多くの時間が当て推量な漢字表記問題に費やされることになった。そこでは、言語学の理論は無視されたのである。

また論争の当事者自身も、文学創作者ではなかった。そのため、理論的にいかに正確であったとしても、創作の実践作業が伴わなかった。それでは、母語文学の創作活動に何の益ももたらさないのである。

台語文字化の提案はたくさんなされ、次の四派に分類される。

第一派は、中国文学の慣例にもとづく「言文分立」の考えであり、何も考えずに中国白話文で書けばよいとするもの。

第二派は、それよりやや進歩的で、口語を完全に書面化し、漢字で正確に台語を記録できるとするもの。

第三派は、長老教会の白話ローマ字によって台語を表記すべきとするもの。

第四派は、全漢字ないしは全ローマ字はいずれも困難なので、両者の折衷、つまり「漢羅合用」方式とするもの。

この四派はそれぞれ内部に細部の対立があった。「漢字派」の対立は、ある音を古字ないしは正字でいかに表記するかをめぐって、ある人は中国の古書から考証し、ある人は自分で造字した。ローマ字を使用する「表音文字派」についても、多くの表音文字記号が作り出された。また、従来の白話字の改良案も提案されたりした。こうやって多くの「文字学家」が生み出された。まさに多数の「倉頡《そうけつ》」[*40]の誕生である。そして、我こそはと競うように、やたらと分厚い字典づくり競争が展開されたのである。

1 台語文字化問題の解決への道

「漢字派」の言語専門家の論争で最大の対立点となったのは、伝統的な中文の観念の中で言語と文字があまり区別されていない点であった。とくに「音があれば字がある」とする固定観念の下で大部分の時間が「言語」でなく「文字」に費やされたのである。そこでは台語文字化の問題は、「台語をいかにして漢字を使って書くか」という次元にとどまっていた。自らを言語学者や台語専門家と考える人たちは、「文を望みて義を生ず」とばかり古典の典拠を求め、それで学問があることをひけらかそうとしたのである。そのため、作家の多くも、言語専門家と称する人に引きずられて、その人の研究で台語の正確な漢字表記がこれだと主張されると、それに従って母語文学を創作したりした。

だがもし、このまま台語の漢字表記が正確かどうかの論争が続けられたならば、一九三〇年代の「台湾話文論争」の轍を踏むことになりかねないし、結論もでないであろう。幸いにして、戦後初めての台語運動には、西洋の言語学理論が導入されていた。そのため、台語文字化の方向性は戦前とは異なる展開を見せた。ちなみに、台語文字化の問題解決への主な路線には、次の二種類があった。一つは伝統的な中国語音韻学によるものである。許慎の六書の造字原則によって台語の「正字」を見出す手法である。もう一つは西洋言語学理論によるもので、台語を独立言語と見なし、その成長を図るため、言語計画の方法で解決しようというものである。

伝統的な中国語音韻学と西洋言語学理論では、台語文字化の問題について異なる認識があった。前者の伝統派は台語を漢語「方言」の一種とみなし、すべての漢語は漢字で表記可能で、音があれば漢字があると考えた。そこで中国の古文献から「正字」を探し出して表記したのである。すべての漢字には本来の音韻、字形、字義がある。そこで台語の研究は実際には台語の漢字の表記の研究となり、その主体は文字であって、単語やコーパスではなかった。研究の単位も「(漢) 字」であって、「単語」ではなかった。こうして用いられた研究方法は、中国語の文字学、音韻学、訓詁学と完全に同一のもので、厳密にいって中国語学の領域であって、言語学ではなかった。

もう一つの西洋言語学理論による台語研究は「台語」を人類の言語の一種であり、漢語の分派ないし「方言」ではないとするものである。そこでは言語の表記にあたっては、漢字が唯一のものではなく研究の単位は「単語」であって「(漢)字」ではない。こうして漢字の「ブラックホール」に引きずり込まれずに済むようになった。また、言語研究の主体性が確保され、現実の生活に近い、言語保存のうえでも実質的な効果が望める。用いられる研究方法も現代言語学の理論によるもので、中国語学者の研究結果とはまったく異なるものとなった。

戦後最初の台語運動において、鄭良偉は後者の研究手法に拠った。そして米国台湾人団体が台語文運動の架け橋となった。これが台湾母語復興運動の視野を広げ、輝かしい成果を生み出すことになった。

2　鄭良偉の母語表記折衷案

これまで述べてきたように、台湾は一九世紀末に西洋キリスト教長老教会の宣教師が台語白話字表記法をもたらしてから、台湾には二種類の母語表記法が存在してきた。これらは漢文教育システムで学習されてきたため、表記法の主流となっていた。母語復興運動が起こると、海外台語文運動団体から台湾国内にもたらされ、土着の台語運動と結合し、台語表記法統合の動きが出てきた。その中で出てきたのが第三の表記案である。この主な推進者が鄭良偉であった。

鄭良偉は西洋言語学理論の手法で、台語復活のための優れた戦略を編み出した。言語の近代化とは、人間化、普遍化、口語化、表音化、情報化である。この角度から出発したことで、これまでの台語書面化の障礙を乗り越えることができた。台語入力ソフトの開発や台語文学活動への参加などの実践活動も行い、母語復活と文学表記の問題を一挙に解決しようと試みた。これによって台語復興に向けた確証を得るとともに台語文学創作の道を切り開いた。そうして華語文学の呪縛から脱却し、自らの母語によるポストコロニアル文学を創造する機会がもたらされた。

一九八〇年代の母語復興運動では、言語学者の中にも懐古趣味が強く、台語研究を漢語研究の中に組み入れる人も多かった。ここで鄭良偉が同時代の台語研究者と異なっていたのは、目標が台語文化の復興を目指すだけでなく、自身が行ってきたすべての台語の研究と構想を言語近代化の精神と結びつけ、言語使用の人間化と効率化をも目指したことである。

台語書面化を推進すると同時に、文字の大衆化、実用化、口語化の要素にも気を配った。また言語近代化の観点による具体的な方法として台語書面語の標準化を提唱する一方で、台語のパソコンソフトも手がけた。こうした戦略こそが鄭良偉の台語推進の方法と核心である。こうして現代台語文学のほうにも目を向けることになった。現代台語文学作品は鄭の台語研究の対象になり、またその研究によって現代台語文学の創作が加速された。つまりこれは表裏一体、相互扶助の関係にあった。

台語文字の論争過程は、「百家争鳴」の古代中国戦国時代を彷彿とさせる。一九八四年になり、「表音文字派」のローマ字表記について、最初の統合が行われた。それは日本の台語研究先行者、王育徳が鄭良偉にあてた手紙〔台語漢字による〕で、伝統的な教会ローマ字を全面的に採用し、それによって台語の文字化を進めるべきだ、と書いた。手紙の内容は次の通りである。

私の基本的な考えは、台語で一五〇年の伝統を持つ教会ローマ字をなぜ擁護推進しないかということである。素人が発明したとする様々な表記法は根本的に教会ローマ字には勝てない。しかし教会ローマ字にはその欠点があることもまた事実である。その欠点を改良することはやってもよい。

そのころはちょうどパソコンが普及しつつあった時代で、台語表音文字派にはこうしたコンセンサスが達成された以上、ワープロソフトを使って台語書面（文字）化の問題を解決しようという動きが現れた。

一九九〇年、鄭良偉は米国ハワイ大学東アジア語文学科に設置された台語資料室において、台語ワープロソフトの開発に取り組み、ローマ字による入力方式を考えた。それは当時の「倚天《イーテン》中文電脳程式[*41]」ないし、その他の中国語パソコン表示システムを利用したもので、台語が使える人が短い時間で習得でき、パソコン上で台語の漢字ローマ字混ぜ書き（漢羅合用）ないし、全漢字が入力できるものだった。つまり注音符号で打ち込むものでなく、台湾ローマ字という表音文字を打ち込んで台語漢字を表示させるものである[*42]。これは台語の発展に大きく貢献した。

台語ワープロソフトの開発に成功したことで、台語表記の標準化が技術的にブレークスルーを見た。そして台語パソコンの普及により、各界の台語の人たちが台語で演説原稿やニュースリリース、論文、文学作品などを執筆できるようになった。こうして台語が現代文明にキャッチアップし、現代化の段階に突入することになった。

3　「漢字ローマ字混ぜ書き」表記法の実践

鄭良偉は一九七〇年代後期から海外で発行された「漢字ローマ字混ぜ書き（漢羅合用）」の『台湾語文双（隔）月刊』に参画、台語入力ソフトを開発したり、台語単語データベースを構築したりした。それに関連する著作、教育、また学術研究ではすべてを漢字ローマ字混ぜ書きで進めた。その中の代表的な著作に『路加福音伝漢羅試写（ルカ福音書漢字ローマ字混ぜ書き試験本）』『走向標準化的台湾話文（標準的な台湾話文を求めて）』があり、また「漢字ローマ字混ぜ書き」で書かれた台湾で最初の台語詩のアンソロジー『台語詩六家選』がある。さらに頼仁声の台語白話字小説『可愛ê仇人（愛すべき仇びと）』を漢字ローマ字混ぜ書きで書き直して上級学習者向けの台語教材としたものがある。

こうした「混合文字表記」は、生物学でいう「雑種強勢」の理屈に照らせば、漢字、白話字双方のメリットを併せ持つことになると言えよう。それは二つの文字が背景に負う文化を同時に継承できるためで、実際に多くの支持が得られた。

こうしてさらに多くの台語文学運動家からの支持や実践が行われたことで、多くの成果や反響がもたらされた。そして長篇創作も登場するようになった。また台語随筆も一九九〇年代以降には雨後の筍のように登場した。中長篇については、陳雷や陳明仁が小説や戯曲を数多く発表した。台語小説の作家は母語で創作できるようになったことから自分自身を語るものが登場するようになり、そこから女性作家の王貞文、清文、また若手の陳廷宣、劉承賢らが輩出した。

一九八〇年代に台語文学運動に参加した人たちはほとんどが実際に創作活動に従事した作家であり、一九九〇年代後期以降には、台語をテーマとして、台語で書く者は倍増した。すなわち台湾社会の開放、本土化、主体性の進展とともに、「漢字ローマ字混ぜ書き」の母語表記が漢字の束縛を受けることなく台語の抱えていた制限を突破することになり、詩、随筆、小説、戯曲の創作が大幅に増加したのである。

二　母語文学をめぐる対立

「母語文学」が台湾文学界の中である程度のコンセンサスを得た一方で、内容については伝統派から批判を受けることになった。実際そこにも二つの側面があった。一つは「母語文学」と「台湾文学」の主従関係である。もう一つは「母語文学」が引き起こした美学の問題である。前者は母語文学者と伝統中国文学論者の間の論争であり、後者は本土母語文学論者内部の食い違いであった。本節では母語表記問題が引き起こした文学論争について、時代を追って述べたい。

一九八七年から九六年の間、台湾作家たちにより台湾文学の表記言語について、さらに細かな「台語文字化」問題をめぐって、いわゆる「台語文学論争」が引き起こされた[52]。この論争は三段階に分けられる。すなわち一九八九年の廖咸浩、一九九一年の林央敏、一九九六年の陳若曦がそれぞれ引き起こした論争である。また二つの側面に分けることもできる——台語文学運動家に代表される「本土文学陣営」とその外部にある「非本土文学陣営」との間、および「本土文学陣営」内部の台語と客家語作家の間の論争である。立論の基盤や発言の位置、族群背景などの価値基準の違いからみて、前者のテーマは「中国／台湾本位観」の対立であり、後者のそれは「台湾本位観内部の対立」であるといえる。

（二）母語文学表記をめぐる本質的な問題

一九八九年六月に廖咸浩が『自立晩報』本土・文芸欄に投稿した「より多くの栄養による革命が必要だ――『台語文学運動』理論の盲点と限界」が「台語文学論争」の序幕を開けた。そこへ林央敏、洪惟仁、宋沢萊ら、「本土文学陣営」らが議論に参戦した。

同年、廖咸浩は『自立晩報』本土・文芸欄に「『台語文学』とはなにか」を発表した。廖は一九八〇年代に台湾意識が覚醒したことをまず肯定的に評価する。そして「『閩南語』による文学作品を書く」という行為は、戦後普通話（中国語）の文化覇権が過度に伸張したことに対する反発であり、「中華文化を広げ深める努力」につながるとも評価する。だが、そのうえで、台語文学理論には盲点と限界があるとして批判したのであった。それは一つは白話文学運動を継承する言文一致の点、二つは台湾意識が激化して「準民族主義」に転化し、さらに「正統性イデオロギー」ないし「覇権イデオロギー」になりがちな点。最後に、台語文学理論とは「古臭い言と文の対立図式」にもとづく「粗雑な写実再現観」であり「ナイーブなプロレタリア文学観」と「排他的な純化正統論」になっていて「今後先が長くはない迷い道」だと批判したのである。

廖の批判に対して、洪惟仁と林央敏が即座に同じ新聞に反論したことで論争となった。

洪惟仁は同年七月『自立晩報』本土・文芸欄に「人を動かす純化主義――廖の『台語文学』運動理論の盲点と限界を評する」と題して反論した。まず廖のいう「覇権イデオロギー説」に対して反論する――そもそも、誰も閩南語こそが「台語」だとの偏狭な認識はしていない、と。それは「国語運動」展開者が普通話、あるいは北京話だけが「国語」だとしてその他を「方言」と蔑視したものとは異なるものだ、と。さらに「書き言葉」「口頭語」等について洪惟仁は、すべての文体の誕生には、その社会的背景があり、現代台語文学の誕生も一九七〇年代の郷土文学が使用した文字表記では台湾人の言語を細かく表現できず、台湾人の文化と思想を深く反映できない不満から、台湾人の言語を主体とした台語による物書きと台語文学が成立した、とする。

また林央敏は『民衆日報』文芸欄で「台語文学運動を歪曲すべからず――廖咸浩氏への反論」と題して、台語文学論者が主張するいわゆる「言文一致」とは、言文の不一致である「文言文（古典漢文）」文体ないしは台湾人の口語が中文の文体とは異なるところから出発したものと主張した。

廖は台語の創作を中華文化の一環だとするが、台湾文学史の文脈からみて、一九三〇年代や一九八〇年代に台語白話文を主張し積極的に行ってきた人たちは、台語文学を中華文化の下には置かなかった。さらにそれは、非中国文化体系としての台湾文化への努力を否定するものである。彼らの意図は台湾本位の文化体を作ることであり、台語文によって台語の言文一致を完成させ、本土言語の地位を高めることである。そして台語の表現力を高め、台湾人の民族的尊厳と特色を回復することであるとする。そのうえで、林は明確に主張する。台語文学とは台湾文化の地位を回復し、台湾人の主体性を構築し、台湾民族の尊厳を確立することが目的であると。それに対して廖咸浩は「台語（閩南語）文学」を「中国文学／文化」の支流としての周辺的な位置に配置し、「台語文学」の試みを「中華文化の広がりと深み」に歪曲し、台湾文学／文化の歴史的文脈を無視して、台湾文化の主体性の追求を全中国文化の一部として矮小化するものである。つまりこうした議論は政府のイデオロギーと中国本位観の文化論に完全に迎合するものでしかないとした。

そしてもう一つの「本土文学陣営」と「非本土文学陣営」の対立は七年後に起こった。一九九六年六月、陳若曦が『中国時報』文芸欄に発表した「台語を書くなんて話にならない」とする文章が発端であった。陳は台語表記や「台語文学」創作を直截に否定する。その論点は次の通りである。

一　一九三〇年代の台湾作家が提唱した台湾話文、つまり台湾の「方言」で台湾人の生活を表現するというが、「方言」による著作は、実際にはほとんど存在してこなかった。

二　王禎和の早期の作品は、台語がわかる人間が読んでもしっくりこない。純台語による文章は台湾人の私ですら読めず、判じ物のように何度も読み上げてようやく少しだけわかったが、最後はあきらめた。

三　過去台湾で差別があったことは事実であるが、歴史を正すには「マイナスかけるマイナスはプラス」はダメとは言えない。苦労して習得し、さらに全台湾統一の言語文字を利用し、族群の共存を目指すべきだ。

四　言語文字は交流とコミュニケーションの道具であり、広く流通し便利なほうがよい。中国語使用人口は十二億人を超えるのだから、中国語を使えば問題ない。
五　米国、カナダ、豪州は英国から独立したが、英語を今でも国語としているし、国の独自性を損なってもいない。
そして最後に陳は、「台語文学」は作家の文学生命を「自殺」に追いやる選択だとする。

陳若曦の台語に対する論点は、基本的には殖民地教育によって育成され形成された中国文化の価値観に立脚するものである。さらにそれが内面化され、殖民地統治者の台湾本土文化に対する解釈とそのモデルそのものである。つまり本土言語を自然に低い地位に貶め、マイナスの価値判断を与えるものである。

林央敏がすぐさま『民衆日報』文芸欄で「民族の言語で書くことは、話になる――陳若曦女史の中国本位観に反論する」として反論し、また洪惟仁も『中国時報』文芸欄「人間」において「台語で書くことは、話にならないのか？」として陳若曦に反論した。

林央敏が指摘するのは、台語の文章を読めないことは、「話にならない」とまで言う正当な理由にはならない。なぜなら「陳若曦は台湾人であり、おそらく流暢に台語を話せるだろうが、だからといって、台語をより深く知るべく勉強しないでいいことにはならない」とする。台湾人は長期にわたる殖民地支配によって台語を学ぶ機会を失ってきた。「読んでもわからない」のは当たり前のことで、義務教育の学習を通じて、台湾人に台語の作品を読んでわかるようにすべきなのである。

歴史は「マイナスかけるマイナスはプラス」になるとして、現在の統一的な共通語によって族群の共存を図るという言い分についても、林央敏は、多言語、多文化国家においては、共通語の制定は確かに必要である。だが強権的な政治権力が横暴に少数派の言語を「国語」に制定し、多数派の言語を「方言」と貶めることは、誤った言語政策である。少数派の華語だけが独占し、その他の言語を圧迫する「国語政策」こそが族群の共存を阻む真の障碍であるとする。

また陳が主張する政治的に独立した米国、カナダ等が英語によっても国家の尊厳を損なわないという言い分についても、一見すると道理があるように見えるが、実際には台湾の歴史的環境を無視したものであり、族群構造からみても成り立たない。米国、カナダなどの国は、もともと英語が「国語」となるのはごく自然なことである。なぜなら英語は米国やカナダなどの国の最大族群（七五％以上）の母語である。だが台湾では最大族群（七五％以上）の母語が台湾の共通語となれず、抑圧されている。現在では民族的自覚に欠けた人たちが読んでわかるという理由から五〇年来の言語教育に「妥協」し、中文で書くというのは異常な現象というべきである、とする。

このほか、陳が「一九三〇年代の台湾方言文学は、実際にはほとんど存在してこなかった」として台湾文学作家の「方言」による創作の伝統と必要性を否定することは、日本統治時代の殖民地統治者が台語による著述を全面的に封殺してきた事実を無視するものである。日本統治時期の文学を顧みると、頼和、楊逵ら多くの台湾人作家が殖民地強権政治の中でも台湾話文で書いたテキストを著そうとしていることがわかる。また日本統治期の台湾にはおびただしい数の歌仔冊文学があり、長老教会系統が一九世紀末から発展させてきた白話字（台湾ローマ字）の文献もある。それには新聞、白話字小説、随筆、詩歌などの文学作品、個人書簡、字典、辞典、教科書、医学専門書など豊富な資料が含まれている。[53] これらは台語文学の伝統と財産であるとした。

林央敏の論点は基本的に陳の論点の不足と矛盾を衝いたものであり、台湾民族の視点から「台語文学」について述べ、「台語文学」の著述が台湾民族文学の発展につながるとするものである。それは「台語は台湾人の最も重要な民族言語であり社会言語である。理屈からいえば台語で書くことは正常である」というものである。

一方、洪惟仁の論考の焦点は、台湾に生まれ育った知識人（陳若曦ら）が自民族の母語に対してこれほど軽視し冷淡であることについて、「閩南語文学の歴史は四〇〇年余りあるのであって、今になって始まったわけではない。今日でも閩南語を母語とする知識人がこれほど大胆不敵にも閩南語で書かれた文章が読めないと公言する。が、それは読めないからでなく、理解しようとしないからである」とする。そして台湾労働者階級の立場から「台語文学」について論じる。台語で創作する作家は「タクシー運転手だった洪錦田氏の『鹿港仙講古（鹿港のおじさんによる講談）』、小学校も出ていない郭玉雲女史がまもなく出版する詩集などがある」と例を挙げたうえで、「労働者階級は自らの母語によってのみ自らを表現できる。彼らは自らの心の中の文学を統治者が教えた言語で書くことをよしとしない」と論じ、文化人権の観点から「文学の創作は、貴族的知識人の特権ではない。いかなる人も書く権利を奪われてはならない」と指摘した。ここでは言語権、文字権により民族と庶民に戻れという意図がある。

このように「台語文学」をプロレタリアートや労働者階級から論じることは、一九三〇年代の台湾話文論争の台湾人作家に通じ、その精神や価値観を継承するものである。

（二）台湾本土文学界からの母語文学に対する異論

一九九〇年代にあった別の台語文学論争に、「台湾本土文学陣営」内部における対立、つまり台湾言語／「台語」をめぐる対立があった。注意すべきことは、この論争では前述二度にわたる「本土文学陣営」と「非本土文学陣営」の間の論争も再度提起されたことである。つまり台語文学論者が「本土文学陣営」および「非本土文学陣営」の両方からの攻撃を受けた事例であった。

この論争は、林央敏が一九九一年九月の『自立晩報』本土・文芸欄に発表した「台湾文学本来の姿に回帰せよ」から起こった。それは、台湾文学は長年にわたって外来民族の殖民地支配を受けた特殊な歴史的・政治的な背景を持っている。そのため曖昧模糊として固定化されない、統治者から一方的に決められた文学・文化像によって考えさせられてきた。ところが一九八〇年代になって文化的・民族的に本土への回帰と台湾人意識の高揚から、台湾文学の顔が徐々に浮上してきた。「郷土文学」は「台湾文学」と名称を正し、定義も「台湾人の立場と見方に立ち、台湾人に関する思想、感情を表現し、台湾意識を表現する作品である」となった。だが台湾文学の定義と議論が結論に近づいたころ、「言語」定義による台湾文学、つまり「台語文学こそが台湾文学を最もよく代表できる」という論点が登場した。林央敏はこの論点に肯定的な態度を取り、「多数でもってすべてと見なす」との角度から「台語」は狭義では台湾文学と改めて定義されるとした。林は「多数が全体を代表する」観点から、台語は台湾人の土着の母語であり、最も代表性を持った母語である。そのため台語によって創作された作品こそが、その姿が台湾社会と最も一致しているはずである。それは、最も台湾社会、人生を反映しうる台湾文学である。そして過去、台湾における非台語の作品を「台湾漢文文学」「台湾日文文学」「台湾華語文学」と呼ぶべきであるとした。

林央敏の議論は、台湾民族主義の立場から出発し、ポストコロニアルの観点で、台語文学とはまさにかつての殖民地統治の性格から脱した文学・言語であり、台湾人はその民族言語（七五％である福佬《ホーロー》族群の「台語」を主とする）によって、台語で思考し創作した文学・言語を確立することによって、真に本土に回帰し、正常な姿を取り戻すことができるとする。

こうして林宗源、林央敏が「台語文学こそが台湾文学」との主張をしたところ、多くの批判が巻き起こった。まずは華語文学本位の作家・学者たちからである。中華人民共和国の学者は、これこそ台独文学[*43]の典型だと非難した。次に来たのが、客家人の元老級作家の李喬、彭瑞金らからの批判である。それぞれが発表した文章で、「狭隘」な「大福佬沙文主義（ホーローによる覇権主義）」と非難した。一方、当時の主流文学界は、台語文学を「分離主義の産物」だとみなし、前述したように台語文学は「話にならない」とされたのであった。

李喬と彭瑞金の二人の客家人の、本土派作家からの「憂慮」について説明しよう。李喬は一九九一年九月に『自立晩報』に発表した「寛容な言語の道——台湾の言語文に関する考え」、彭瑞金も一〇月に同じく『自立晩報』に連続して発表した「言語爆弾に火をつけないで」「語、文、文学」の中で次のように指摘した。

李喬はまず台湾各語族が自らの母語により創作、議論、研究することが必要だと指摘した。そのうえで、他の言語を排斥したり、自らが正統性を占有して他者を差別する主張をすべきではないとした。また「台湾話」「台語文」「台湾文学」という名称を狭隘な位置づけだとして反対し、さらに「台語」を「福佬話」の意味で使うことにも強く反発し、そこからは原住民語、客家語、北京語も排除すべきではないとした。

彭瑞金はまた、言語で論争を招くことは文学を原点に後戻りさせるものであり、「客家語文学」を「客家文学」振興の指標とは考えないと述べた。そして「台湾文学史においては、言語問題は文学の主要なテーマではない。言語・文字改革派は新文学の主導権を取れず、作家のほうも言語問題が解決されてから初めて創作を行う、ということにはなっていない。なので、言語が文学発展の重石となってはならないのだ」と述べた。

李喬と彭瑞金の主張は、名指しこそしないものの、明らかに林央敏に向けられたものであった。また「台語」の定義についても、広義では台湾各族群の母語は含まれるものの、世界各国では最大族群の言語を国家代表言語と定義していることは争いようがない事実のはずである。李喬、彭瑞金という客家人作家は、「台語文学」意識の台頭に対して「憂慮」を示している。これは、族群意識どうしの精神的な対抗意識を示すものだ。

だが、私はこうした憂慮は杞憂だと考える。そもそも「台語」の定義問題を議論したいのであれば、台湾の Hō-ló（福佬）、客家、原住民各族群がまず共同で対抗すべき対象は、長年にわたって覇権的位置にある「国語（華語）」のはずである。すべての母語はともに等しく弱者の地位に置かれている。このような族群間の心理攻防戦やイデオロギー対立は、各族群母語の健全化や発展につながらず、逆に共同で打破すべき殖民地覇権言語である華語の地位を強固にするものでしかない。

(三) 言語分裂とイデオロギーの対立

これまでの三度にわたる台語文学論争を見ると、双方の台湾文学、言語、文化に対する認識の違いが浮き彫りになっていることがわかる。「台湾文学」についての異なる定義づけ、「台語」および「台語文学」に関する異なる考え、これらの論争は「郷土文学」が「台湾文学」と名前が正された時代的な雰囲気の中で生まれた。だが、基本的には共通認識もあった。それは「台湾文学」が「中国文学」から独立したものであり、それが台湾の歴史的事実として存在するという点である。しかし、「台湾文学」の内実や精神については依然として巨大な認識の差があったのである。

「台湾本位観」に立つ「本土文学陣営」から「台語文学」を台湾文学の代表とする考え方が示された。それに対して「中国本位観」に立つ「非本土文学陣営」作家たちは、これを政治的に解釈する「ファッショ」的な本質を示すか、でなければ排他的な「純化主義」(廖咸浩がいうところの)を示すとされた。つまり、台語書面語が統一されていない段階で台語の読解は困難だという理由から、いっそのこと統一的な言語である「華語」によって「族群共存」(陳若曦)を目指すべきだとする論調である。その前提にあったのは、「台語」および「台語文学」は「広がりと深みのある中華文化」の一支流である「地方文化」とする立場であった。だが、こうした考え方こそが、大中国意識と殖民地主義本位の観点であり、殖民地統治教育の内面化である。

この論争では具体的な結論は生まれなかった。だが、今日振り返ってみると、台湾を主体とする台語文学の作者や台語文学運動家が一九八〇－九〇年代に尽力し、後世に残した重要な歴史的な足跡を見出すことができる。多くの論争の中で起こされた主張と呼びかけ、つまり「台湾文学の台語化」「台語文字化」「母語教育」「台語公用語化促進」などは、その後徐々に台頭し、台湾人の台湾本土言語の復興意識を呼び起こした。とくに一九九〇年代後期には「郷土言語教育」が正式に学校体制内に取り入れられ、台湾人は徐々にかつての殖民地主義的教育による母語に対するスティグマから脱却し、族群のプライドを持ちつつある。

また、「台語文字化」「母語書面化」を主張する際にも言語学者の鄭良偉が構築した理論にしたがって実現の可能性が進んだ。鄭良偉は一九八八年に「母語文字化（書面化）」について次のように主張していた[54]（原文は台語漢字表記）。

われわれにはどうして母語の書面化が必要か？　第一にわれわれは全国民的な文学が必要だからである。中国語文学以外にも母語の文学が必要である。それは母語の文学はわかりやすく力があるからであり、一般人が読んで親しみやすく、楽しむことができるからである。中国語文学の場合は少数の知識人だけが楽しむことができる。そのため母語文学があれば大衆的な文学も生まれ、全国民的文学も生まれるのである。第二に知識の向上のためである。われわれの時代は話したり聞いたりするだけでは十分ではなく文字が必要である。第三に世論の形成のためである。農民であれ労働者であれタクシーの運転手であれ、母語で文章を書ければ簡単かつ直接的に自分たちの意見を表明でき、父母の言葉であれば自然に文字で自分たちの意見を発表できる。自分たちの意見の表明が完璧なものとなり、少数人だけに独占されることもなくなる。

こうした鄭の主張には「台語文学」の理論が「全国民文学」「大衆文学」であるという根本が見られる。台語文学運動家たちが試みたのは「母語文字化」の実現であり、広く大衆が話し言葉を適切かつ直接的な方法で文字に表現できるようにすることである。そうすることで文学には階層格差や水準の高低の区別もなく、人々がみな文字でもって意見を表明できるし、全国民文学の形成に関係することができるというのである。この考え方に示されるものは、台湾民族文学の構築という台語文学運動家にとっての最終目標である。

(四) 台湾文学の再定義

二〇〇〇年、台湾政治において「政権交代」という大きな変革が起こった。これが台湾本土文学界を大いに刺激した。とくに母語文学者は自らの位置づけを改めて見直し、新たな時代への期待を高めた。そして「台湾文学の名前を正す」という議論が起こる。このときの議論は『台湾文学正名』という本に集大成され二〇〇六年に出版された[55]。

これらの議論の主な目的は「台湾文学」の定義を改めることであり、台語文学が疎外されてきた過去を覆すことである。多くの文章はもともと『海翁台語文学』に発表されたものであり、重要な論点は次のようなものである。

李勤岸は英語殖民地世界のモデルから、「母語文学は台語文学、客家語文学、原住民文学などというのではなく、『台湾文学』という名前に正すべきである。今主流のいわゆる台湾文学とは殖民者の華語によって書かれている文学を指すものだが、これは『中華台湾文学（Sino-Taiwan literature）』と改称すべきである[56]」とした。

次に蔣為文は、言語分類から今の台湾における文学疎外化現象を三分類に分けて定義すべきだと主張した。それは、「台湾文学」「中華民国文学」「中華人民共和国文学」である。そのうえで「『台湾文学』とは『台湾人』が『台湾の言語』（台語、客家語、原住民語を含む）で創作したあらゆる文学作品を指すべきである。『中華民国文学』とは『中華民国国籍保持者』が中華民国国語（すなわち『華語』）で創作したあらゆる文学作品のことである。『中華人民共和国文学』（略称を『中国文学』とする）とは『中国人』（中国、台湾あるいは海外のどこでも）が中国普通話（すなわち『華語』）で創作したあらゆる文学作品のことである[57]」とした。

また方耀乾は、台湾という空間の各時代に各族群の言語で書いた文学こそが台湾文学である。だが民族文学という概念から見て、母語文学（特に台語文学）が台湾文学を代表するものであり、複数かつ多中心の（母語）観念で台湾文学史を構築すべきだとしている。[58]

同年三月、四月に、「新たな時代の開始」と「欧州国民文学形成から見た台湾文学正名の必要性」と題して、それぞれ一回ずつ「台湾文学再正名座談会」が開かれた。そして結論は「母語創作により台湾文学の主体性を構築する必要がある」と改めて強調し、「台湾母語で書かれた台湾文学」という点で合意が達成された。蔡金安はこの『台湾文学正名』の出版で新たな台湾文学正名論争を引き起こすと考えたが、結果は台湾文壇からの反応はあまりなかった。それは台湾文学界ではこの問題について一定の共通認識が形成されており、作品を書くことによって自己たちの存在を証明する段階になっていることを示しているからであった。

【関連文献】

（1）陳慕真「走向台湾民族的文学革命——論八、九〇年代的台語文学論争」『台湾文学評論』六巻一期、二〇〇六年一月、一四五－六〇頁。

（2）呉長能『台語文学論争及其相関発展——1987-1996』新竹：時行台語文会、二〇一二年。

第五章　台湾母語文学グループ

母語文学は母語復興運動の発展とともに勃興した。その運動初期段階では、国内外の台語運動団体により読書会や雑誌などが組織され、台語定期刊行雑誌によって表現活動が行われた。それらは、「口で台語を話し、手で台語文を書く」の理念にもとづいていた。大部分の台語作家は母語運動団体の理念に啓発され、母語表記法を学んだ。そして母語運動団体が出版する雑誌に作品を発表した。著作、創作は母語運動の理念の実践であった。文学創作は台語を保存するための手段であり、文学作品は運動の副産物であった。そのため、作品には運動の色彩が強く、「政治的色彩」の濃いものとなった。そのため華語作家からは、「議論多く、文学少なし」と揶揄されることにもなった。

母語文学グループの多くは、母語運動団体から発展したものである。台語作家の作品は通常、自分が属する団体の台語雑誌に発表した。そして母語運動団体はそれぞれ表記法へのこだわりがあった。そのため、母語文運動団体、それが発行する雑誌、母語文学グループには基本的にそれぞれの文学的作風と美学があり、それらは団体と「三位一体」の関係があったといえよう。またそれこそが台湾母語文学発展を観察し理解するうえでの糸口でもある。

台湾母語運動団体は台湾北・中・南部各地に分布しており、それぞれ形成された時期が違い、また団体ごとに理念が異なり、文学評価や解釈の基準もそれぞれのこだわりがあり、それが組織の形成、融合、再編にもつながった。本章は母語表記法の違いにより、漢字派、ローマ字派、いずれとも異なる独自方式派と大まかに三つに分けて、それぞれのグループの文学理念、刊行物の属性、作家群の文学の特徴の異同について解説することにする。

一　漢字派の文学グループ

台湾はもとより漢字文化圏であると自認してきたので、異なる族群、異なる母語であっても、漢字表記を主体としてきた。つまり古典文学あるいは新文学創作を問わず、漢字表記が主流である。また日本統治時期の台湾話文論争、あるいは一九八〇年代の母語復興運動でも、台語や客家語の表記法としてはまず漢字表記が議論されてきた。

一九八〇年代以降、母語復興運動団体から展開した文学グループには次のものがある。洪惟仁の台語社系統、黄勁連の菅芒花系統、それから蕃薯詩社である。菅芒花系統はさらに分派として林央敏の『茄苳』系統、および宋沢萊の『台湾新文芸』系統が合同した『台文戦線』グループがある。黄勁連は金安出版社に就職し、『海翁台語文学』の責任編集となり、台南地区の台湾語文化人とともに『海翁台語文』グループを結成することになる。

（一）台語社と『台語文摘』

戦後最も早く民間で台語教室を開き、その受講生らとともに、母語復興の理念を広める母語サークルを作ったのは洪惟仁である。彼が主宰する「台語社」と雑誌『台語文摘』の作者群こそが、最も早く形成された母語文学グループと言えよう。

第三章にもみたが、このグループは基本的に洪惟仁を中心に発展したものであり、彼らの台語の理念と方法は、洪惟仁の台語専門研究を土台にしたものであって、台語を純正かつ伝統的な漢語の中に位置づけ、台語の古典文学の伝統資産を重視するものであった。そのため現代文学創作の方向には発展させなかった。グループメンバーが現代文学の創作を発表する舞台は、他のグループの台語刊行物であり、他の台語団体と連携することも多かった。

「台語社」は初期には台語作文会、台語研習教室、台語漢文教室、台湾民間文学教室などを開催した。そこから戦後新世代の本土作家が生まれ、華語から台語へと転換した人たちがいた。それが黄勁連である。また台語研習教室では母語作家が養成された。林錦賢、洪錦田、林文平、陳憲国、邱文錫らである。

『台語文摘』月刊は一九八九年八月一五日に洪惟仁が創刊した。その趣旨は「国内外の閩南《ビンナン》語、客家語、山地語に関する研究論文や評論を集め、様々な文章、文学作品、ルポ、学界動向を紹介し、資料交流により潮流を見極め、仲間たちと連絡することを目的とする」とした。そのため、月刊の雑誌には閩南語、客家語、山地語、その他言語関係の研究論文、言語問題の評論、ルポなどの文章が載せられた。それに付属して文学作品も載せられたが、主な目的は台語研究者と台語運動家の情報交換にあった。

『台語文摘』は三つの判型の、四期シリーズで合計三五号発行された。第一号から第二四号はスクラップ形式によるものだった。歴代の編集長は林錦賢、陳恒嘉、楊允言ら七人がいた。内容は趣旨の通りに言語、文学研究、学界動向、ルポなどの文章を集めてつぎはぎしたものである。登録発行した定期刊行物ではなく、コピーによる同人誌形式であり、もっぱら台語運動圏内の仲間の交流が目的であった。

第二五号から第二八号は革新号と銘打って、一六開判雑誌型式で「台語文摘雑誌社」の名義で発行された。編集長は路寒袖である。また第二九号から第三八号は二五開判本で「台語文摘叢刊」と銘打って書籍の形式で出版された。それは毎号異なる題名の選集もしくは個人著作集として出された。『台湾哲諺典』『台語経典笑話』『台湾囡仔古（台湾こども昔話）』『楓樹葉仔个心事（楓葉の気持ち）』『台湾国風』が選集、洪錦田『鹿港仙講古（鹿港のおじさんによる講談）』が個人著作集である。そして一九九五年の『台湾囡仔歌一百首（台湾こどもうた100）』出版後に休刊した。

一九九五年二月二九日「台語社」が正式に成立した後、その機関紙として『掖種』隔月刊を発行した。これは第三九号まで続き二〇〇五年三月に休刊した。その主要編集者（編集長、責任編集）は陳憲国、林文平である。『掖種』は台語運動団体の総合雑誌に回帰したもので、内容は運動理念の伝播、母語活動情報の流通、新旧台語創作作品の掲載などであった。

『台語文摘』系統の刊行物は、洪惟仁が学術的な背景を持っていたことから、台語漢字表記の規範についてこだわりがあり、全漢字表記を行っており、それはその後の台語界に一定の影響力を与えた。そして台語文字化の推進に寄与しただけでなく、漢字表記派の台語文学作家群を輩出することになった。これは母語文学の発展にとって重要な位置を占めている。

そして次のステップとして『台語文摘』の第二九号からの「台語文摘叢刊」があり、古典ないし伝統的民間台語文学作品の収集を行い、それらを台語漢字表記で定本化したものであった。そこには貴重な民間口伝文学のテキストも含まれている。中でも『楓樹葉仔个心事』（第三二号、一九九四年五月）の出版は、当時の台語随筆を反映したものであり、華語から台語に転換した戦後世代作家として胡民祥や黄勁連もいれば、当時新進若手だった「台語学生運動」世代の蔣為文や林裕凱らも名をつらねていた。彼らの多くはその後も台語による著述を行っており、母語文学の新世代を構成した。

『台語文摘』関係の作家が形成した文学グループには、台語社メンバー、その歴代責任編集らが含まれる。洪惟仁の該博な台語古典知識の薫陶を受けて、台語漢字表記については相当な素養を培っていた。

(二)　菅芒花グループ

南台湾の母語文学運動は、いくつかの異なる系統のグループが結合したものである。まず黄勁連と施炳華が台南で開いた台語教室の初期受講生による「菅芒花グループ」。林宗源が発起した「蕃薯詩社」、蔡金安の金安文教機構による「海翁台語文グループ」である。これらのメンバーは離合集散した。その中で大きく活動した人物は「菅芒花グループ」の方耀乾である。彼は最初は「海翁台語文グループ」に属したが、のちに林央敏の『茄苳』系統や、宋沢莱と胡長松の『台湾新文学』系統と連携して、いわゆる「台文戦線グループ」を形成した。

菅芒花系統グループは黄勁連が一九八〇年代中期に台北における事業をやめて、台南の故郷に戻り、台語運動への専念を決意してから、各地で講演や台語教室を開くなどして作ったものである。

このグループは、主には一九九六年四月に設立した「郷城台語読書会」メンバーの教室から発展したものであり、比較的著名な人物を挙げれば、方耀乾、周定邦、許正勲、董峰政、陳泰然、陳正雄、王宗傑、藍淑貞らがいる。当時毎週集まって台語文章の読書会を開き、作品鑑賞を行っていたが、一部のメンバーが文学創作の試みを始めていた。そして一九九七年六月「菅芒花詩社」を設立した。一九九八年五月には同一メンバーが「台南市菅芒花台語文学会」を設立し、黄勁連が初代理事長となった。歴代理事長には、施炳華、方耀乾、周定邦、藍淑貞らがいる。雑誌として『菅芒花詩刊』『菅芒花台語文学』があり、メンバーによる台語作品が掲載された。この文学グループは仲間の繋がりで発展したものであった。

『菅芒花詩刊』は一九九七年六月一五日に創刊され、全三号発行された（～一九九八年七月）。菅芒花台語文学会の同人誌であり、台江出版社が印刷・発行した。その後革新号として復刊し、二〇〇〇年九月から二〇〇八年六月まで第六号までを発行し方耀乾が編集長となった。主に詩を掲載し、一部に随筆、評論、作家間の書簡が掲載された。第二号からは特集企画を打ち出し、「林宗源」（第二号、二〇〇二年一二月）、「林央敏」（第三号、二〇〇四年四月）、「荘柏林」（第四号、二〇〇五年七月）、「菅芒花詩人群」（第五号、二〇〇六年五月）、「台語文学雑誌」（第四号、二〇〇五年七月）などが組まれた。主要作家として、黄勁連、施炳華、方耀乾、周定邦、藍淑貞、董峰政、許正勲、陳正雄、曽明泉（以上会員）、胡民祥、王貞文、李勤岸、林宗源、胡長松、陳金順、王宗傑、陳潔民らがいる。

また『菅芒花台語文学』が一九九九年一月に創刊され、二〇〇一年一〇月の第四号で休刊した。第一号から第三号が方耀乾、第四号は周定邦の責任編集で、『菅芒花詩刊』よりもさらに同人誌の色彩が強いものとなったが、外部の投稿が多かった。主要作家は『菅芒花詩刊』とほぼ重複している。

菅芒花系統グループの文学は台語の詩と随筆が主で、母語表記初期特有の清純さ、純朴さが特徴である。方耀乾が責任編集だった時期には文学専門雑誌の方向性がみられた。また菅芒花同人ではない人物による作品もみられ、会友という名目で、台南が地元ではない台語作家との交流も志向していた。林央敏、胡民祥、王貞文、李勤岸、林宗源、胡長松、陳金順、陳潔民らである。

（三）蕃薯詩社グループ

菅芒花系統は、台南の黄勁連の台語教室受講生が、詩の同人雑誌として発展した文学グループであるが、「蕃薯詩社」は菅芒花系統より早い時期に、台湾南北の本土詩人が母語の覚醒により結集した文学グループである。

戦後、母語文学作家たちは、基本的に母語運動団体とともに成長してきたといえる。だが中には個人的に覚醒して手探りで母語による創作をしてきた人もいた。最初は「方言」で詩を書いた林宗源、また向陽がその典型であった。中でも林宗源は戦後初めて、ずっと台語だけで詩を書いてきた「主流文壇」所属の文学者であり、台語文学界公認の「蕃薯頭（台湾人のリーダー）」であった。一九六〇年代に林宗源は「母語入詩」という表現方法を模索し、主流文壇内で議論を呼んだ。さらに一九八〇年代には台南に戻って台語文学運動を鼓吹した黄勁連と結合して、南台湾母語文学グループを発展させた。

一九九一年の旧正月に、何人かが林宗源の自宅に集まり、台語団体の設立について議論した。陳明仁はその時期を同年の五月二五日と提案した。台湾民主国成立記念日[*44]にあたるからだ。そうして台南神学院において設立大会を開き、「蕃薯詩社」が設立した。それは母語で創作し、母語のために奮闘する決意を掲げたもので、林宗源が初代会長を務め、黄勁連が機関誌『蕃薯詩刊』の責任編集となった。創刊号に掲載された同人の名前は、林宗源、黄勁連、荘柏林、李勤岸、陳明仁、向陽、林央敏、林沈默、顏信星、呉順発、利玉芳、詹俊平、呉鈎、周華斌、陳明瑜、黄恒秋、劉輝雄、周鴻鳴、在米の羅文傑、胡民祥、日本在住の沙卡布拉揚《サカブラヨ》、カナダ在住の陳雷である。

ここには台語族群の詩人のほかにも、客家語族群の詩人利玉芳、黄恒秋、さらに海外で台語運動を展開していた羅文傑、胡民祥、沙卡布拉揚、陳雷も名を連ねていた。そして雑誌には『台文通訊』などの台語雑誌からの作品も転載された。「蕃薯詩社」は台語の詩人グループというだけでなく、母語復興運動と結合したものであった。

「蕃薯詩社」は台湾で初めて母語文学の理念を掲げた詩社（詩作団体）であった。それから六年にわたる機関誌『蕃薯詩刊』は、戦後初めて創刊された母語文学雑誌となった。詩社設立の趣旨からはその理想の色彩と、当時の母語文学の理念が垣間見える。

1　本社は、台湾本土言語による正統な台湾文学の創造を主張する。
2　本社は、台語文学、客家語文学および台湾各原住民母語文学創作を鼓吹する。
3　本社は、現階段における台湾文学作品の次のいくつかの目的の達成を求める。
（1）台湾民族の精神的特色を持った新台湾文学作品の創造。
（2）台湾および世界に関心を持ち、本土観、世界観のある詩、随筆、小説を確立する。
（3）社会、人生、悪への反抗、被圧迫者大衆の生活からの心の声を表現する。
（4）台語文学および詩歌の品質を向上させる。
（5）台語の文字化および文学化を追求する。

その中で、「台湾本土言語は台語文学、客家語文学および台湾各原住民母語文学を含む」「台湾民族の精神的特色を持つ」「台語の文字化および文学化を追求する」といった目標は、今日なお母語文学作家が堅持するところである。

「蕃薯詩社」メンバーによる母語創作は、母語のために奮闘する決意を示したものである。『蕃薯詩刊』を発行するほか、大手新聞などでも母語文学の宣伝を積極的に行った。『民衆日報』文芸欄の「台語文学特刊」、『自立晩報』文芸欄の「台語文学月報」がそれである。ほかにも文学キャンプあるいは歌詩朗読などを通じて母語文学をアピールした。一九九三年五月二三日の設立二周年の際には台南神学院において台湾現代詩公演を開いた。一九九四年からは「南鯤鯓台語文学キャンプ」の主催団体となった。

蕃薯詩社の設立当日に、『蕃薯詩刊』創刊準備号(その中の詩はのちに『蕃薯詩刊』各号に転載)を出した。その後八月一五日に正式な第一号を出し、不定期刊行とした。一九九六年六月一〇日の第七号で休刊した。編集長は黄勁連で、全面的に台語で表記した。毎号、特定の詩人を冠して、その特集号として書籍の形で出版された。第一号は林宗源らによる『鹹酸甜的世界』(一九九一年八月一五日)、第二号は林央敏『若夠故郷的春天』(一九九二年四月一五日)、第三号は黄勁連『抱着咱的夢』(一九九二年一〇月二二日)、第四号は荘柏林『郡王牽著我的手』(一九九三年六月一日)、第五号は胡民祥『台湾製』(一九九三年一二月一五日)、第六号は陳明仁『油桐花若開』(一九九四年八月一日)、最終の第七号は李勤岸『台湾詩神』(一九九六年六月一〇日)である。

『蕃薯詩刊』は詩刊といいながらも、詩以外に様々なジャンルの作品を掲載していた。周華斌がのちに集計したところでは、評論七八篇、詩四三九篇、随筆一一四篇、小説三篇、書簡一九篇、インタビュー記事二篇が掲載されていたという。そのうち評論、詩、随筆が最も多かった。一九九〇年代前半の台語文学運動理論、たとえば台湾の言語、文化の主体性再建、母語の文字化とその推進などをテーマとした文章は、いずれもこの詩刊に発表、あるいは転載されたものだった。

『蕃薯詩刊』の作品は、創作のテーマにおいても、台湾意識、政治批評、社会問題、人物描写、故郷への思いなどにわたる。作家群は詩社の趣旨に沿った文学理念を共有していた。ほかにも母語創作の関係から、肉親の絆、故郷に関する内容が比較的多かった。主要作家として、林宗源、林央敏、黄勁連、陳明仁、胡民祥、李勤岸、荘柏林、向陽、林沈默、陳雷、呉鈎、沙卡布拉揚、岩上、謝安通、王宝星らがいた。

『蕃薯詩刊』は当時の台湾南北の重要な台語作家が結集し、一九九〇年代の台語文学作品をとりまとめ、台語文学の理論を深化させることに寄与したものだった。休刊後は詩社メンバーはそれぞれの舞台で発展した。たとえば、黄勁連は「台南市菅芒花台語文学会」（一九九八年）を設立し、『菅芒花詩刊』を発行、また『海翁台語文学』の編集長（二〇〇一年創刊）になった。林央敏は「台語文推展協会」（一九九五年五月）を設立し、『茄苳台文月刊』の責任編集、『台文戦線』（二〇〇五年一二月創刊）の社長を務めた。また李勤岸は米国『台湾公論報』の台語文専門ページ、『台文通訊』の責任編集、陳明仁は『台文 BONG 報』の編集長（一九九六年）などを務めた。彼らは台湾各地に花開き、運動のパワーを拡散させた。それによってさらに多くの団体や台語刊行物が発行され、台語文学の新たな世界を創造したのであった。

『蕃薯詩刊』は一九九〇年代台湾南北の重要作家を結集し、台語文学の段階的な基礎を固めた、一九九〇年代に最も重要な台語文学グループであった。

（四）海翁グループ

黄勁連は菅芒花台語文学会を離れた後、二〇〇〇年に金安文教機構に転職し『海翁台語文学』月刊を中心に、別の台語文学グループを形成した。

『海翁台語文学』は二〇〇一年二月に創刊され、「開朗雑誌事業公司」（金安文教機構傘下）が発行した。黄勁連が責任編集を務めた。「海翁（鯨）」を名前にした通り、鯨の背中から蕃薯（サツマイモ）の葉が伸びる意匠をロゴに採用しており、台湾の歴史文化的な意味合いを込めている。創刊号の巻頭には、李勤岸の「海翁宣言」が掲載されている。それは台湾は「蕃薯」の悲哀でなく、「海翁」の堅実な精神によって世界に船出すべきだという趣旨である。

『海翁台語文学』創刊の趣旨は次の通りである。

一　本刊は「喙講父母話、手写台湾文（口では父母の言葉を話し、手では台湾語文を書く）」ことを主張し、台湾言語の文字化、文学化、台湾文学の主体性の確立を目指す。
二　台語文学の豊かな基盤から台語文学の伝統的な基盤を確立する。
三　台語の現代文学創作を研究、推進し、台語文学が台湾で成長するだけでなく、台語文学と国際文学の交流を促進する。
四　台湾本土言語、文学を愛する心ある人たちが結合し共に奮闘し、台湾の文芸復興を目指す。

五　海翁、大海洋の精神を盛り上げ各族群の母語教育を提唱し、台湾族群の協調を目指す。

趣旨の第一、第二点は黄勁連が『蕃薯詩刊』や「南鯤鯓台語文学キャンプ」、「鹿耳門台湾文学キャンプ」から菅芒花台語文学会にいたるまで一貫して持ってきた理想を体現したものである。『海翁台語文学』は黄勁連が台南市で推進してきた台語運動の新事業であるといえるだろう。

創刊初期には戦後著名な台語文学作品を転載するとともに、外部からの投稿として、評論、現代詩、随筆、小説、戯曲、褒歌、囡仔歌（童謡）、囡仔古（童話）、台湾国風、演説録、答喙鼓（漫才）などを掲載していた。二〇〇三年一月の第一三号からは隔月刊から月刊とし、録音CDも付け、母語教師の補助教材として活用できるようにした。こうして母語普及を容易にした。これによって台語創作の新たな発表舞台が開かれたことになる。印刷が綺麗で、文学性と教育性を兼ね備えた台語文学雑誌である。ほかに毎号定期的に一篇ないし二篇の文学研究論文を掲載しており、台語文学学術研究の深化という意味でも重要な意義をもっている。

また二〇〇三年から金安文教機構が主催する「海翁台語文学賞」（小説・詩・随筆・児童文学）がスタートした。これは台語文学創作を行う若手の「励み」になっている。受賞した作家には新世代で潜在力がある書き手の名が見られる。王貞文、胡長松、林文平、楊焜顕、陳正雄、陳廷宣、柯柏栄、王昭華、呂美親、李長青らである。

台語文学創作にとって『海翁台語文学』は老年・中年・青年の三世代を結集した舞台であった。黄勁連、林央敏、荘柏林、胡民祥、李勤岸、方耀乾、王貞文、周定邦、陳潔民、林宗源、崔根源、沙卡布拉揚、陳正雄、陳建成、楊焜顕、柯柏栄、翠苓、藍淑貞らである。特に注目されるのは、草の根で活躍する台語教師による文学創作であり、これがこのグループの特色となっている。

二　ローマ字派の文学グループ

もしローマ字表記の台語グループについていうならば、歴史は一九世紀後期の『台湾府城教会報』時代の教会系統にまでさかのぼれるだろう。また戦後母語復興運動以降についていえばローマ字台文グループの始まりは、鄭良偉が推進した「漢羅合用（漢字ローマ字混ぜ書き）」で書く団体となろう。こうしたグループは海外で始まってのちに台湾に広がったものだ。

第三章にもみたが、ローマ字派の台語グループは『台文通訊』を中心として、海外から始まり台湾に広がったものだ。一部には長老教会系統から発展したグループもある。呉秀麗の台湾語文促進会、鄭児玉が提唱した高雄の羅馬字協会などである。

（一）海外台語文グループの形成

海外台湾人団体は「台語社」の『台語文摘』よりも早い時期に母語運動を始めている。一九七五年に李豊明が創刊し、責任編集した『台語通訊』がその嚆矢である。在外台湾人は日常生活で台湾の母語を堅持しているだけでなく、母語表記の学習会や台語メディアを運営し、それを通じて母語の生命力の強化に尽力してきた。台語雑誌と母語文学グループはその中で形成されたものである。

『台語通訊』は初期には全漢字で発行されたが、第三号からは漢字ローマ字混ぜ書きに改められた。二年後の一九七七年五月のニューヨークで「台湾語文推広中心（台湾語文推進センター）」の決議により『台語通訊』の第七号から新聞スタイルのものとなり、その名も『台湾語文（双）月報』に改められ、同じく漢字ローマ字混ぜ書きの台語が使われた。これはまた台湾人が北米で発行した初めての新聞でもあった。発行人は李豊明、編集はシカゴ在住の陳清風、言語顧問はハワイ在住の鄭良偉と、台語メディアが数都市にまたがる広がりを見せていた。一九七八年には『台湾論報』に改称し、翌一九七九年に休刊した。

それから一九九一年六月になって『台文通訊』が創刊された。これによって台湾人が台語メディアを持つ夢が継承され、それがのちに台語運動グループとして成長していくきっかけとなった。

ロサンゼルスの「台文習作会」メンバーが創刊した『台文通訊』は、メンバーが自分たちの創作作品の発表舞台として作ったものだった。「台文習作会」メンバーと『台文通訊』の作家群は台語文学グループを形成した。のちに『台文通訊』の編集作業はロサンゼルスからハワイ、さらにトロントに移り、その間、李勤岸、蘇正玄、張秀満、葉国基らが編集長となり、『台文通訊』の作家群も編集本部の変遷とともに増加し、北米各地に台語文学グループが誕生した。

一九九四年一月三〇日にカナダの台湾人団体が設立した「トロント台文通訊読者連誼会」には、

毎月定期的に一五人から二五人ほどが集まっていた。作家陳雷の主宰でローマ字を学習したり、台語文の作品の鑑賞、詩や戯曲の朗読、台語文の習作を行った。また受講生の台語作品を『台文通訊』に発表させたりもした。トロント読者連誼会が『台文通訊』の編集を請け負うようになると、その連誼会のメンバーが三人、編集長を務めた。陳雷はその看板作家であり、その台語グループも強いまとまりを維持してきた。

（二）『台文通訊』の台語文グループ

『台文通訊』は一九九一年七月ロサンゼルスで創刊された。主たる目的は、台語が絶滅の危機に直面しているこの時期に、こうした雑誌が「火種」となり、台語文のたいまつを起こそうというものであった。基本的に『台文通訊』は台語運動の草の根的な刊行物であり、「台語運動の内容を宣伝する」「多くの人の台語／台湾語文への関心と学習を広げる」「政府の台語政策に影響を与える」「母語表記と執筆の舞台を提供する」「台語書面語の発展を促進する」「台語文学を紹介、推進する」ことを謳った。そのためその内容は、次の二種類だけだった――台語運動関係情報の提供とメンバーの台語作品の発表である。

『台文通訊』は台語運動のための、ルポルタージュ的、かつ総合的な刊行物であり、純文学のものではなかった。内容も非常に多岐にわたっていて、文学的な文章もあるが、政治や学術評論もあり、言語に関する議論、様々な時事報道、特集、インタビューなども載せられていた。掲載された文章も、「中文化」した台語ではなく、なるべく純正かつ正確な台語が用いられている。

注目すべきは、『台文通訊』は北米に編集拠点があったが、内容の重点は台湾にあり、そのうえで海外や国際的な題材を取り上げている点である。また一部は在外台湾人の生活ないしは人文思想や精神生活を描いたものであった。詳しく分類すると、以下の通りになる。

1　文学

文学的な文章が約五〇％以上を占める。詩、小説、随筆、戯曲、笑話、童話、童謡など。『台文通訊』の発表本数の最多は陳雷であり、毎号に少なくとも一篇の小説が掲載されていた。その他、李勤岸、鄭雅怡、王貞文、清文、陳柏寿、黄真救、林俊育、張秀満、葉国基らが多かった。

2　学術

学術的な文章は約五 - 一〇％を占める。大部分は言語関係論文。李勤岸の博士論文「台語口語語彙の変遷」梗概、張学謙による一九六〇年代海外台語運動に関する論文「書写のイデオロギー分析――『台湾青年』を例として」、ヘニンク・クレーター（Henning Klöter）の「白話字の歴史」、蔣為文の「ベトナムローマ字の発展」、楊允言の「言語領域および借用語の観点からみた台湾語文創作のスタイル」など。

3　報道

ルポルタージュが約一〇－一五%を占める。大部分は海外台湾人活動に関する記事や講演録。「カナダ台湾同郷会サマーキャンプ」「世界台語キャンプ」「馬偕[*45]（マカイ牧師）記念活動」など。そのすべてが在外台湾人の活動に関する貴重な史料となっている。

4　評論

評論文は約五%を占める。そのテーマは幅広い。台湾政治、台湾社会、台湾言語、原住民の文化と言語、母語教育、台湾文学、原発など。

5　インタビュー・人物特集記事

インタビューは人気が高いジャンルだった。約一〇－一五%を占める。国内外のインタビューで、台湾独立運動の長老である林哲夫と周叔夜、馬偕牧師の三人の孫娘、さらには原住民の友として知られるマイケル・ステイントン（Michael Stainton）牧師、日本人の台語運動家・酒井亨（本書翻訳者）、チベット人の Phunstok Jordhen、台語歌手の大御所文夏、作家楊千鶴ら。その豊かな人生経験の貴重な記録となっている。第一一三号からは特集記事として、「学校内の台湾語文教育」として台湾における台語教育の現場教師への電話インタビューが掲載された。張春凰、鄭雅怡、蕭平治、王淑珍、張学謙らである。それは台語学校教育のための一級の一次資料となっている。

ほかにも『台文通訊』には、全白話字（ローマ字）の貴重な文献資料を、漢字ローマ字混ぜ書きに書き直して馬偕牧師の日記を連載したり、第七七号からは「私の台語一作」と題して初学者による台語作文を掲載して奨励した。それもまた台湾母語文学の推進にとって実効性のある試みである。

『台文通訊』の文章の七五－八〇％は最初から台語で書かれたものだった。残る約二〇－二五％は中国語、英語、日本語などからの翻訳ものである。また、メーリングリスト「台語夢」（taigu@formosa.org）に投稿された文章でほぼ全ローマ字表記のものをセレクトして『台文通訊』編集部が漢字ローマ字混ぜ書きに転写し、掲載したりもした。その大部分は学術的な論文、言語関係情報、台語の文字選択、音標に関する議論である。二〇〇一年一月には専用のサイト（http://taiwanbts.org、当時）が設置され、第五二号以降の文章がアップされた。またインターネットでの台語ローマ字教室も開かれた。このサイトは頼柏年、呉雁玲が担当した。

『台文通訊』の読者は世界各地に分布していた。台湾をはじめ、日本、米国、カナダや欧州である。その寄稿者は主に台湾本国で、とくに各地の台語教室や台語学校の受講生、学生の作品が多い。静宜大学「台湾語文読写」教室の学生、彰化県小中学校教師の母語研習教室の受講生、彰化婦女社区大学（女性市民大学）台語教師養成教室の受講生、義守大学台語教室の学生、ハーバード大学台語教室の学生、ロサンゼルス台語学校の受講生などである。これらの人たちも広義には『台文通訊』を中心とする台語グループに含めてよいだろう。

ほかにも、『台文通訊』は台中に読者連誼会を設立した。曽正義が立ち上げたものである。その後彼は台語パソコン教室を発展させて、メンバーに台語創作を奨励し、「台中台湾語文研究社」とし『台湾語文研究通訊』（一九九四年六月二〇日–九六年、全一九号）と『蓮蕉花台文雑誌』（一九九九年一月二〇日–二〇〇八年一〇月二〇日、全三九号）を創刊、中部で台語グループを形成した。また蒋為文が立ち上げた淡水読者連誼会と林裕凱らの新竹読者連誼会は、地域的な母語グループというだけでなく、台語学生運動世代による台語グループという意味合いがある。陳福当による彰化読者連誼会もその後拡大し、彰化が台語運動の基地に発展し、多くの在地の台語作家を輩出した。

（三）『台文通訊 BONG 報』の台語グループ

『台文通訊』創刊二年目に、台湾に総連絡事務所を設置し、その発行の輪を広げた。ロサンゼルス「台文習作会」の方式を台湾に移植し、一九九三年二月から台湾各地に続々と「台文通訊読者連誼会」が結成され、草の根における台語推進の実践的組織が広がったことはみてきた。その中で一九九五年に台北の「台文通訊読者連誼会」が「台北台文写作会（執筆会）」に改称、一九九六年には台北台文写作会メンバーが『台文 BONG 報』という新たな雑誌を創刊した。それは文学性、専門性、躍動性を強調するものだった。一九九七年から『台文通訊』の台湾における発行作業は、「李江却台語文教基金会」が担うこととなった。また『台文 BONG 報』はのちに『台文通訊 BONG 報』として合併され、さらに大きな規模の台語文学グループを創設することになった。

『台文BONG報』は創刊当初から台語文学雑誌を自任した。定期コーナーとして「BONG報小説」「BONG報選詩」「BONG報戯劇」を設けていた。随筆についてはさらに細分化され、「台湾人写真（事実を筆写する）」は伝記文学、「Cha-bó͘ 人 ê 話（女性の話）」は女性の心情を表すもの、「chhìn-ōe bóng thńg」は古くからの風習や典故について、「BONG 報 bóng 話」は社会問題をテーマにしたものである。第六二号からは「HAKKA 屋家」コーナーを設けて客家語文の創作を掲載している。

またその他の非文学ジャンルも排除していない。「草地医生開講――台文医学」（主な作家は張復聚、劉南医、鄭詩宗ら医師）、「芸術 bóng 話」は芸術評論、「人権交流道」は黄晴美の「Sweden ê gín á 権利教育（スウェーデンの子供の権利教育）」。ほかにも「結婚広場」（廖瑞銘（本書著者）、蕭平治など）では結婚に関する記事や、同性愛に関する特集（第一六号張聡敏、第一七号林万寧）を行い、また「chhiò phòa lâng ê chhùi」は台語の創作笑話であった。ほかにも、「A-bong ê hàm kó͘（アーボンのたわごと）」、洪錦田の短篇推理小説、楊允言の「来去花蓮（花蓮に行く）」「農村生活筆記」、黄晴美の「追想四二四事件」などが人気のあったコーナーである。

さらに毎号「BONG 報 News」「BONG 報走馬灯」として台語活動や出版物に関する記事を載せていた。つまり、台語運動の足跡の記録であり、台語文運動に関する貴重な史料である。そういう中で、『台文 BONG 報』は評論文の比率が比較的少ない中にあっても陳明仁小説に関する評論が最も多い（第一九―二三号）。また『台文 BONG 報』に掲載されたテーマは広く、文学のジャンルも多岐にわたっている。一号あたり一六頁しかないが、すでに二〇〇号が発行されている。これまで蓄積された台語文学作品や台語運動の資料は多く、台語運動への貢献はきわめて大きいと言えるだろう。

『台文BONG報』は、台語白話字の読み書きの推進および台語の文学性の向上に大きな貢献があった。その内容は創刊当初は単純に『台文通訊』との差別化を図るものだった。台語運動や評論関係は『台文通訊』に委ねて『台文BONG報』は台語文学に特化することにあった。この刊行物によって経験が蓄積され、台語による読み書きが慣例化し規範化されることを目標としていた。つまり台語の「生活化」「文学化」「専門知識化」である。そして「文学性、専門性、躍動性」を追求していた。

雑誌の名前を「罔報（やってみる新聞）」としたのには多くの人に気軽に台語を認識してもらい、気楽に台語で書いてもらいたいとの願いが込められていた。実際数年後には優秀な作品が登場し、新たな台語作家を輩出した。二〇〇三年には李江却台語文教基金会と合同で「阿却賞」を設け、市民の力だけで多くの台語文学創作を輩出した。資源が不足していたわりにはパワーがあり、毎号一〇数ページしかなかったが、発行は継続された。台語創作は海外から台湾島内に拠点が移り、それが二一世紀になっても続けられたのである。

創刊の当初の目標からみて、喜ばしい成果として、

一　何人もの達意の台語作家を輩出したこと。陳明仁、素枝、劉承賢。
二　台語文の領域を広げたこと。張復聚の医学台語、黄晴美の若者の人権。
三　生活文化の台語化。廖瑞銘（本書著者）の結婚特集、林万寧の記念特集。
四　台語表記の規範化。漢字、ローマ字の使用原則。

五　定期的に「阿却賞」[59]を開催し、台語創作作品のコンテストを実施。

『台文BONG報』は漢字ローマ字混ぜ書きの刊行物である。漢字とローマ字の書面語の規範化に神経を使った。二〇〇三年初めから編集部は特に「書面語」としての「規格化」問題を焦点に議論を重ねた。それによって得られた「コンセンサス」は不定期に「編集手記」として公開されている。とくに劉杰岳はその議論の成果を「BONG報書面語規範」「BONG報用字参考表」としてまとめ、『台文BONG報』の公式サイトにアップし、誰もが閲覧し、参考にできる形になっている。その目的は台語文の読み書きの規範化に向かって進むことである。

ほかにも、『台文BONG報』は台語文学の人材育成においても多くの成果を上げており、とくに新たな人材の発掘については他に例を見ない。台語創作および研究論文に関して、先にも触れた「阿却賞」を設け新世代の発掘に成功している。それは陳廷宣、劉承賢、鄭雅怡ら台語文学の書き手であり、文学研究では施俊州、鄭雅怡、周華斌、張玉萍、呂美親、陳慕真、蔡瑋芬らを発掘した。彼らは母語文学研究分野で大きな影響力を持ち、今後の活躍が期待できる。

また『台文BONG報』の漢字ローマ字混ぜ書きが台語文学創作に与えた影響は大きく、漢字ローマ字なり全ローマ字で書く作家群を育てた。それは陳明仁、洪錦田、黃真救、黃提銘、鄭雅怡、紀伝洲、廖瑞銘、楊嘉芬、陳豊惠、清文、李勤岸、楊允言、鄭芳芳、蔣為文、Abon、劉承賢、周定邦、A-hi（陳廷宣）、呂美親である。中でも陳明仁の小説は代表的であり、新世代としては清文、劉承賢の小説も期待される。

（四）台中・彰化の台語グループ

台中の台語グループは『台文通訊』の台中読者連誼会から語り始めなければなるまい。台中読者連誼会は曽正義が立ち上げたもので、その後、曽は台語パソコン教室を立ち上げ、メンバーに台語の創作を奨励、「台中台湾語文研究社」に発展させた。その会報として『台湾語文研究社通訊』『蓮蕉花台文雑誌』を創刊した。台中の台語グループは台中読者連誼会と台中の台語運動支持者によって徐々に形成された。ほかにも陳福当が組織する彰化読者連誼会もそこで成長し、台語の基地となり、多くの在地台語作家を育成した。

彼らの文学創作作品のほとんどが、自らが主宰する運動団体機関誌に掲載されている。それは次の通りである。

1　『台湾語文研究社通訊』

『台湾語文研究通訊』は台中台湾語文研究社が一九九四年六月二〇日に創刊、二〇〇〇年一二月に休刊、全二二号を刊行した。一九九五年一〇月三〇日の第六号で『台湾語文研究社通訊』に改称し、翌一九九六年七月三〇日の第九号で『台湾語文研究雑誌』に再度改称した。歴代発行人は林清祥、陳延輝、荘勝雄、林鴻儒など。主に母語意識と台語教育を促進することを目的としており、掲載された文章も、母語意識の強化、台語教育教材、台語界の活動動向を主として、台語文学作品を従としていた。実際の活動に、出版物に加えて文学キャンプ、シンポジウム、台湾文学創作賞、台語研修教室などが挙げられる。

2　『蓮蕉花台文雑誌』

『蓮蕉花台文雑誌』は母語意識と日常の台語の執筆を促進する目的に刊行された。一九九九年一月二〇日に創刊、二〇〇八年一〇月二〇日までに全三九号を発行した。

3　『台語世界』

『台語世界』は「日常的な台語の総合雑誌」を標榜して、一九九六年六月創刊準備号、一九九六年六月創刊号、一九九七年五月の一六号まで、合計一七号が出された。責任編集は呉長能と廖常超。主に台語意識と日常的な台語の創作を提唱した。扱われたテーマは非常に多様で、文芸、社会、生活、技術、政治、歴史、地理、民間伝承、台語教育に関する記事であり、台語による読み書きの実践と推進のうえで一定の功績があった。

三　独自方式派の文学グループ

戦後の母語文学は母語覚醒後に復興運動として発展してきた。母語表記および母語文学と、主流の中国語文学との関係性に対する認識の違いから、母語作家は様々な見解とこだわりを持ってきたと言える。したがって、表記法の違いによって、それぞれが異なる台語グループを結成し、それぞれがばらばらに母語文学を発展させた。これまでみてきたように、台語社の『台語文摘』に代表される漢字派系統と、『台文通訊』に代表される教会ローマ字派系統がある。さらに、台語文字化を主張する人たちにはいくつかの別のグループがあって、それぞれに支持者が集結していた。しかし、支持者が多く、グループとして発展を遂げたものはそう多くはない。

その中にあって、林央敏の「台語文推展協会」と『茄苳台文月刊』から始まって、宋沢萊の「台湾新本土社」と『台湾e文芸』系統、加えて方耀乾を中心とした「菅芒花系統」は理念的に近く、台湾全土を結合した『台文戦線』文学グループを形成した。林央敏、宋沢萊、方耀乾は、台湾文学の理論的構築、文学の創作、文学史の総括などの面で大きな努力をしており、考え方も近い。そこで彼らを同一視して説明することで、より鮮明な文学の命脈をたどることができる。それらは漢字派やローマ字派とは別系統の台語グループを形成しているといえる。

(一)『茄苳』台語文グループ

一九八〇年代の台湾母語復興運動は、洪惟仁の台語社系統と、海外の『台文通訊』が台湾に設置した台湾総連絡事務所による運動以外にも、林央敏が始めた「台語文推展協会」の勢力が大きかった。一九九五年五月二八日、林央敏は「台語文推展協会（台展会）」を創立した。歴代会長は林央敏、林明男、林宗源、呉長能らである。また機関誌として『茄苳台文月刊』を発行し、部数は最高で三〇〇〇部に達した。台語文推展協会はその組織の名称にもみられるように、台語運動と文化的性格を組み合わせたものであり、その運動団体としての性格は「蕃薯詩社」よりも強かった。

『茄苳台文月刊』は一九九五年五月に創刊、一九九九年四月一日までに第二五号を出して休刊した。社長は林央敏が兼任し、歴代責任編集として張春凰、陳金順、黄元興、林央敏らがいる。会員には、各県市、各階層がおり、弁護士、教師、教授、大学生、詩人、作家、画家、政治家などがいた。主な作家として、国内では黄元興、荘柏林、胡秀鳳、謝安通、丁鳳珍、江永進、張春凰、林明男、陳金順、蔣為文、呉長能、林宗源、洪錦田、陳昭誠ら、国外では胡民祥らがいた。その他、非会員の作家に呉国禎、鄭雅怡、周東和、紀伝洲、李勤岸、陳明仁、楊照陽、郭玉雲、林文平らがいた。『茄苳台文月刊』は台語文学創作を促進することに加えて、台語復興を促進する責任を担った。したがって文学作品を掲載しただけでなく、台語関連の記事、活動のニュースに加えて、政治および運動に関する記事も載せていた。

第八号（一九九六年一月）では演劇特集号として簡国賢の戯曲『壁』（洪隆邦による台語訳）を、第一六号（一九九七年一月）では詩人の挽詩特集で、作家たちにそれぞれの詩作で最も重要あるいは美しい詩句を自薦してもらって掲載した。また第一八号（一九九七年五月）は翻訳特集号であり、オマル・ハイヤーム、シェークスピア、ジョージ・ハーバート、ジェイ・パリーニ、リルケらの詩を翻訳して掲載した。第二二号（一九九八年一月）は台語文学新人特集として、文学作品のほかにも台語運動に関する文章、記事、漫画などを掲載した。それは台湾人の民族意識を刺激し、母語使用によって台湾の主体性を構築し、母語の危機に警鐘を鳴らし、母語の重要性を強く訴えるものであった。

一方、第一〇号（一九九六年三月）では特別企画として、台語文化の危機シンポジウムの特集を組み、同年三月九日に台湾大学で開かれた「台語文化の危機シンポジウム」の模様を報道した。ほかにも第一二号（一九九六年五月）は自然科学特集号として魚、鳥、機械、大気汚染、スペースミラー、地盤沈下、土木工学、統計、数学的原理、およびこれらに関連する管理分野に関する論文を掲載した。それは台語の表現力の幅を広げることが目的であった。台語でも科学的な文章を含むあらゆる表現が可能と示すものであった。このように『茄苳台文月刊』は、言語運動としての性格が文学的性格を上まわっていたといえる。

（二）「台湾新本土社」と『台湾e文芸』の媒介

林央敏の『茄苳』系統は、『茄苳台文月刊』の休刊後にスピンアウトしてできた『時行台湾文月刊』『島郷台語文学』を発行し、さらに台中の宋沢莱の『台湾新文学』グループとも結合して「台湾新本土社」を結成し、さらに大きな台語グループを形成した。

1　『時行台湾文月刊』

一九九五年設立の「台語文推展協会」の参加人数は二四〇人を超え、機関誌『茄苳台文月刊』の発行部数は最高で三〇〇〇部に達し、台語運動史上最大の組織であったといえる。実際、多くの台語支持者がこの時期に参加したのである。江永進、張春凰、陳金順、胡長松らがそうであった。これらの人々はのちに台語文のグループを形成した。

こうしたなか江永進夫妻が新竹で結成した「時行台語文会」は『時行台湾文月刊』を発行した。この雑誌は一九九八年一一月に創刊、第一七号に隔月刊となり、二〇〇四年五月をもって休刊、計三七号を刊行した。主に台語による創作を主張した。江永進、張春凰が主宰し、歴代責任編集は沈冬青、黄淑恵、鄭有舜、尤美琪、糠献忠らであった。

2　『島郷台語文学』

『島郷台語文学』は二一世紀をまたぐミニ出版物である。一九九八年一月一五日に創刊準備号を刊行し、同年三月三〇日に創刊された。二〇〇四年三月三〇日までに第三一号を出し休刊した。創刊号から第二〇号まではほとんどが八頁（第九号、第一八号、第二〇号を除く）で、第二一号以降は二四頁であった。奥付には島郷台文工作室発行とあり、発行人、社長、社務委員が組織されていたが、実際には陳金順が一人で出資・責任編集・原稿募集・原稿入力・編集・レイアウト・発送など、すべての発行業務を行っていた。

『島郷台語文学』に掲載された作品総量は五〇〇篇を超える。詩が約四〇〇篇、随筆が約一〇〇篇、小説が二四篇である。前期（第二〇号まで）は他の台語雑誌と同じく台語運動と学習に比重が置かれていたが、第二一号以降は作品の芸術性のレベルアップが明らかにみられた。主な作家は林央敏、胡民祥、陳雷、陳金順、宋沢萊、胡長松、王貞文、方耀乾、荘柏林、江秀鳳、陳潔民、許正勲、

A-hi（陳廷宣）、周華斌、林宗源、洪錦田、林文平、李勤岸らである。

『島郷台語文学』は四度の特集号を出した。第九号「鄭南榕焼身自殺十週年記念」（一九九九年三月三〇日）は台湾の言論自由のために戦って自殺した人権闘士を記念した。第一八号「林万寧先生記念特集」（二〇〇〇年五月三〇日）は、台湾建国と台語運動に奮闘した友人を記念したものである。第二一号「世紀尾台語小説展（世紀末台語小説展）」（二〇〇〇年一二月三一日）は小説を特集し、そこに挙げられた四篇の小説は、胡長松「茄仔色e金亀」、王貞文「一個置熱天e墓」、洪錦田「炎火籠置芋仔冰」、陳雷「The Unspeakable」である。第三〇号（二〇〇三年三月三〇日）と第三一号（二〇〇四年三月三〇日）は「情詩専輯（恋の詩特集）」（上・下）で、上巻には、宋沢莱「偎靠e愛」七篇、林央敏「情深三十年」一〇篇、林宗源「性愛美感」七篇、下巻には、胡長松「真実e愛」五篇、王貞文「純情e愛」五篇、方耀乾「感謝e愛」四篇、陳金順「堅心e愛」五篇がそれぞれ挙げられている。

『島郷台語文学』は新人発掘にも余念がなかった。多くの新人が処女作をここに投稿している。林峻楓、粘家財、如斌、胡長松、福爾卡庫、蔡宛玲、追風、流水、呂絹鳳、張正雄、火旺仔、柯柏栄、黙然、呉育静らである。中でも胡長松はのちに大きく成長し、継続的に台語文学創作を行い、二冊の台語短篇小説集『灯塔下（灯台の下で）』『槍声（銃声）』と、一冊の台語詩集『棋盤街路的城市』を出している。

3 「台湾新本土社」

「台湾新本土社」は、台湾新世代の本土作家が結集した場所として重要な意味を持っている。

二〇〇〇年、宋沢萊と胡長松が『台湾新文学』を創刊した。その休刊の後、責任編集の胡長松が台語界の作家の結集を図り、「台湾新本土社」を結成した。当時、帰国したばかりの李勤岸がその準備に参加し、準備会を開き、「台湾新本土社」の機関誌となる新たな雑誌名を「台湾e文芸」とした。

『台湾e文芸』は二〇〇一年一月に創刊、二〇〇五年六月の第五号で休刊した。楊照陽、方耀乾、張春凰がそれぞれ歴代社長で、編集長は胡長松が務めた。これは純台語ではない文学雑誌であり、各族の母語創作も重視し、内容も文学評論、文学教育、女性文学、本土美術など多様な文芸を扱った。後に発行の熱意を失い、前衛出版社が赤字を出して『台湾e文芸』は休刊した。その後で、『台文戦線』が新たに創刊された。

(三)『台文戦線』グループ

『台文戦線』は二〇〇五年一二月に創刊した。発行人は方耀乾、社長は林央敏、編集長は胡長松と陳金順であった。発刊の趣旨に「台語意識と台湾意識の確立、伝統と現代精神の融合、台湾本土の味わいのある文学芸術の発揚と発展、民族文学思潮の提唱、台湾文芸復興の促進、台湾人の文化的なプライドと主体性の確立」を謳った。文学創作と評論を兼ね備えた台語文学季刊誌を目指した。

主な発起人は方耀乾、王貞文、宋沢萊、周定邦、林央敏、胡民祥、胡長松、陳正雄、陳金順である。のちに崔根源、蔣為文、林文平、陳雷、何信翰、陳秋白、黄文博、応鳳凰、李長青らも参加した。歴代発行人は方耀乾、潘静竹、社長は林央敏、編集長は胡長松と陳金順である。『台文戦線』グループが結集した最大の意図と原動力は、台語の表記法に関する長年の対立を止揚し、文学創作と文学評論に尽力したい点にあった。林央敏は『台文戦線』発刊の辞で次のように指摘している。

台語界の人たちは会うたびに文字記号の問題で言い争い、不愉快となって帰るの繰り返しだった。また日ごろも様々な形で他人を攻撃してきた。その最大の争点はローマ字をめぐる対立だった。こうした内ゲバにいそしみ、外に対して攻撃を望まない態度によって台語界の力は分散し、政府側にも相手にされず、外部からみれば力がないとみられ、それが台語文学運動の熱意を減退させ、台語復興の歩みを遅くしたと考える。中には自分こそが正しい専門家だとか、あるいは他人の威を借りていばったりしている。そうした傲慢な態度で他人の文字や記号の選択の誤りを攻撃したり、異なる表記のものを敵とみなしたりしている。これでは台語界内部の対立をさらに深めるだけであり、台語の創作に着手したり、台語に頑張ろうとする初学者を怯えさせるだけである。ひいては長年携わってきた人たちまでもが運動に失望して退散するありさまである。こうしたことが有形無形に台語運動と台語文学の発展を阻害してきた。

つまり、林央敏は、台語界が文字記号の対立に消耗していること、とくに「ローマ字をめぐる対立」に陥ることで台語界の力を分散消耗させていることを憂いているのである。

『台文戦線』のメンバーは、多くの台語運動団体の誤りから脱却して、文学創作と文学評論に重点を移そうとしていた。それによって他の台語運動の活動とは切り分けて、分業を目指したのである。毎号『台文戦線』は定期コーナーを設けた。巻頭特集、「新詩光景」、「散文（随筆）花園」、「小説森林」、評論天地などである。ほかにも文学理論を重視し、世界文学を視野に入れていることを明らかにするため、『台文戦線』は『菅芒花詩刊』にならい、各号を特集号としている。第一号「胡民祥専輯（特集）」（二〇〇五年一二月）、第二号「林央敏」（二〇〇六年四月）、第三号「塞仏特（Jaroslav Seifert）」（二〇〇六年七月）、第四号「方耀乾」（二〇〇六年一〇月）、第五号「台語詩 ê 音楽性」（二〇〇七年一月）、第六号「台語小説発展（1）」（二〇〇七年四月）、第七号「台語小説発展（2）」（二〇〇七年七月）、第八号「台語小説発展（3）」」、（二〇〇七年一〇月）、第九号「台語小説創作展」（二〇〇八年一月）、第一〇号「台語文学 ê 一百個理由」（二〇〇八年四月）である。

これによって『台文戦線』グループは台語文学創作と理論の実践に対して強い意志を示し、他の台語出版物との差別化を図っている。

【関連文献】

（1）林央敏『台語文学運動史論』修訂版、台北：前衛出版社、一九九七年。
（2）方耀乾『台語文学史暨書目彙編』高雄：台湾文薈、二〇一二年。

第六章　台湾母語文学の花園

台湾母語文学の発展は一九八〇年代の母語復興運動から始まったと言える。それは母語意識が覚醒し母語権を勝ち取る動きから、母語の表記法に関する論争および総括を経て、母語文学の創作環境の提供、母語文学の新たな世代の作家群の出現、そして一定の質・量を持つ母語文学の蓄積につながった。

これまで見てきたように、母語文学の作者は、表記法が近い作家どうしがグループを形成した。それゆえそれぞれのグループ内の文学的な指向性は共通している。一般的に言って、漢字派の台語作家における最大の特徴は、台語の語彙には漢字が対応し、台語文学の修辞法は中国古典文学のそれと関連性や典拠があると考える点にある。そのため現代文学創作においても、古典文学に基礎をおいている。漢字文献については、古典詩であれ漢字で記録された民間文学のテキストであれ、それらをとても重視する。その文学的指向性も、中国主流文学のそれと大きな差異はない。

漢字派台語作家は、台語社系統および府城（台南市旧市街地）文学グループが中心である。台語社系統のうち代表的な作家は、洪惟仁およびその第一世代の弟子にあたる林錦賢、陳憲国、邱文鍚、洪錦田、林文平、楊允言、陳恒嘉らが含まれる。洪惟仁本人は台語の学術研究を主としており、いくつかの随筆や台語民間故事を書き直して創作したもの以外は、文学創作をほとんど行っていない。また林錦賢は民間褒歌を採集、陳憲国と邱文鍚は台華語対照字典および唸歌など民間の採集・出版を行っている。洪錦田と林文平だけが現代台語文学創作を行っている。

一方、ローマ字派の作家は、その最大の特徴は母語だけで創作することである。母語の語彙を用い、あるいは母語の音素や訛りを活用する。こうした語彙は対応する漢字がない場合も多い。たとえ本来の漢字とする「本字」「正字」を見つけたところで、それは実用されていない漢字であったり、実はその発見者による創作「造字」であったりする。そこでローマ字派の台語作家はその創作においては漢字の呪縛から離れることを基本としている。表記法としては「漢羅合用（漢字ローマ字混ぜ書き）」を用いて創作を行う。それによって中国文学の修辞法から離脱できると考えるからである。そしてその創作の基本は、中国古典文学の修辞を訓練することでなく、母語による日常言語生活を注意深く観察することによる母語の熟達である。

ローマ字派台語作家としては、『台文通訊』系統およびそこから派生したグループの作家群が挙げられる。『台文通訊』系統の作家群としては、海外の『台文通訊』、および台湾の『台文通訊』『台文 BONG 報』が含まれる。

その中でも、彰化地区は台語文学の歴史が古く、一九三〇年代の台湾新文学初期の頼和らの先行者に淵源をさかのぼることができる。戦後は一九八〇年代の母語復興運動が勃興した後、再び台語作家のグループが勃興した。一九九三年には張聡敏、陳福当、藍美津、王淑芬らが新竹にまで出かけて、清華大学において鄭良偉教授が開いた「台語写作班（台語作文教室）」に参加した。彼らは台語で書くことを習得した後、大竹小学校教員の陳福当が中心となって『台文通訊』の「彰化台文通訊読者連誼会」を設立させた。毎月定期的に地元選出議員の事務所を借りて、『台文通訊』その他の台語作品を鑑賞するものである。メンバーはそれぞれの職業に応じて台語を鼓吹し、自らも創作活動を始めた。その結果何人もの作家がそこから誕生することになった。

漢字派とローマ字派の台語作家グループ以外にも、どのカテゴリーにも属したがらない台語作家がいる。その人たちは、既存のいずれかの母語表記法にも賛成せずに、自分たちが正しいと信ずる表記法（主に漢字）でもって創作を行った。こうした人たちは文学理論を基盤として深い意味を有する文学創作をしていった。

こうした人たちを独自方式派と呼び、それに属するのは林央敏に代表される『茄苳』系統であり、また方耀乾の菅芒花系統であり、さらには宋沢萊、胡民祥、胡長松らが挙げられる。

本章では、台語による詩、小説、随筆および戯曲、それから客家語詩に分けて、それぞれのジャンルの発展について、代表的作家および作品について解説したい。

一　台語詩

漢文の伝統において、詩は文学の中で最も主要なジャンルである。詩によって作品を書くことは感情を表現する方法であり、最も基本的な文学創作である。とくに現代白話詩には、古典詩のように格律の制限はなく、また短いものが多く、必要な語彙も少ない。そのため、母語作品を書くときに起こりうる問題は少ないという利点がある。そこで、母語による詩の創作は最も容易に始められることであり、また母語文学の中で最も最初に始まったジャンルでもある。多くの母語作家は、まず詩から始めるケースが多い。

（一）『台語詩六家選』

最初の台語の詩はどれなのかについては様々な議論がなされてきたが、『林宗源台語詩選』（一九八八年）が最初に出版された台語詩集とされる点ではおそらく異論はないだろう。そして鄭良偉編『台語詩六家選』（一九九〇年）および黄勁連の最初の台語詩集『雉雞若啼』（一九九一年）がそれにつづくものと言えるだろう。

初期台語詩に認められる共通の特色は、漢字表記が主体であるものの、言語学者による表記統一の作業を経ていることだ。前記三冊の詩集を例に挙げると、『林宗源台語詩選』は鄭良偉が林宗源の漢字詩を漢字ローマ字混ぜ書き方式に改めており、四篇については、漢字ローマ字混ぜ書きにおける漢字選択に関する説明がなされている。そして『台語詩六家選』は黄勁連が六人の詩人に呼びかけて各人の詩作を集めたものである。詩はほぼすべてが漢字によって書かれているが、これもやはり鄭良偉が統一化して漢字ローマ字混ぜ書き方式に改め、さらに台語固有の語彙には注釈がなされている。『雉雞若啼』は黄勁連が詩集にまとめたものだが、洪惟仁が注釈などを行っている。すべての文字について何度も検証や推敲を経て決定がなされた。

ここでは、最初期の台語詩人について説明しておこう。

1　林宗源（リムツォンゴアン）

林宗源（一九三五年－）は台南市出身。台南の第二中学高中部（高校）卒業。現代詩社社長（一九五九年）を経て、一九六四年笠詩社に、一九八七年には台湾筆会（ペンクラブ）に参加。一九九一年には台湾で初めての台語詩団体「蕃薯詩社」に参加し、台語文学界では「蕃薯頭（台湾人のリーダー）」と呼ばれた。また台語文推展協会会長も務めた。

一九七〇年からは台語による詩の創作を始め、その後も創作活動を続けている。林が強調するのは、「台語文学こそが台湾文学」であるということ。その通り、林はひたすら台語による詩を創作してきた戦後初めての詩人である。詩集として『補破網』『林宗源台語詩精選集』『林宗源台語文学選』『無禁忌的激情（タブーなしの激情）』などがある。

林宗源による初期の台語詩は、典型的な抗議の意味が込められている。それは戒厳令時代の台湾歴史に関してである。たとえば、「人講你是一条蕃薯（あなたはサツマイモだと人は言う）」「講一句罰一元（一言台語をしゃべるたびに一元の罰金）」はまさに最たる例である。

前者は台湾人が権威主義統治による欺瞞と圧迫の下で声を上げず、ひたすら我慢してきたことへの概嘆である。その第一連にはこうある。

あなたはサツマイモだと人は言う
中身を開けると黄色い
白い血が土地に流れている
土の上にはまさに落ちようとしている花が咲いている
太陽を嫌っても月が好きというのは本当か
あなたに煮たり蒸したりされるがまま
砕かれても何もできない
土と水が少しあるだけで
育つとか
本当のことなのか？

そして詩の最後の二句は、「去死／去死（死ね／死ね）」と強烈な罵倒が繰り返されている。それは台湾人の弱さに対する詩人の嘆きである。

「講一句罰一元」は、戦後国民党政権が母語を抑圧してきたことへの抗議である。

第一連には「一言台語をしゃべったら一元の罰金／台語は低級だという／お父さんは毎日何枚かの紙幣をくれる」とある。最後に疑念と抗議を表明する。

先生！　広東語を使う人は殴られないんですか？
先生！　上海語を話しても、黒板に頭を擦り付けられないんですか？
先生！　四川語を話しても「方言」札はかけられないんですか？
先生！　英語だったら、なぜ一元の罰金にはならないんですか？

先生が鞭を上げるたびに私の心が壊される

これは前の詩と同様に、台湾人の草の根の人たちの叫びであり、これこそが台湾人の代弁者の声である。

林宗源は台語による詩の先駆者としての地位だけでなく、赤裸々なセックスを描いた詩集『無禁忌的激情（タブーなしの激情）』もある。その方面でも右に出る詩人はいない。

2　黄勁連（ンーキンレン）

黄勁連は本名を黄進蓮といい、一九四六年末、台南県佳里興潭仔墘塩郷に生まれた。『台湾文芸』『蕃薯詩刊』の編集長や菅芒花台語文学会創会理事長を務めた。現在、『海翁台語文学』編集長。詩集に『雉雞若啼』『南風稲香』『蕃薯兮歌』、随筆集に『潭仔墘手記』『黄勁連台語文学選』『黄勁連自選集』などがあり、編著として『台訳昔時賢文』『台湾国風』などがある。一九九三年の米国における講演で、『台文通訊』の中の詩を朗読した。二〇〇五年に成功大学台湾文学修士課程に入った。

黄勁連は次のように考察している。台湾は一九三二年から民間歌謡の歴史が始まり、そこで初めて台湾人が母語による良き文学作品を創作したことになる。つまり台語詩を書くことは、そうした台湾詩の伝統を受け継ぐものであり、台語文学がこの土地から生まれ成長してきたことを示すものである。今後はさらに発展し、再出発を図らなければならない、と。

黄勁連の多くの台語詩は、その題名、用語、リズムにいたるまで、かつての台語流行歌の影響が強くみられる。たとえば、「夜雨兮港口（夜雨の港口）」は流行歌「霧夜的灯塔（夜霧の灯台）」（日本の元歌は「泣くな霧笛よ灯台よ」）の題名のオマージュであり、内容はこの歌の語法を真似ている。また他の詩も多くの流行歌を真似ている。「漂浪千万里」「夜港口兮暗暝（夜の港の一夜）」「小雨綿綿（小雨が降る）」「夜茫霧罩四辺（夜霧があたりを覆っている）」「海鳥兮叫啼（海鳥の泣き声）」「擾乱阮兮耳（私の耳をつんざく）」「悽涼兮船螺声（悲しい船の出帆の音）」「声声訴哀悲（悲哀を叫ぶ声）」などがそうである。

「塩分地帯」が黄勁連の故郷であり、黄勁連文学世界のすべてでもある。黄が故郷に戻り台語詩人となったことは、次の二つの意義がある――一つは「塩分地帯の文学的伝統」の覚醒であり、もう一つは台語による創作に目覚めたことである。

3　黄樹根（ソーチューークン）

黄樹根（一九四六－二〇一〇年）は高雄市出身。台南師範専門学院、高雄師範学院を卒業後、小学校教師を務めた。一九七一年に「主流」の詩人サークルである笠詩社や台湾筆会会員になった。詩集として『譲愛統治這個大地（愛によってこの大地を支配せよ）』『独裁者最後的抉択（独裁者の最後の選択）』などがある。その詩作には、時局や社会的不正義に対する批判が込められた「五二〇農民事件」、あるいは親への愛情を吐露した「阿母，你慢慢仔行（お母さん、ゆっくり旅立ってください）」などがある。

4　向陽（ヒョンヨン）

向陽（一九五五年－）は本名を林淇瀁といい、南投出身。文化大学東洋語系日文組卒業。政治大学新聞系博士。『自立晩報』文芸欄の責任編集、『自立早報』主筆などを歴任したあと、台北教育大学台湾文化研究所副教授（准教授）を務める。詩集に『銀杏的仰望（銀杏の仰望）』『種籽』『土地的歌（土地の歌）』など。華語詩人として名声を博した。台語詩作としては最初期の「方言詩」が『銀杏的仰望』に収められている。また『土地的歌』に収められている三六篇の詩は、家族の人情などについて描写したものである。台湾のことわざを詩にちりばめるのを得意とし、巧みな台語を操る。ただし最初期の「方言詩」以外には、向陽はあまり台語詩の創作を行っておらず、台語詩は彼にとっての創作の主力ではない。

5　宋沢萊（ソンテクライ）

宋沢萊（一九五二年－）は本名を廖偉竣といい、雲林県二崙郷出身。台湾師範大学歴史系卒業。『台湾新文化』社務委員および責任編集、『台湾新文学』編集長、『台湾e文芸』総顧問などを歴任。一九八一年から台語詩および小説の創作を行った。台語詩集に『一枝煎匙』（聯合文学、二〇〇一年八月）、

『普世恋歌』（印刻、二〇〇二年九月）があり、台語小説として「抗暴个打貓市（暴政に抵抗するターニャウ市）」、編者として『台語小説精選巻』がある。また台湾文化および文学関係の評論としては「台語小説簡史」「台湾文学三百年」などがある。

『一枝煎匙』は、日常生活において物が日常を超え「哲学」的色彩を帯びたものとなっている。その詩は政治的・社会的批判の色彩が強いが、家庭の温かみにも触れている。[60] 宋沢萊の最も有名な詩は一九八一年米国アイオワを訪れたときの六篇の台語詩で、それらは『台語詩六家選』に収められている。中でも「若是到恒春（恒春という町に行くなら）」は名作である。

もし恒春に行くなら
それは雨の時がよい
霧がかかった山並み
それは少女の純粋さのようだ

もし恒春に行くなら
黄昏時がよい
海辺の雲が
赤く覆い、化粧をしたようだ

もし恒春に行くなら
晴れの日が良い
出港する船は
時には遠く、時には近く

もし恒春に行くなら
時期を選ばなくてもよい
陳達の歌が歌われるとき
心のもやもやは晴れるからだ

これほどの親しみが持てる清新な台語詩は、初期にはあまり見られない佳作である。

6　林央敏（リムヨンビン）

林央敏（一九五五年－）は嘉義県太保市出身。嘉義師範専門学院、輔仁大学中文系卒業。台語文推展協会初代会長、『茄苳』台文雑誌社社長、蕃薯詩社会員などを務めた。一九八三年から台語による創作活動を始めた。詩集に『駛向台湾的航路（台湾に向かう航路）』（一九九二年）、『故郷台湾的情歌（故郷台湾の情歌）』（一九九七年）、『希望的世紀（希望の世紀）』（二〇〇五年）、『一葉詩』（二〇〇七年）。歴史詩として『胭脂涙（口紅の涙）』がある。また随筆や小説もある。

林央敏の台語詩には国と郷土に対する情念が込められている。郷土意識、台湾民族感情、政治的志向などのテーマで、意識の覚醒と転換などの過程が描かれている。最も有名な詩作に、後に蕭泰然によって曲がつけられ、金曲賞を受賞した「毋通嫌台湾（台湾を嫌わないで）」（一九八七年）がある。

祖先を愛するならば
台湾を嫌わないで
土地は狭いけれど
父さんの汗と母さんの血が
この土地の隅々にしみこんでいる

子孫を愛するならば
台湾を嫌わないで
田畑があり山がある
果物は甘く、五穀が芳しい
子孫は腹を空かせることはない

故郷を愛するならば
台湾を嫌わないで

国がまだ幼いけども悲しむことはない
真面目に働けば、将来は希望が持てる
自分たちが（この土地の）主人となれる

林央敏は台語詩を書く前に華語詩人として名声を得ていた。土地と情感を歌いあげる天性の文学的な才能に恵まれ、その詩作は美学に満ちている。修辞にしても、台語の音の旋律、押韻を自在に操り、伝統的な四句連の特色も持っている。[61] さらに特色としてほとんどが華語との対照となっており、また二種類の音標が振られているところである。それによって台語が好きだが、台語の表記を知らず、それを学びたい人のための便宜が図られている。それはまた台語をアピールするための心配りでもある。

林央敏は台語表記法にこだわりがある。それは「音があれば字（漢字）がある」と信じるものであり、運動の初期段階には「国内で初めてのコンピュータによる最新版の台語字典」と称する『簡明台語字典』[62] を出している。だが、いやそのために、林の詩にはたびたび言語混在現象がみられる。

（二）蕃薯詩社の詩人群

述べてきた『台語詩六家選』とほぼ同時代の台語詩人グループとしては、『蕃薯詩刊』の作家群が挙げられよう。前述した林宗源、黄勁連、向陽、林央敏のほかに、台湾国内において継続的に台語詩の創作を行ってきた詩人としては、荘柏林、顔信星、李勤岸、陳明仁、林沈默、周華斌がいる。また海外では米国在住の羅文傑、胡民祥、カナダ在住の陳雷、日本在住の沙卡布拉揚《サカブラヨ》がいる。客家語詩人としては利玉芳、黄恒秋が挙げられるが、それは別の節で取りあげたい。

1　荘柏林（ツンペクリム）

荘柏林（一九三五年－）は台南県学甲鎮出身。一九九一年に初めての華語詩集『西北雨』を出版した。荘は主流メディアの文芸欄や雑誌に華語詩を発表するとともに、台語出版物にも詩作を発表している。理念、人脈の関係から、一九九〇年代初期には、林宗源、黄勁連と並ぶ大台南地区文学運動の大物と見なされた。その詩の情感は黄勁連と近い。三冊の個人歌集を出版している。いずれも譜面がつけられている。『荘柏林台語詩曲集』（一九九六年）、『台湾芸術歌曲集』（一九九七年）、『南瀛的歌声――荘柏林詩歌曲集（台南の歌声――荘柏林詩歌曲集）』（二〇〇二年）。いずれも台語文学の美しさを表している。

2　顔信星（ガンシンシンシン）

顔信星（一九三五年－）は長老教会牧師であり、総本部の要職にある。音楽委員会委員、族群母語推行委員会委員、台語聖書新訳審議チームを務める。一九九一－九四年に『台湾教会公報』の「父母話」ページに「蕃薯園（サツマイモ畑）」コラムを持っており、広義の台語運動メンバーである。作曲や歌唱はプロとして訓練を受けている。一九九八年に『顔信星合唱曲専集（顔信星合唱曲アルバム）』、二〇〇二年には金安出版社による台語文学大系第一三巻『顔信星台語文学選』。長老教会本部教育委員会発行の『念郷詩集』（一九九一年）には、七字仔《チッジーアー》（歌仔戯《コアヒ》に多用される曲調と歌詞）、童謡詩、長短篇の新詩があり、それらは前記の文学選にも収められている。

3　李勤岸（リーキンホア）

李勤岸（一九五一年－）は本名を李進発といい、台南県新化出身。米国ハワイ大学言語学博士。『台文通訊』の編集長などを務めた。一九八九年に台語による創作を開始し、台語文学運動に全面的に投入した。「蕃薯詩社」の発起人となったのをはじめ、米国『台湾公論報』社説に台語推進の論説を書いたりした。台語の音標表記の論争に関しては「音標系統の統合」を主張してきた。詩集に『李勤岸台語詩選』（台南県文化中心、一九九五年一一月）、『咱攏是罪人（われらはすべて罪びと）』（開朗雑誌社、二〇〇四年八月）、『大人囝仔詩（大人による子供の詩）』（開朗雑誌社、二〇〇四年八月）、『母語ê心霊雞湯（母語の心のスープ）』、『晏熟ê早春（遅く来た早春）』（開朗雑誌社、二〇一一年六月）、『食老才知ê代誌（年取ってはじめて知ったこと）』（開朗雑誌社、二〇一一年六月）がある。

李勤岸は軍隊退役後に東海大学に入学、「後浪詩社」に入会した。『詩人季刊』を責任編集し、一九八二年に呉晟、廖永来、宋沢莱らとともに、「春風詩社」を結成、雑誌を編集した。一九八七年、中山大学の教員中に、国民党政権の迫害を受け、教員人権団体を立ち上げ、街頭抗議行動など社会運動に参加した。高雄における講演活動で、自身の華語詩を台語で読み上げられないことに気づき、母語意識に目覚めた。一九九一年に米国留学し、台語専門論文により言語学博士、また台独連盟に加入した。

こうした意識形成過程にみられるように、李勤岸の台語詩は社会・政治運動から出発したものである。胡民祥が称賛するように「民族解放運動を実現するための詩」であり、それはまたその文学素養と言語学の専門知識を踏まえたものである。

「王育徳有両支腳（王育徳は二本脚）」では王育徳が始めた台語建国行動を顕彰している。

あなたは二つの強い脚を持っている
二つの革命の脚
一生を台湾独立運動に捧げ
また台語運動にも参加した
…………
あなたの両脚は一緒に動いている
そして一つの道を歩んだ
台湾人の尊厳ある道
…………
二つの脚を持った王育徳
私はあなたの後をついていく
右脚も左脚も本当の台湾の脚

建国のための道を歩んでいく
そして正しい台湾国に進んでいくのだ

「咱攏是罪人（われらはすべて罪びと）」は台語界が表記法の対立におぼれて、台語の発展の足を自ら引っ張ったことに対する反省の弁である。そうした対立の歴史の現場について、次のように皮肉る。

われらはすべて罪びとである
台湾を愛するあまりに
青春のすべてを捧げて
いろんな記号を生みだし
パスワードのように考え
その記号を使えば台語は順調に進めると考える

最後に、詩人は神に対して許しを請い、すべての人が自分の偏見を捨てて、台語を発展させることを願う。

われらはすべて罪びとである
台湾を愛するあまりに

われらの罪をお許しください
われらは自分たちの残された命で
生み出された石をほかに運び出し
台語が
前に進めるようにしたいのです

李勤岸はまた親や人への愛情といった柔らかな詩も作っている。「阮阿母 e 名（母さんの名前）」「皮帯情（ベルトの情）」がある。また『食老才知 e 代誌（年取ってはじめて知ったこと）』では歳をとった後の心情と状況について様々な趣向の詩が収められている。

4　陳明仁（タンビンジン）

陳明仁は一九五四年彰化二林鎮出身。筆名に Babuja A.Sidaia、Asia Jilimpo。一九七一年以降、台北県、台北市に居住する。台中第二中学中等部卒業、台中第一中学高等部中退。文化大学中文系文学組学士、大学院哲学研究科修士。『台文 BONG 報』共同創立者、編集長。台湾独立建国連盟台湾本部広報部長、中央委員。『台湾文芸』編集企画、笠詩社会員、蕃薯詩社発起人、台湾筆会理事。一九八〇年代には様々な分野で台語白話文運動を展開する。その創作ジャンルは幅広く、詩、随筆、小説、戯曲に及ぶ。詩集に『走找流浪的台湾（流浪の台湾を求めて）』（一九九二年）、『流浪記事』（一九九五年）、『陳明仁台語歌詩』（台笠、一九九六年）がある。

陳明仁は小学校卒業後、故郷を離れて、県外をさまよった。中学校を終えたあと、省立高校を中退し、台北に出て自力で働いて生活した。学校、会社、工場、零細企業……何度も職を転々とし、それは二〇種類を超えた。最も長く続いたのは、映画のシナリオライターだった。その後、政治活動に従事し、国民党政権によって政治犯として投獄されたこともある。

農村で少年時代を過ごし、また他の作家らより社会・政治経験が多いこともあって、陳明仁の詩には台湾独自性が濃厚に反映されている。また流浪を好み、性格と政治的な強い意志も反映されている。『走找流浪的台湾』自序の副題は「流浪の台湾を求めるのか、自らが流浪を求めるのか」であり、ここには明らかに「流浪」と「台湾」こそが陳自身の詩作にとって最も重要なテーマであることが示されている。流浪は何かを探し求める手段であり過程である。台湾とは関心の主体であり目的である。

「詩人啞口（詩人の沈黙）」においては、詩人が自ら生涯をささげるべき志とは、詩を書くことによって社会の不正義と対抗することだとしている。「世の中がすべて公平だったら／詩人ができることなどあろうか？」、そして詩人が「流浪する気持ちで／俗世間の話をする」と強調するのである。

陳明仁の詩作は、たとえば、「流浪の台湾を求めるのか、自らが流浪を求めるのか」の弁証法の中に哲学、歴史、言語の三つの側面を提示している。哲学においては、詩人の価値観と生死観を表明し、台湾人が持つべき精神の内実について指摘する。歴史については、詩人は台湾の歴史、風土、人情の描写と関心を通じて、一種の素朴な「人間本位史観」を提示する。言語面では、母語の原音によって台湾人特有の哲学思考と歴史的情感を重視する。台語の音楽性を強調するだけでなく、台湾文学の言語問題という重要な問題についても浮き彫りにする。

陳明仁は文学言語の統一化を実践するために、挑戦的な試みを行っている。それは台語歌の歌詞から語彙を拾い上げ、自分自身の文学言語を豊かにすることである。また台語流行歌の歌詞には相当程度、台湾人の感情および独特の社会文化が反映されているが、これもまた陳明仁が詩によって表現しようとするテーマと結びついているものだ。このため、台語の歌詞から文学の語彙を拾い上げることは、当然の道筋であると言える。中でも「故郷」と「流浪」の類型が多く登場する。

たとえば、「tī 雨中離開 IOWA（雨の中をアイオワを離れる）」の後段では、

アイオワはあまり雨が降らなかった
だが離れる日の朝になって雨が降った
別れを惜しむ雨が
漂流の旅に降る
われらは歌いながら歩く音楽家だ
故郷のために
流浪のために
グレイハウンドを出発するとき
窓の外は
暗い

雨がやまない
そんな中を
われらはアイオワを後にした

これこそが陳明仁の流浪を歌う詩の典型である。海外に流浪しても、心は台湾にある。ここに出てくる多くの表現は、台語歌謡で常用される語彙である。特に台語歌手の大御所文夏の歌に頻出する。

台湾に暮らしながら、陳明仁は一種の「在地の異郷人の心情」を持っている。それは彼の他の台語詩の中にも散見される。

一九九三年、陳明仁は『台文通訊』に「台語『異郷人』」という文章を発表した。それは台湾人が当時直面していた言語環境についてえがいたものである。「台湾の現在の地位は、殖民地よりも悲惨である。他の殖民地となった国は、自分たちの言葉が『公用語』とならずとも、庶民は自分たちの言葉を話している。だが、台語はどうか?……」。四〇年間の言語政策によって、母語を堅持しようとする台湾人は自らの土地で「流浪」するしかなく、言語的には「異郷の人」となったのである。[63]

『流浪記事』以降に、台湾の政治状況に大きな変化が生まれた。陳明仁が関心を持つ方向性と創作内容にも明らかな変化がみられる。抗議の対象となっている歴史の清算が行われず、社会には正義がなく、文学には理念がなく、言語(台語)には地位が与えられないまま、という四つの側面について、台湾人の価値観を一日も早く打ち立てなければならないとするものである。

中でも二二八事件をめぐる歴史的な傷の痛みについては、「E-pô tī 二二八公園（午後、二二八公園にて）」という詩の中で非常に細やかな心理描写を行っている。

少し風が吹いてきた
樹がしなっている
その音がその場にとどまるので
じっくり耳を傾けると
それはわれらの静かな泣き声だった

ある思いが池から流れてきた
心が騒ぎ
歴史ある苔は見慣れた光景だ
じっくり見れば見るほど
それは暗闇の恐怖だった

ある人が歌を歌っている
詩がなかった長い時代に

長い夜が証言してくれた
ただそれはわれらを聞くだけだった
静かな悲哀

私の前で涙を流さないでくれ
私はそんな気持ちではないのだから
涙は歴史を洗い流してくれる
しかし消せないのは
心の中の血の跡

人びとが叫んだころ
天地は無言だった
雲は何事もないように流れるだけだった
どんな影も残さず
その影が我々に説明してくれる

空の色が暗くなりかけたころ
お日様はまだ輝いていた

火星が出てきてくれるか
そして道路を照らしてくれるか
そして荒れ果てた叢《くさむら》から出ていけるのか

物語を次の世代に聞かせないでくれ
歴史は教科書に書かれない
落ち葉が地面を埋め尽くす
葉が敷き詰められた道を
われらの哀愁をEメールにしてくれ

午後の公園は
少し風が吹いている
それはなんの音か
じっくり耳を傾けると
それは子供の笑い声だった

「じっくり耳を傾ける」といって読者を午後の静かな二二八公園に導いた後、重い無言の悲哀にいざなうのである。

5　林沈黙（リムティムベク）

林沈黙は本名を林承謨という。一九五九年雲林斗六の貧しい農村に生まれた。文化大学企管（経営）系を卒業し、メディアで仕事をした。一九七〇年代から文学創作活動を始め、嘉義中学時代に詩刊『八掌渓』を創刊、大学時代に詩人の路寒袖、盧思岳、洪国隆らと『漢広詩刊』を始めた。一九九一年に「蕃薯詩社」に加入した。

一九九〇年代に母語新童謡の創作活動を始めた。「台湾安徒生（台湾アンデルセン）」という筆名で独創的かつ諧謔的な台語子供詩である『月啊月芎蕉（月よ、月はバナナ）』、および三字経[*46]形式による台湾の三〇九個の郷・鎮[*47]の風土を歌う「唸故郷（故郷を歌う）」シリーズの詩を発表した。二〇〇六年には『沈黙之声（沈黙の声）』と題して文化批判的、政治的な詩作を四四篇収めた（序詩も含む）。多くは『自由時報』の「自由広場」欄に掲載されたものである。最新の台語詩集『天寿安静的春天（なんと静かな春の日）』（二〇一二年）は、この詩人が台湾新世紀にあたって生活における感動や思いを記録したものである。林沈黙の台語詩は基本的に漢字を主体に書かれている。

（三）新世代詩人

二〇〇〇年、台湾が政権交代し、台湾土着文学界に大きな希望を与えた。前世紀末以来の母語文学運動によって、段階的な蓄積が達成された後のことである。黄勁連は『台語詩六家選』方式を続け、「台語文学大系」を出版した。また陳金順、方耀乾、胡長松らも『台語詩六家選』にならって二〇〇三年に『台語詩新人選』を出版した。そこには一九九〇年代から台語の創作に参加した新世代作家たち、蔣為文、王貞文、陳金順、林文平、陳潔民、王宗傑、藍淑貞、陳正雄、方耀乾、周定邦、胡長松の一一人が収められていた。

彼らの多くは台南の菅芒花系統の新詩人であり、それに加えて、彰化の陳潔民と学生台語世代の蔣為文らが加わったものである。この組み合わせが象徴するものは、新世代詩人は表記方法にかかわらず、互いの台語詩作を評価しあったことである。これは台語文学界ではそれまであまりなかった和解の光景であり、母語文学運動の段階的な成果を示すものであった。以下に新世代の詩作の成果について述べよう。

1　蔣為文（チューウイブン）

蔣為文は一九七一年生まれ、高雄岡山鎮出身。淡江大学機械系卒業。一九九二年に学生台語運動に参加、淡江大学台湾語文社初代部長を務め、台語創作を始めた。その後米国に留学し、台湾とベトナムの言語対照比較研究を行った。帰国後は、台南の成功大学台湾文学系教員となった。『海翁（くじら）』（台笠出版社、一九九六年六月）は蔣為文の詩、随筆などを集めた選集である。蔣為文の台語詩には社会性と土着性が込められている。身近なものごとを詩として形象化する能力に優れており、言語の音の感動を呼び起こすものである。

たとえば「過溪的三分地（川を渡った三分地）」では、

一つ一つの鉄道？
サツマイモ畑に横たえられ飼い主に渡される前のサツマイモのようだ
黙って橋脚に横たわり
阿公店渓を渡る
一歩ずつ
おばあさんが私の手を引き
畑の横の道を通り川を渡る

ここに示されているのは、村の情景と肉親との愛情である。

2　王貞文（オンチェンブン）

王貞文は一九六五年台北県淡水に生まれ、嘉義で育った。台南神学院大学院修了、ドイツで神学博士。一九九四年より台語文学創作を始めた。台語小説『天使』で王世勛文学新人賞を獲得、その他の台語短篇小説とまとめて出版した。台湾のキリスト教文学における数少ない作家であり、詩作にも宗教的色彩が濃厚である。

3　陳金順（タンキムスン）

陳金順（一九五六年－）は桃園出身。台湾芸術専門学院広電科卒業。一九九五年から台語文学運動を始めた。台語文推展協会に参加し『茄苳台文月刊』を編集。一九九七年に「島郷台文工作室」を設立し『島郷台語文学』を創刊した。のちに台南に移り、台南大学国語文学系修士課程で、「胡民祥の散文」を学位論文のテーマとする。二〇〇五年に『台文戦線』に加入し、その雑誌の責任編集となった。

早期詩作は、台湾をテーマとして、政治を批判し、社会問題に関心を持つという三点を主軸とし、また恋愛詩も作った。台語詩の新世代の重要人物の一人である。随筆は、肉親の情や友人との交友、教師と生徒の絆などをテーマに、台湾人の素朴な感情を歌うものである。著書に、『島郷詩情』『思念飛過嘉南平原（嘉南平原を飛び超えたい）』『一欉文学樹（一つの文学の木）』『春日地図』の四冊の詩集、随筆集『頼和価値一千箍（頼和は一千元の価値）』があり、二〇一一年一一月に初めての短篇小説集『Formosa 時空演義』（台文戦線）を出した。これには一〇篇にわたり台湾の各時代を舞台にした台語小説が収められている。台湾を祖国とする意識を物語ったもので、国家芸術基金会の奨励作品に選ばれた。

4　林文平（リムブンピン）

林文平は一九六九年嘉義に生まれ、高雄茗濃渓岸で育った。輔仁大学中文系卒業。洪惟仁をリーダーとする「台語社」に参加し、『掖種』の責任編集を務めた。職業高校の現職の中国語教師である。詩作は台湾への愛、肉親の情、環境保護を写実的に表現したものであり、純朴かつ黙々と時代の移り変わりを描く。二〇〇一年に詩集『黒松汽水（黒松サイダー）』、二〇〇六年に詩集『時間的芳味（時代の香り）』を、いずれも百合文化出版社から出版した。二〇一二年九月には台文戦線から詩集『用美濃写的一首詩（美濃から書く一つの詩）』を出した。潜在力が高い詩人である。「我 ti 東港等——你（私は東港であなたを待つから）」「台中公園」「内湾情事」など、「美濃」の土地を題材にした一連の詩を発表している。

5 陳潔民（タンケッビン）

陳潔民は本名を陳淑娟という。一九七〇年台南七股に生まれ、彰化で育った。静宜大学大学院中文研究所を修了し、現在は彰化師範大学付属工業高校教員である。文学、仏教、音楽、美術に関心がある。一九九七年から台語による創作を始め、台湾新本土社会員である。詩作には女性らしい柔和さがあり、命のあり方に対して異なる角度からの観察がみられる。

たとえば、「春天袂記得来（春は訪れを忘れたのか）」では、

楓の葉が落ちて金赤色の墓をなしている
あなたの春への思慕は
静かに静かに、墓の底に埋もれている
誰も知らない

一本の楓の木
それは愛情の墓碑でもあるのだ
秋風が彼らの体に字を刻む
一文字ずつ、すべてが両想いである

このように楓の落葉を両想いの象徴とするのは、女性らしい細やかさであろう。

6　王宗傑（オンツォンケッ）

王宗傑は一九五〇年生まれ台南県北門郷出身で、台湾師範大学国文系卒業。台南第一高校の中国語教員を退職後、台南市教師人権促進会会長を務めたこともある。一九九七年から台語文学創作を始め、台語詩作を口語的な表現で行った。故郷の生活風景と故郷愛を描き、「塩分地帯」の詩人の伝統を受けついでいる。

7　藍淑貞（ナーショクチン）

藍淑貞は一九四六年屏東里港生まれ、高雄師範大学中文系卒業。一九九七年から台語文学創作を始めた。郷城台語文読書会会長を務めた、菅芒花系統の詩人のひとりである。彼女の台語詩作もまた肉親への愛情や身辺のものごとから出発したものである。台湾本土文学者としての風格があり、社会問題への関心、台湾の土地への愛、次世代への関心を強く表している。台語詩を書くうえでは

「字句はわかりやすく、意味は深遠に」というのが藍淑貞の台語詩の技巧的特徴である。

二〇一三年出版の台湾植物の生態に関する台語詩集『台湾花間集』は、台語植物に関するテキストとともに図版も掲載されており、生きた台語教材にもなっている。

8 陳正雄（タンチンヒョン）

陳正雄は一九六二年生まれ、台南県柳営（旧名・査畝営四堡東勢頭）出身。一九八四年台湾師範大学公訓系卒業。実習や徴兵を経て母校の台南第一高校の教師となり、二〇一二年八月、その社会科教員を退職した。

一九九七年一二月に『菅芒花詩刊』に処女詩「台湾三部曲」を発表。二〇〇〇年に詩集『故郷的歌（故郷の歌）』を出版し、これが第八回南瀛文学新人賞となった。一九九八年七月に「恋愛府城」（一九九七年五月五日）、「思念」（一九九七年四月三〇日）、「只有汝府城」（一九九七年六月一〇日）と三本の詩を発表し、とくに「恋愛府城」は詩人の典型的な作品である。

二〇一〇年に「灶雞à（カマドコオロギ）」により第一六回府城文学賞台語随筆一等賞を受賞。翌年、「大俠顧更à（大侠が更さんを世話する）」「自首」「楊逵是啥人（楊逵とは誰か）」で台南文学賞と教育部本土語言文学賞の小説・随筆部門に入選した。詩専門の文学者であるが、抒情的なもの以外の作風も試みている。

9　方耀乾（プンヤウキェン）

方耀乾は一九五八年生まれ、台南安定出身。論文「周辺から多様な中心に――台語文学の主体性確立」によって成功大学台湾文学研究所博士号を得た。現在、台中教育大学台語文学系教授であり、『台文戦線』社長。菅芒花系統の重要な作家、詩人である。栄後台湾詩人賞など数々の重要な文学賞を受賞している。『阮阿母是太空人（私の母は宇宙飛行士）』（一九九九年）、『予牽手的情話（妻への恋の話）』（一九九九年）、『白鴒鷥之歌（シラサギの歌）』（二〇〇一年）、『将台南種佇詩裡（台南を詩の中に植える）』（二〇〇二年）、『方耀乾台語詩選』（二〇〇七年）、具象詩集『烏／白（黒／白）』（二〇一一年）、平埔《へいほ》族をテーマとした『台窩湾擺擺』（二〇一一年）、第一七回栄後台湾詩人賞受賞の『方耀乾的文学旅途（方耀乾の文学旅途）』（二〇〇九年）の八冊の詩集を出版している。二〇一二年『台語文学史暨書目彙編（台語文学史および書目彙編）』は一〇年の歳月をかけた、初めて出版された台語文学史である。

方耀乾はまた一連の歴史詩を発表している。「我是台窩湾擺擺」「五条港哀歌」「伝来赤崁楼（チャカム楼に戻って）」「Kah 沈光文夜談（沈光文との夜の語らい）」などで名声を得た。『台窩湾擺擺』は平埔族を題材とした詩集であり、方の歴史観と詩才を示すものである。最新の試験的な作品「烏／白――Black / White」はモダニズムなのかポストモダンなのか？　台語といかなる関係があるのか？　評者の視野の広さを問うているのである。

10　周定邦（チューティンパン）

周定邦（一九五八年－）は台南県将軍青鯤鯓出身で、台北工業専門学校土木工程科卒業。四〇歳ま

でエンジニアを務め、その後、台語復興運動に参加した。菅芒花系統出身で『台文戦線』会員でもあった。現在台南の国立台湾文学館に勤務し、文学者のサポート活動のかたわら、時間外に創作を行っている。一九九八–九九年に呉天羅、朱丁順から月琴・唸歌・恒春民謡（恒春地方の民謡）を学び、「台湾説唱芸術工作室」を設立し、恒春民謡の普及活動を行っている。各地に出かけて民謡を披露するほか歌仔（民間歌謡）のテキストとそれを歌ったCDなども出版している。二〇〇六年、成功大学台湾文学系在職コース修士課程を修了、論文は「詩歌、叙事および恒春民謡——民間芸師朱丁順研究」。

ここ数年は、「台南人劇団」の招きに応じて劇場公演に参加、西洋の古典的な戯曲を台語劇に翻訳し、自らが舞台に立って唸歌を行う。翻訳作品にシェークスピア、古代ギリシャ、不条理演劇などの名作があり、また台湾文学作品を戯曲化したものなど、その内容は多岐にわたっている。このような翻訳がまた彼自身の歌仔創作にも影響を与えている。唸歌の専門性を生かして書いた『孤線月琴』は不条理演劇の一種であり、それはイオネスコの戯曲を翻訳する過程で得られた霊感によって作られたもので、台湾文学館の年度脚本創作賞を獲得した。

周定邦には伝統的な技法、七字仔による長篇「白話史詩」による作品群がある。それが最初期の『義戦噍吧哖（タパニーの戦い）』（二〇〇一年）である。第二詩集『台湾風雲榜』（二〇〇三年）は、許丙丁の小説『小封神』の対をなすような内容である。その後、布袋戯の脚本『台湾英雄伝之余清芳』（原題『噍吧哖風雲』、二〇〇三年）、戯曲『魂断噍吧哖』（二〇〇六年）を出した。また第三詩集『桂花怨』（二〇一二年）は全五巻、計一九〇〇節、七六〇〇篇からなる歴史叙事詩である。いくつか顕著な特徴と意味合いがあり、鮮やかな時代性、古い形式によって描く台湾史、伝統を覆す文学ジャンルである。その現代的な創作歌仔の位置づけによる現代作家文学は、まず言語による創作があり、従来の台語表記を漢字によらねばならないとの幻想を打ち破るものである。テキストのレイアウトは、片面が漢字、もう片面が台語白話字（台語ローマ字）であり、しかも白話字を主体とし、台語表記の主体性という尊厳の問題を浮き彫りにしている。

11　胡長松（オーティオンション）

胡長松は一九七三年高雄に生まれた。清華大学資訊（情報学）修士となり、現在、情報エンジニアを務める。二〇〇一年に台湾本土作家らで「台湾新本土社」を結成した。二〇〇〇年から台語文学の創作を始めた。華語小説『柴山少年安魂曲』『骷髏酒吧（髑髏酒場）』で文壇の評価を獲得。台語詩は欧米現代文学の作風に加え、形象と音楽性を組み合わせたものである。「緑色光線，薄霧e早起（緑の光が差す薄霧の朝）」には母親が彼の手を引いて川辺の道を渡る描写がなされている。

それから、母は私の手を引き
川辺のあの草原の道を歩いていた
カエルの鳴き声が少しずつ
川の流れにそって流れてきた

草には露が
水晶のようだった

カエルの声、その場面、親との愛情など、王道をゆく作品である。

(四)その他グループの台語詩人

これまでみた台語詩人のほかに、台語雑誌などに詩作を発表しながら、詩集は出版していないものの、台語文学賞に入選している優秀な詩人が何人もいる。特にきわだった特色があるのは、次の通りである。

1 陳建成(タンケンシン)

陳建成は台南出身。台南市による公的刊行物『王城気度』『悠活台南』などを出している。作品は主に『海翁台語文学』やその他自らが編集する雑誌などに発表している。彼自身は台語運動を行う詩人ではない。台語表記による詩作を発表しているだけである。だが彼の詩の台語表現はきわめてすぐれており、現代的な感性がにじみ出ている。題材も非常に幅広く、その思考も深く、情感豊かである。詩の形象も豊富であり、文学性が高い。詩作そのものが台語文学の必要性と特徴を示しており、今さらながら「何をもってして台語文学」を説明するまでもない域にある。つまり、主流の華語詩と同じ地平で評価できるものである。近年は王芸明と合作して現代布袋戯『決戦西拉雅（決戦シラヤ）』を発表し高い評価を得ており、台語文学の新たな可能性を広げた。

2　施俊州（シーツンチュー）

施俊州（一九六九年－）は東華大学大学院英米文学研究所出身、成功大学大学院台湾文学博士課程に学び、台南の台語文学界に知己を得たことで、台語文学の研究および創作を行った。施は博士論文「言語、体制、象徴暴力――運動期以前の台語文学および華語文学の関係性に関する研究」において、きわめて精緻な形で、戦後から台語運動開始以前までの台湾文学体制の転換過程を描いた。これが相当程度に戦後台湾文学史の想像と解釈を豊かにし、影響を与えたものとなった。また最近出版した『台語文学導論』は台語運動開始以来の作品の概説および批評の書であり、台語作品閲読における便利なハンドブックとなっている。

施俊州は台語文学運動史の研究に注力するとともに、創作活動も積極的に行っている。その作品は近年、台語文学賞を受賞しており、一定以上の質が保証されている。二〇一二年に高雄の打狗鳳邑賞を獲得した「坂井徳章𪜶観点（坂井徳章の観点）」を例に挙げるなら、詩人というものは現代に立って、三代にわたる人、三つの時空、三種の歴史的世界を創造する存在であることがわかる。現代演劇の手法にもとづいて、それらを同じ場面に描くことによって台湾人が相次ぐ殖民地支配でなめた苦汁について、強烈な劇的効果を表現している。湯（坂井）徳章の観点を仮託することで「心の痛みを表す円を描く」のだという。詩人は「二二八事件」の歴史的な悲劇を、台湾文学や歴史の中心点および台湾人の主体性を考えるうえでの出発点としている。

3　康原（クンゴアン）

康原（一九四七年―）は台語文学が盛り上がる以前から台湾文学界で名を知られた詩人であった。また、彰化の地元で熱心に活動してきた地方文化人であり、頼和紀念館の初代館長も務め、磺渓文学特別貢献賞を受賞したこともある。『八卦山』（彰化文化局、二〇〇一年七月）は康原が初めて出した台語詩集である。彼の台語詩は純朴かつ軽快なリズムにより、台語の言語音の美しさを表現している。相次いで出版された『逗陣来唱囡仔歌（子供の歌を歌おう）』シリーズ（歌謡動物篇、民俗節慶篇、童玩（子供遊び）篇、植物篇）は、どの詩も歌のようなリズム感があり、台湾独自性を強く帯びている。これまでの地方文化に関する研究が基盤となって、郷土の事物、歴史的背景を簡潔に描きだすにあたっては彼の右に出るものはない。それは施並錫が描いた絵に詩をつけた『詩情画意彰化城』（彰化市公所、二〇一一年五月）を見ると明らかである。

4　柯柏栄（コアペクイン）

柯柏栄は一九六五年台南市安平に生まれた。慈幼工業高校電気工学科卒業。一九九八年に刑事事件で入獄したが、一九九九年、台南監獄の「樹徳合唱団」に参加し黄南海から声楽を学び、台湾芸術歌謡を歌ったことから台南の台語界とつながりができ、二〇〇三年に台語文学創作活動を始めた。二〇〇九年五月に出獄し、『首都詩報』の詩のページの責任編集となった。台南市菅芒花台語文学会幹事長、『台文戦線』社員など。台語作品展では国内各台語文学賞を獲得した。『赤崁楼的情批（チャカム楼の恋文）』では二〇〇九年海翁賞詩部門正賞を受賞。この詩は赤崁楼の娘と安平古堡の勇者の恋愛が、四〇〇年の歴史を経て俗世を超えたものに昇華するお決まりのパターンではなく、逆にダメになってしまう物語である。それによって台湾人の歴史的な悲哀ややるせなさを描いた。この詩人の生涯がきわめて特殊で、特に刑事事件で収監されたこともあって他の詩人とは異なる内容や思考が随所にみられるが、それがまた台語文学の描写に意外性を与えるものとなっている。

5　莫渝（ボーウー）

莫渝は本名を林良雅という。一九四八年苗栗竹南中港渓畔に生まれた。現在は新北市大漢渓畔に在住。様々な世界文学を渉猟して、台湾文学にも関心を持ち、早くから華語詩人として名を知られた。二〇〇八年に第一六回栄後台湾詩人賞を受賞。二〇〇五年には五巻の『莫渝詩文集』を出版し、初期の文学作品を収めている。二〇〇〇年前後から台語詩の創作を始めた。

二〇一一年に古書店でもある出版社の府城旧冊店から、初めての台語詩集『春天ê百合（春の百合）』を出版。三一篇の詩を収め、人や物を描き、かつ「事」も描いていることが特徴である。「疼心ê祈禱――悼護園農婦朱馮敏女士之魂（愛の祈り――農婦朱馮敏さんの魂を悼む）」という詩では、苗栗県政府による農地強制収用に対する農民の抗議が起こった「大埔事件」を描く。また「海口記事」では、麦寮第六ナフサ工場による環境汚染について描いた。ほかにも「絞刑架（絞首刑台）」「解放総統府（総統府を解放せよ）」「阮兜倒在渓底（渓底にある我が家）」「弔祭小村落（小さな村を弔う）」などの詩は、二〇〇八年馬英九政権時代の数年間に、台湾住民が経験した苦難の現代史に対する抗議を表したものである。これらの詩はいずれも台語で書かれ、台語を使うエスニシティの心情を描いた。さらに大きな意味として、国民党を新殖民支配と見なして、母語で詩を書くことこそが、それに対抗して自らが台湾国籍であるという意志表示をしたものである。

6 路寒袖（ロハンシュー）

路寒袖は本名を王志誠という。一九五八年台中大甲に生まれた。東呉大学中文系卒業。『台湾日報』副編集長、文化総会副秘書長、高雄市文化局長を歴任した。一九九一年から台語による創作を始め、『中国時報』文芸欄「人間」に初めての台語詩「春雨」を発表した。これは歌手潘麗麗の初アルバム『春雨』のタイトル曲となった。一九九二年には『台語文摘』革新号の編集長を務めた。また台語歌詞が連続して金曲賞最佳作詞家賞に選ばれた。

路寒袖の台語詩創作で最も注目を浴びたのは、二〇〇〇年前後の選挙活動において、作曲家詹宏達と協力で作った選挙ソングである。たとえば、陳水扁選挙ソング「台北新故郷」「有夢最美（夢があるのは一番美しい）」「少年台湾（若き台湾）」、謝長廷選挙ソング「南方新世界」である。これらの台語選挙ソングは台湾の選挙に文学性を与え、台語歌に新たな生命を与えた。路寒袖が台語詩創作に投入したことで、台語に新たな美学が生まれたのである。一九九五年に出版された『春天的花蕊――台語歌詩集』は一九九九年の頼和文学賞を受賞した。二〇〇二年には海翁文庫台語文学大系第一四巻の『路寒袖台語詩選』が出版された。

7　張徳本（ティウーテクプン）

張徳本は一九五二年高雄に生まれた。『台文戦線』の名誉会員である。もともと華語作家だったのが台語に転向した。二〇〇八年に私家版の台語詩集『泅是咱的活海（泳ぐことはわれらの生きる海である）』を出した。二〇一一年五月の二五〇〇行長詩『累世之靶（代々のたづな）』では、創世神話から説き起こし、二元対立（つまり差異）から大きな枠組みを発見するという気宇壮大なものとなっている。詩のほかにも随筆を書き、その筆致は批判精神が強く、「左派」であることを自任している。

8　陳秋白（タンチューペク）

陳秋白は一九六三年生まれ。本名を陳安祥といい、台南馬沙溝出身。強い平埔族アイデンティティを持っている。二〇〇五年から高雄市『掌門詩学』社社長となり母語詩のコラムを開設し、母語詩の創作を推進してきた。一九八〇年代に華語詩創作から始め、二〇〇八年には初めての台語詩集『緑之海』、二〇一二年に高雄市で二冊目の詩集『当風 dī 秋天的草埔吹起（風が秋の草原に吹くとき）』を出版。また『戦火地図』という、中東の女性詩人選集の翻訳も出している。それは陳秋白の詩の「海風の香り」がすると言われる。港都・高雄の詩人らしい「塩と湿」の香りである。

9　李秀（リーシュー）

李秀は一九四〇年高雄に生まれる。彼女は詩「佇外垵海岸走揣痕跡（外垵海岸で痕跡を探し求めて）」

（二〇一一年）で、高雄打狗鳳邑文学賞一等賞を獲得した。二〇一二年一〇月にはその詩が故郷・西嶼温王廟の壁に刻まれた。

左手には清朝の康熙帝、右脚には外垵村
複雑そして緻密な彫刻には、温王爺の柔和と勇ましさがある
懐かしい名前が廟石柱の寄付名簿に刻まれている
お父さん、私はここであなたの姿を見たような気がする

随筆集『一个走揣蝴蝶路草的女子（胡蝶路の草を探す一人の女性）』が二〇一二年に高雄市で出版（玉山社）された。

10　**曽貴海**（ツァンクイハイ）

曽貴海は一九四六年屏東に生まれた。高雄医学院医学系卒業。現在、鍾理和文教基金会理事長。これまで台湾筆会理事長、台湾南社社長、文学台湾雑誌社社長を歴任し、この世代では最も活動的な文学作家の一人である。華語詩の創作および文学評論を多数書いているほか、様々な言語による創作も行っている。それには客家語詩集や台語詩集も含まれ、母語文学においては先駆者でもある。重要なことは、その土着性に対する評価が高いことである。二〇一〇年一〇月に出版した台語詩集『画面』に対して、何信翰は次のように評価している。きわめて豊かな形象が描かれ、曽貴海の多

面的な思考、豊富な人生経験、長年の台湾に対する関心が描かれており、台語現代詩「自動化」の問題が大幅に修正された。また台語詩壇に大きなエネルギーをもたらした、と。

11　李敏勇（リービンヨン）

李敏勇は一九四七年高雄県生まれ、高屏地区で育った。文学で身を立てようと決意し、『笠』誌刊責任編集、『台湾文芸』社長、台湾筆会会長などを歴任した。台湾戦後世代の中で最も重要な文学者だと言える。華語詩や現代世界各国の詩の翻訳のほか、多数の詩集や評論集がある。また漢字表記台語による台語詩、台語歌詞の創作も行っている。一九九五年の『一個台湾詩人e心声告白』は音声CD付きの詩集で、李自身のそれまでの六冊の詩集から二一篇を精選し、「島嶼心境」「大地の歌」「現実の風景」「心の対話」「人情をありがたくいただく」の五つの小集としてまとめたものだ。それらを詩人が自ら母語で読み上げ、音楽をつけたものである。二〇一二年に出版した台語詩集『美麗島詩歌』は母語による土地への愛を直接的な表現で歌っている。

12　何信翰（ホーシンハン）

何信翰は一九七六年生まれ。淡江大学俄文（ロシア語文）系卒業、ロシアで文学博士を取得した。中山医学大学教員となってからローマ字による台語表記を学び、母語復興運動に積極的に参加している。台湾羅馬字協会理事長を二期務めた。二〇一二年からは台語詩創作を始め、二〇一三年に初めての詩集『iPad kap 杯仔（iPad とコップ）』を出した。彼の台語詩は題材が豊富で詩句のリズムが軽快かつ清新で、読みやすい。その詩世界では、生活のあらゆる事物が彼の詩心を啓発しているように見える。日常生活で使用する物、遊園地の器材などからも啓発されている。iPad はコンピューターの一種ではなく、コップもコップではない。我々自身が自らの心に制限をかけなければ、それらは「なにものにもなれる」(「iPad kap 杯仔」)のである。

二　台語小説

戦後の母語文学発展においては、小説分野は比較的遅く、作品数も比較的少ない。詩とは異なり台語小説を初めて世に問うたのは、母語運動団体の活動メンバーではなく、台湾本土文学理論から思考を深めた宋沢莱であった。その次に、『台文通訊』系統でカナダ在住の作家陳雷である。また『台文 BONG 報』が刊行されてからは、陳明仁らが続々と作品を発表している。さらに『茄苳』系統の林央敏、黄元興、胡長松、陳金順らもそれぞれ作品を発表している。

1　宋沢莱（ソンテクライ）

宋沢莱は「台語詩」のところで紹介した。一九八七年は台湾政治にとって戒厳令が解除された年であると同時に、台湾文化にとっても激しい論争が始まった年である。宋沢莱は「台語文字化の問題」との論文を発表して論争の火ぶたを切った。しばらくして宋沢莱は雑誌『台湾新文化』第九－

一〇号において、三万字に及ぶ台語中篇小説「抗暴个打貓市――個台湾半山政治家族个故事（暴政に反抗するターニャウ市――中国帰りの台湾人政治一家の物語）」を発表、その華語版が同年六月に日刊紙『自立晩報』に連載された。これによって宋は「台語文字化時代の到来」を作品によって示した。

「抗暴个打貓市」は、戦後中国から帰った、台湾にとって裏切り者にあたる政治家一家の物語である。内容は二二八事件、白色テロ[*48]、一九八〇年代の黒金政治（腐敗政治）に関係するもので、台湾戦後地方自治史の闇を小説の形で暴露したものとなっている。作者は、「意識の流れ」スタイルで現実と回想を行き来しながら話を進めている。これは宋沢萊独特の小説スタイルであると同時に、台語小説に新たな分野を開拓し、一石を投じるものとなった。もっとも残念なことに、宋沢萊はその後、台語小説を書いていない。

2　陳雷（タンルイ）

陳雷（一九三九年―）は本名を呉景裕といい、中国南京で生まれたが、本来は台南県麻豆鎮の人である。台北の西門小学校に四年まで通った後、台北から台南市に戻って、成功小学校と台南第一中学中等部、高等部を卒業。少年・青年時代を台南市で過ごしたことは、その精神や思想の発展、文学の感受性、文学創作に大きな影響を与えた。一九六四年に台湾大学医学院医科卒業、一年徴兵された後、一九六五年に出国し米国ミシガン大学病院でインターンとなった。翌年、カナダ・トロント大学に転学し、免疫学博士学位を取得。英国で臨床および基礎研究を一年半行い、一九七三年にカナダに戻り、オンタリオで家庭医を開業した。開業医をやめるまでずっと医師兼作家であった。

『台文通訊』共同発行人の一人である。

作品のジャンルは幅広く、詩、随筆、小説、戯曲、その他評論も含む各種の文章である。そのうち数が多いのは小説である。一九八七年に自身初の台語小説「美麗e樟脳林（美しき樟脳の森）」（一九八六年、米国カリフォルニア在住の陳芳明による雑誌『台湾新文化』に初めて発表、同誌は台語小説を初めて掲載した雑誌になる）を発表後、数一〇篇の台語小説と戯曲を発表してきた。

陳雷は大学時代（一九六〇年代）から創作を始め、一九八二―八五年には華語による二二八事件をテーマとした小説『百家春』（約六万字。先に北米で出版、のちに台北の党外雑誌『自由時代』社から一九八八年に出版された）を書いた。一九八六年からは台語運動に積極的に参加、特に漢羅文（漢字ローマ字混じり）の文体で創作を行った。陳雷の作品の大部分は『台文通訊』に発表されており、ほぼ毎号彼の小説が載っている観がある。一九九九年九月からは『台文通訊』編集部が米国からカナダに移り、編集作業にも従事した。作品はほかにも『台湾e文芸』『海翁台語文学』などの雑誌に掲載されている。

多作の中で代表的な作品に、二二八事件がテーマの小説「The Unspeakable」、中国の異常性を描いた「伝道者」、台湾女性を描いた「帰仁阿媽」、国民党軍慰安施設を描いた「失楽園」などがある。詩、随筆、評論以外にも、台語短篇小説「美麗e樟脳林」（一九八六年）、「飛車女」（一九九一年）、「大頭兵黄明良」（一九八七年）、「出国這項代誌（出国するということ）」（一九八九年）、中篇小説「李石頭e古怪病（李石頭さんのおかしな病気）」（一九九三年）などがある。出版されたものとしては、小説集『永遠e故郷（永遠の故郷）』（一九九四年）、『陳雷台語文学選』（二〇〇一年）、戯曲集『陳雷台湾話戯劇選集』（一九九六年）、二〇〇八年に出版された長篇小説『郷史補記』、二〇一〇年四月に開朗雑誌社が出した短篇小説集『阿春無罪』『無情城市』『帰仁阿媽』がある。

陳雷はきわめてこなれた台語を使っている。その台語は日常的に用いられている口語のありのままの姿を描いている。それが陳雷作品の重要な価値である。生き生きとした台語によって台湾の物語を語る。作品は人道精神に満ち溢れ、社会の不正を描き、暴力を批判し、抑圧と社会的不正について浮き彫りにする。

『郷史補記』は彼の代表作である。最初に四、五〇〇〇字の短篇小説版を『台文通訊』（一九九八年）に連載したが、さらに字数を増やした中篇小説版を『台湾新文学』第一六号に発表した。それは『陳雷台語文学選』（二〇〇一年）に再録されている。[*49] 物語は一七八六年（林爽文事件）から一九九六年（初の総統民選）に至る二〇〇年あまりの、平埔族のシラヤ族と漢人の間に起こった相互関係を、特にシラヤ族の人の視点からシラヤ独自の歴史を語るものとなっている。物語に登場する歴史と時間点の選択には作者の創作意図が明確に表れている。鄭雅怡は修士論文（二〇〇八年）で、この小説について「ポストコロニアル精神」と説明する。陳雷は長年カナダにいながら、台語を忘れず、台湾の様々な説話も熟知していた。異邦でこうした本を書けること自体が、一種の伝説である。

3　張聡敏（ティウーツォンビン）

張聡敏（一九三九-九七年）は南投県出身、台中第一高校卒業。一九九六年に彰化客運（バス会社）を定年退職した後、一九九一-九四年に音韻と台語ローマ字を学んだあと、鄭良偉教授が清華大学「客員」のとき開いていた台語創作講座で学んだ。『阿瑛！　啊』は一九九九年九月に彰化県立文化中心（彰化県立文化センター）から出版され、張聡敏が亡くなってから正式に出版された小説集である。約一〇万字で長篇小説にあたり、これは張の代表作でもある。台湾戦後の貧しい中で苦労して、勇敢に生きた女性の物語で、作者の体験と観察を如実に表現したものである。それは文学であるばかりでなく、台湾中南部の社会経済史の一側面を記録したものといえよう。

蕭平治の指摘によれば、張聡敏は高校時代から華語による創作を始め、投稿してきた。だが何かしっくりこないので、二〇年あまり執筆を中断していた。その後再開して執筆した平埔族をテーマにした『百年基業』は、当初は華語で書き、半分くらい書いたところで台語で書き直し、筆を止めたものだ。その後、漢字ローマ字混ぜ書き表記の台語小説『阿瑛！ 啊』が先に完成、出版された。遺稿として「平埔組曲」（一九九三年）がある。その最初の詩を蕭平治が抜き出して標音と註解を付したものを『台文通訊』第七二―七三号に載せている。これによって作者のストーリーテリングの技巧と意識が明らかになった。「平埔組曲之一」は郭百年事件を題材に巧みな物語構成と唸歌スタイルによって詩としたものである。また『百年基業』は平埔族の「開拓、奮闘、苦難の歴史」を描いたものである。

4　陳明仁（タンビンジン）

陳明仁については「台語詩」のところで紹介した。詩集には『走找流浪的台湾（流浪の台湾を求めて）』『流浪記事』『陳明仁台語歌詩』があるが、小説集としては『A-chhûn（アーツン）』、随筆集として『Pha 荒 ê 故事（荒涼の物語）』、選集として『陳明仁台語文学選』（邦訳『台湾語で歌え日本の歌』国書刊行会、二〇一九年)、『路樹下 ê tōo-peh-á (街路樹の下の螻蛄)』などがある。

陳明仁の小説の作風は独特である。ストーリー構成面で変わっている。作者自身と登場人物のしばしば判然としないゲームが展開されている。たとえば、「Babuza (バブザ)」という短篇は作者を主人公とした小説であることは明白であるが、別の分身を登場させて文学に関する見解を表明させ、主客転倒させた形で別の自分を描こうとするものである。ほかにも「二二八事件」(『台湾語で歌え日本の歌』所収)という中篇では語られるストーリーの主軸は、本来的な二二八事件とは実は関係がないものである。つまり、反構造、反イデオロギーを主軸として、台湾社会が近年、二二八事件を商業化、儀式化していることを風刺しようとしているのである。

二〇〇〇年出版された随筆集『Pha 荒 ê 故事』は、一二年後に改めて音声CDをつけて出版されている。これは台湾文学出版史における一種の奇跡である。

5　洪錦田 (アンキムテン)

洪錦田は鹿港出身で一九四九年に生まれた。工業高校を卒業したあと中部で三年制高専の電気工学科に学んだ。家庭が恵まれず二年で卒業し、一九六六年に北部に出て働いた。徴兵の後、エレベーターの修理やタクシー運転手、守衛などで稼いだ。正業以外で台語の研究、執筆、教育に力を注ぎ、台語運動家として有名になった。また台北のラジオ宝島新声 (TNT) で「台文列車」という番組を持った。

一九八九年に発生した「鄭南榕焼身自殺事件」以後、台語運動界に入った。一九九〇年には洪惟仁が謝長廷議員の「新文化教室」で開いていた台語学習教室に学び、一期四八時間で、一教室に三、四〇名の受講生がいた。その同期にのちに台語運動で活躍する邱文錫、陳憲国、陳文章らがいた。こうして台語教室で台語の書き方を学び、台語の詩・小説・童話を創作し、台語文学作家となった。また『台文通訊』板橋読者連誼会の代表となり、台語の作文練習をした。一九九〇年から台語文学創作活動を継続し、一九九五年に初の台語文章集『鹿港仙講古（鹿港のおじさんによる講談）』を出版。その他、いくつかの台語雑誌などに文章を発表し、初期はたびたび台語社の雑誌『掖種』、のちに『台文BONG報』、また陳金順による『島郷台語文学』、台中・楊照陽による『蓮蕉花台語雑誌』に発表した。

『鹿港仙講古』は『台語文摘』の「台語文摘叢刊」として一九九五年五月出版された。漢字表記による「宋朝」「明朝」「清朝光緒年間」の物語である。民間の言葉遣いを用い、響きのよい鹿港訛りの台語で語る。それは都市でタクシー運転手をしていた人の作品とは気づかれないものであった。「棋恬恬仔看著好（将棋は黙ってみているほうがいい）」は味わい深い掌篇の四〜五〇〇字程度の小説だが、演劇への拡張性がある。まさにアマチュア台語作家として最高峰である。

6 清文（チンブン）

清文は朱素枝が本名で、一九五九年高雄塩埕埔生まれ。父・朱清文の名を筆名とした。『台文BONG報』系統が生んだ女性作家のひとりである。二〇〇六年六月に短篇小説集『虱目仔ê滋味（サバヒーの味）』によって台語界に大きな衝撃をもたらした。高等商業卒の中年女性が、いきなり技巧たっぷりで女性意識の高い台語創作現代小説で登場したからである。それはアマチュア作家と軽視されるべきではない。

「査某孫 á（孫娘）」（二〇〇二年）は、他人から羨まれる夫婦だったが、夫は妻に三〇何年も隠し事があり、死後になって引き出しの奥のほうに事情を綴った手紙が見つかった話だ（叙述者は阿淑）。つまり、姪は夫が結婚前に外の女と作った私生児であったのだ。人間模様は何度も記憶を手繰りよせ探偵小説のように解決のヒントをたどっていく効果を見せる。これは一つの現代物語の傑作である。清文の小説は、故郷の高雄を舞台とするものが多く、ある大学院生は高雄モノとしての特色という切り口で、その作品を分析している。次にどんな新作を発表してくれるか期待されるところである。[*50]

7　王貞文（オンチンブン）

王貞文については「台語詩」のところで紹介した。王貞文の台語小説としては小説集『天使』に収められた短篇小説を取り上げたい。「天使」のストーリーは次の通りである。主人公があるとき、小さくて痩せこけた、障害を持った少女が天使に祈っている純粋かつ素朴な姿に感動し、「天使」の絵を描いた。ところがそのために、白色テロに巻き込まれ、政治犯として獄に繋がれてしまう。出獄後、美術の仕事に就くが、かつて天使に祈っていた阿慈と再会し、そこに天使の化身を見出だし、人生とは何かを悟る。王貞文自身、キリスト教の聖職者であり、宗教をテーマにするのは自然なことであり、また数少ない台語キリスト教文学者のひとりである。

8　藍春瑞（ナーツンスイ）

藍春瑞は「阿楠」の筆名を使うこともある。一九五二年台北県瑞芳に生まれ、東呉大学政治系卒業。徴兵の後、兄が瑞芳で経営する鉱山機器や電気材料の商売に携わった。一九八四年から公務員となり、二〇〇二年から台語の読み書きを始め、『台文 BONG 報』と『海翁台語文学』に投稿し、好評を得た。二〇〇九年一一月には李江却台語文教基金会が著作集『無影無跡（姿も形もなく）』を出版した。そのうちの四篇は文学賞を受賞した作品である。

二〇〇七年、藍春瑞は阿却賞と海翁賞の小説類正賞を同時に受賞した。阿却賞作品は「無影無跡」、海翁賞作品は「豬腳 khò͘（骨付き豚足）」である。

「無影無跡」は炭鉱にまつわる産業の物語である。専門用語を駆使してリアルに描く。これは他の台語小説家にはできない試みである。審査員のひとりの陳恒嘉は、ロシアの文学評論家バフチンがラブレー『巨人伝』について批評した言葉を借りて、物質生産労働と日常生活の生きた言語、つまり「下層人」の言語で「豬腳 khò͘」を描いた、と評した。これはラブレーと同様に、台湾の文芸復興であり、陳明仁が小説の「社会性」の必要性を説いたように、「無影無跡」はまさに「社会人派小説」であるとした。

9　林央敏（リムヨンビン）

林央敏については「台語詩」のところで紹介した。詩集以外には論著『台語文学運動史論』などがあり、台湾民族および文化に関する評論が多数ある。二〇〇九年『断悲腸（断腸の苦しみ）』には、「天堂起値心肝内（天国は心から始まる）」「拍虎英雄（虎を怖がる英雄）」「珊瑚紅涙（珊瑚の赤い涙）」「還郷断悲腸（故郷に戻る苦しみ）」といった四本の戯曲が収められているほか、短篇と掌篇も一篇ずつある。文学性と劇場性を兼ね備えたものを作者は追究している。戯曲は林の詩や小説の副産物である。三〇万字におよぶ長篇小説『菩提相思経』（二〇一一年）は『胭脂涙（口紅の涙）』の外伝にあたり、作者の創作は計画的に練られたものである。また二〇一二年末に出版した『台語小説史及作品総評（台語小説史および作品評価）』は最新の力作であり、母語文学に関する新たな評論集である。

10　黄元興（ソーゴアンヒン）

黄元興は一九四九年生まれ、台北市北投（関渡茄苳脚）出身。台湾大学歯科医系卒業。台語研究歴二〇年で、長期にわたって台語の実践と教育に従事してきた歯科医師である。台語著作としては『彰化媽祖』（台閩語系研究室、一九九四年）、『関渡地頭』（『関渡媽祖』、台閩語系研究室、一九九二年）、『台北杜聡明』（茄苳出版社、二〇〇七年）、『紅磚仔厝（赤レンガの家）』（茄苳出版社、二〇〇九年）があり、いずれも伝統的な講談式の小説である。『台北杜聡明』は杜聡明が主人公、『紅磚仔厝』の共産党員青年とは一九五〇年代の白色テロでの犠牲者、郭琇琮医師のことである。また随筆集として『黄元興台語散文集』（茄苳出版社、一九九九年）がある。台語字音、句法に関する研究書として、『台語音韻教学理論』『台語漢字式書写法』『TTS台語簡拼法（簡易標音法）』『台語華語二五〇〇較難句対照典』がある。教育局母語研習教室の講師も務めた。

『彰化媽祖』は台語によって書かれた歴史講談文学であり、彰化媽祖廟「南瑤宮」を中心として、一八七〇年清朝時期に起こった台湾中部の大事件である戴潮春事件と、中部三大家族勢力の盛衰史を物語る。特に清朝時代の霧峰林家にまつわる歴史的事件について扱う。『彰化媽祖』は一九九三年一二月冬至のころに完成し、一九九六年と二〇〇三年の二度にわたって修正されたものである。章回小説の形式で、講古人（講談師）の口調で描かれている。ストーリー構築は正統な歴史と民間講談の中間形式であり、現代の時事問題もたびたび織り交ぜている。それによって歴史物語に臨場感を与えている。

11　胡長松（オーティォンシォン）

胡長松については「台語詩」で紹介した。詩集以外として、台語文学創作を始める前にすでに三本の長篇小説がある。『柴山少年安魂曲』『骷髏酒吧（髑髏酒場）』『烏鬼港』（二〇一〇年出版の台語長篇『大港嘴（大きな港口）』の底本）。また初期の台語小説としては『灯塔下（灯台の下で）』『槍声（銃声）』が代表作である。『槍声』は二二八事件をテーマとした小説である。施俊州の評論によれば、胡長松の台語ファンタジー小説には強烈なポストコロニアリズムの意図がある。『大港嘴』では平埔族を台湾民族の救済ないし解放するための宗教信仰や政治の観点から描いている。胡長松は多数の文学評論において現代文学理論と技巧の研鑽と素養を見せている。胡長松はまた『台文戦線』の第二代編集長であった。主な作品ジャンルは小説であり、詩ではない。『棋盤街路的城市（碁盤目の都市）』は詩集の代表作で、台語の新たな境地を示している。

12　崔根源（ツイクンゴアン）

崔根源（一九三八年－）は、本名を呉金徳といい、高雄頂茄萣出身。現在は米国カリフォルニア州在住。二〇〇四年に「火金姑台語文学出版基金」を設立し、海翁台語文学賞をサポートしている。二〇一〇年には「呉金徳文学賞」を設立した。一九九八年から台語文学を手がけている。小説の舞台の多くは、故郷の茄萣漁村であり、（国際）市場競争の中での人情と、政治、アイデンティティなどをテーマとしている。最初に発表した台語小説「四輦駛偆三輦（四輪車が三輪しか残らない）」は、胡民祥が責任編集の『台湾公論報』の専門ページ「台湾文化」（二〇〇一年）に載ったもの。また小説集に『水薸仔的夢（コガモの夢）』（二〇〇三年）、長篇『倒頭烏佮紅鰔鰱（ボラとサケ）』（二〇〇七年）、『無根樹』（二〇〇八年）、『回顧展』（二〇一〇年）がある。いずれも評価が高い。ここ数年の創作意欲は大変旺盛で、大器晩成型の台語作家である。

三　台語随筆と戯曲

台語文学作品は詩が最も多く、その次が小説であることは述べた。数量については、台語随筆も少なくはないのだが、随筆というとかなり広義にわたるので、狭義の随筆だと華語を含めても名をなした作家は多くはない。一方、台湾現代戯曲については、全体の作品数がもともと多くないうえ、台語によるものはさらに少ない。そこで、本節では台語の随筆と戯曲を併せて紹介しよう。

（一）台語随筆

1 胡民祥（オービンション）

胡民祥（一九四三年－）は台南県善化鎮胡厝寮出身。ニューヨーク州立大学バッファロー分校機械工学博士。米国『台湾公論報』台湾文化専門ページの責任編集を務めたことがある。戦後台語文学史評論の開拓者であり、随筆家でもある。著作としては『胡民祥台語文学選』（台南県文化中心、一九九五年／真平企業公司、二〇〇二年）、詩集『台湾製』（二〇〇六年）、『台湾味青草茶』（二〇〇八年）、随筆集『茉里郷紀事（メリーランドの記録）』（二〇〇四年）、『夏娃伊意紀遊（ハワイ紀行）』（台南県政府、二〇〇八年一一月）、『水郷花草工程路』（二〇一〇年）がある。『夏娃伊意紀遊』はハワイ先住民の歴史と現況、世界のオーストロネシア系民族文化の比較をしたものである。また評論集『結束語言二二八（言語虐殺を中止しよう）』『走揣台湾文学痕跡（台湾文学の足跡を尋ねて）』も参考価値が高い台語論文集である。

2 李勤岸（リーキンホア）

李勤岸については「台語詩」で紹介した。李勤岸は二巻の台語随筆集を出している。『哈仏台語筆記（ハーバード台語日記）』（開朗雑誌社、二〇〇七年一月）と『海翁出帆（鯨（＝台湾）の出帆）』（開朗雑誌社、二〇一一年）である。これら二冊については次の通り。

①『哈仏台語筆記』のはじめの一篇は作者が二〇〇一－〇四年にハーバード大学にまねかれて台語教室を開講した際の日誌である。その他二篇も同じ期間の小品、随筆、講演記録である。

②『海翁出帆』の収録第一篇「海翁出航」は、台湾日刊紙『自由時報』投書欄「言論広場」に持っていたコラム「海翁出航」（二〇〇六年四月一日－八月二六日）をまとめたもので、漢字ローマ字台語に註解をつけた時事評論であり、毎週一篇の連載で合計二二篇ある。

3　蕭平治（シャウピンティー）

蕭平治は独学でコンピュータを習得し、台語作品を書いている。台湾の諺《ことわざ》をテーマにした随筆をのちにまとめて『台湾俗語鹹酸甜（台語諺の手土産）』（一九九九年）全三巻で刊行した。ほかに『阿爸的鹿角薫吹（お父さんのタバコのパイプ）』（二〇〇二年）がある。蕭はすべての台語の作品と教材をインターネット上のサイトにアップして無料で利用できるようにしている。

4　楊照陽（ユーチャウヨン）

楊照陽（一九五四年－）は修理工出身。その豊富な社会経験を生かして創作している。台中の『蓮蕉花台文雑誌』系統の作家で、作品に「台語文学有声叢刊（台語文学音声シリーズ）」（台語伝播）など。台語著作は一九九二年の『台文通訊』台中読者連誼会に始まり、一九九四年創刊の『台湾語文研究通訊』につながる。一九九五年三月に随筆集『暗時的後窗（夜の後窓）』（漢康科技）を出し、これは台語文学者としてのスタンスを示したものである。その随筆は個性的で、生活をテーマに民俗知識がちりばめられており、硬い論説文ではない。人物、物語が語られるが、小説ではない。「暗時的後窗」「娜魯湾的呼声、真長真遠（ナルワンの呼び声は長く遠い）」「拝前世爸母（前世の父母を拝す）」「尪姨順話尾（状況に応じて話の中身を決める）」などがそうである。第二随筆集『追求永遠的物件（永遠の物を求めて）』（漢康科技、一九九七年九月）の「洗門風」「熨牛角」「千年万年檳榔迷」が代表作である。楊照陽等著『台中市大墩民間文学采録集』（台中市文化中心、一九九九年）にも「採集趣味」という随筆が収録されている。

5　張春凰（ティウーツンホン）

張春凰は一九五三年高雄大寮に生まれた。一九九二年、「台中台語社」に参加し、陳延輝らと知り合った。一九九三年に「蕃薯詩社」に参加し、林宗源、林央敏、黄勁連らと知り合う。一九九六年に林央敏らと「台語文推展協会」を設立。また『茄苳台文月刊』の責任編集を務め、「科技台文専刊（科学技術台語専門ページ）」も担当した。また清華大学で「台語と科学の想像」という授業をもった。その後、許世楷が張春凰を招いて台中の台湾文化学院で授業を持たせた。そこでは文学と「台音式」入力法を教えた。学生の提案により『台語世界』を創刊し、二年間で全一八号を出した。張春凰の「台訳二〇〇一」は、前述「五％計画」を受け継ぐプロジェクトである。

張春凰の最初の著書『青春e路途』（一九九四年）は江永進が発明した「台音式」入力法（一九九三年）を使ったものである。旅行記「観霧記遊」は随筆選集『楓樹葉仔个心事（楓葉の気持ち）』に収録されたもので、景色描写にすぐれている。ほかにも『雞啼』（二〇〇〇年）、『夜空流星雨』（二〇〇四年）、『三姉妹看世界』（張碧齢と張麗昭との共著、二〇〇七年）、『冬節円』（二〇一〇年）などの随筆集は、女性台語作家の細やかさが示されている。江永進と沈冬青との共著で、独自表記の台語で書かれた『台語文学概論』（二〇〇一年）も出している。その内容は台語文学について多岐にわたり、台語運動と創作概況に関する入門書として最初のものである。

6　呉正任（ゴーチンジム）

呉正任（一九五三年－）は、二〇〇二年に教育部母語教師検定に合格し、母語教師を務めている。二〇〇五年に台語詩文集『車過牛路彎』を出版。故郷の田寮と岡山の人文、地理の知識が豊富で、文学や文化、芸術活動に参加してきた。その随筆はこれらの知識と経験が感性によってまとめられた佳作である。

『海翁台語文学』は黄勁連が主宰する作品発表の舞台であるが、そこに登場する作家は著名な文学者以外にも中・小学校の台語教師が新作家として名を連ねている。呉正任もその一人である。

（二）台語戯曲

台湾の戯曲には伝統戯曲と新演劇がある。日本統治時代、台湾は祭りで神に祈る際に布袋戯、歌《コ》仔《ア》戯《ヒ》、南管、乱弾などの伝統戯曲を演じたが、経済が成長するにつれ都市部の娯楽市場が形成されると、徐々に内地と台湾の商業公演による歌仔戯と新演劇が上演されるようになった。西洋近代演劇も日本から台湾にもたらされ、新文化運動の道具として用いられ、知識人が積極的に参画した。こうして戦争末期までには相当な規模にまで発展した。だが戦後、中華民国に接収されてからは、はじめは一時的に繁栄したものの、二二八事件後はすべての新演劇活動がほとんど完全に停滞した。一九八〇年になってようやく新たな現代劇場の活動が始められたのである。

これらのことから、母語文学における「戯曲」分野はきわめて貧弱である。今日になっても華語による戯曲すらきわめて少なく、母語創作の新演劇の戯曲となるとなおさらである。一九九一年の汪其楣が企画し廖瑞銘（本書著者）が責任編集した『戯劇交流道』の脚本二五本は、一九八〇年代以降演じられた舞台劇の台本のいくつかを収録している。その中で母語のものは、蔡明毅『台語相声——世俗人生（台語漫才——世俗人生）』、許瑞芳『帯我去看魚（私を魚を見に連れて行って）』、陳慕義『過溝村的下晡（過溝村の午後）』、游源鏗『噶瑪蘭歌劇（カマラン歌）』『走路戯館』の五本のみである。

これらの脚本は実際には母語文学とはいえない。というのも、様々な文字記号で台本を書いたもので、演じる際にはそれを改めてセリフに直す必要があったからだ。また編集・出版時には再三にわたる推敲を経た。つまりこれは厳密には母語で書かれた文学創作ではない。また、のちに劇団「屏風表演班」の李国修が創作した脚本があるが、それは台湾各族群の人物が登場する。その母語で話すセリフ部分はすべて中国語で書かれており、演じる際だけ母語を使うものになっている。

母語表記による脚本は、母語復興運動以降になって初めて登場することになる。まずは陳雷による台語創作脚本である。一九九六年に『陳雷台湾話戯劇選集』が出版され、「厝辺隔壁（隣近所）」

「阿港伯阿欲選挙（港おじさん選挙に出たい）」「彼年三月有一工（その年の三月のある日）」「一百年膏膏纏（百年ずっと）」「有耳無喙（子供は口をはさむな）」「円満功徳」「生囝発傍（出産は財を生む）」「女俠」「河a転来去（河さんの遺骨を持ち帰りながら）」「拚生無拚死（生むのに必死で死ぬのは必死ではない）」などの短篇劇が含まれている。そのうち「有耳無喙」は、祖母と孫の間に母語が通じない悲喜劇を描いたもので、一部で公開上演され、喝采を浴びた。

ほかに母語文学界において台語戯曲が多産な作者として、陳明仁が挙げられる。初期の「許家的運命」（一九九〇年）から一九九七年の「二二八新娘（二二八の花嫁）」（邦訳『台湾語で歌え日本の歌』所収）、一九九九年の「看紅霞的日子（霞を見る日）」（同所収）などは選集『A-chhûn（アーツン）』に収録されている。「老歳仔人（老人たち）」（同所収）は小説「Ip仔伯的価値観（イッパーおじさんの価値観）」を戯曲に改編したものである。

二人を比べると、陳雷の戯曲は小説を題材にしたテキストであり、書き物のなかで戯曲の形式をとって舞台で演じられるというものである。陳明仁は演劇畑出身であり、演劇のフォーマットがわりと技巧的であり、小説を単に戯曲にしたものではない。

四　客家語文学

客家人は母語復興運動において、母語の回復を強硬に主張しながらも、客家語による表記にはこだわらなかった。文学については、客家文化精神による広義の「客家文学」を主張しており、母語文学の発展を目指さなかった。一九九八年の黄恒秋の『台湾客家文学史概論』もそうした広義の意味から論じている。その序文を書いた鍾肇政は「客家語」と「客家意識」は客家文学の主要要素だと認めて「客家文学は純粋な客家語により創作される必要がある」としながらも、現状では「あまりにも理想論である」としている。このように、純粋客家語の母語文学はなかなか発展しなかった。

ようやく二〇一〇年になって邱一帆が客家文人らを集めて『文学客家』を創刊した。そこでは「客家語によって詩や文章を書いた文学」を提唱した。編集後記において「客家語の用字はいまだ公認標準化されていないため、本刊は著作者の専門知識や自由を尊重し、作者が自分の感情や思想を自由に表現できると考え、また同時に他の人が読んでわかるものであれば、『全漢字』であろうと『漢字ローマ字』であろうと『全ローマ字』であろうと、作者の使用権を尊重する」と表明している。これは、台語文学表記の初期段階と似たような状況であることを示している。とはいえ、少なくともそういう試みが始められたことは非常に期待したいところである。同雑誌は二〇一二年一二月までに一一号まで出版されている（季刊誌で二〇二〇年三月までに四〇号）。

母語復興運動以降から『文学客家』創刊以前までは、客家語によって表記された韻文・散文の作品は、『台文通訊』や『台文 BONG 報』にわずかながら発表されただけである。『台文 BONG 報』は第六二号以降、客家語詩文専用欄を設けて、邱善雄牧師が客家語を指導している。そして不定期に江秀鳳、羅秀玲、劉慧真、邱一帆らが客家語の詩や文を発表し、「阿却賞」台語文学賞にも客家語部門を設け、客家語文学の創作を奨励している。また、教育部が毎年実施している「閩客語文学賞」にも客家語表記の創作が募集されている。

近年の客家語の個人詩集で最も目立つのは、曽貴海の『原郷・夜合』である。これは曽貴海が客家語漢字で書いたものを、邱淑華が全ローマ字版を付して、併記したものだ。ほかにも林桜蕙の論文「母語文学の母語復興に与える重要性——現代客家語詩を例として」において、台湾本土の客家女性詩人杜潘芳格による客家語詩への評価と理念分析のほか、主要な現代客家語詩集および詩作の目録を作成しており、参考に値する。

【関連文献】

（1）洪惟仁『台語文学与台語文字』台北：前衛出版社、一九九二年。
（2）張春凰、江永進、沈冬青合著『台語文学概論』台北：前衛出版社、二〇〇一年。
（3）施俊州『台語文学導読』台南：台湾文学館、二〇一二年。
（4）廖瑞銘「論陳明仁詩作中的三種面相」淡水工商管理学院、台湾文学研討会、一九九五年。
（5）陳雷『陳雷台湾話戯劇選集』台中：台中市教育文教基金会、一九九六年。
（6）黄恒秋『台湾客家文学史概論』台北：客家台湾文史工作室、一九九八年。
（7）方耀乾『台語文学史暨書目彙編』高雄：台湾文薈、二〇一二年。
（8）林桜蕙「母語文学対母語復振的重要性——以現代客語詩為例」語言人権与語言復振学術研討会、台東：台東大学語教系、二〇〇四年。
（9）李勤岸『白話字文学——台湾文化 kap 語言、文学 ê 互動』台南、開朗雑誌社、二〇一〇年。

（10）李長青「林沈默現代詩研究」台中：中興大学台湾文学所碩士論文、二〇〇九年。
（11）楊斯顕「陳明仁台語小説中 ê 台湾人形象 Kap 価値観研究」台中：静宜大学中国文学研究所台湾文学組碩士論文、二〇〇五年。

第七章　結びに——台湾母語文学の展望

台湾各族群ごとに自らの母語で文学創作を行うことは本来は当たり前で、自然なことで、特段の説明も要しないはずである。しかしポストコロニアルな言語環境の中では、文学における母語の役割と意義を特に強調しなければならないのである。そこでは「母語文学」とは一つの政治的な用語となりうる。

中国は秦の始皇帝による六国統一以降、「書同文」政策を実施してきた。各族群、各地方ごとに「異なる音」があるが、漢字という文字表記は統一された。中国伝統の文学ロジックには、言語と文字は同一概念であり、区別しがたいものという観念がある。そのため中国人が詩作の「言語」と言った場合には、修辞のことを指し、その使用言語を対象にはしていない。また伝統中国文学は「言文分立」の原則によって発展してきた。つまり、口語と書面語の不一致である。したがって文学の議論とはその文字テキストに対するものであって、言語について問われることはなかった。そのため、各族群の母語および文学表記の需要に対して関心を寄せることもなかったのである。中華帝国の歴史の発展において、政治の版図内には常に多族群、多言語（母語）が存在してきたのは事実であるにもかかわらず、「中国文学史」においては帝国権力を中心として単一言語表記による文学作品だけを対象としてきた。それが地域の文学を議論する場合でも、地理的な区別のみがあって、族群、言語的な差異から文学を論じるという思考はなかったのである。

「台湾文学」という言葉も日本統治期には、日本殖民者と相対的な概念として族群、語文の違いが意識されていた。だが戦後、中国文学の文脈に置かれてからは「台湾文学」とは台湾という地域的な文学の概念としてのみ存在し、族群を基盤にするという意味は失った。一九七〇年代において向陽が母語による詩作を行った際であっても、きわめて慎重に「方言詩」と自称し、自らの位置づけを「方言文学」としたのであった。それはポストコロニアルロジックにおける母語とは距離がある。

厳密にいって、「母語文学」はポストコロニアル論が発展してから提案された概念である。本書もまたこの概念によって一九八〇年代中期の台湾母語復興運動の勃興期を分岐点としている。もちろんそれ以前の口伝による母語文学や、「母語意識」覚醒以前の自発的な創作による母語文学にも言及してはいる。だがあくまでも重点は、母語復興運動後に「母語意識」によって展開された文学発展の事実を記述することにある。

母語文学の発展過程は、母語復興、母語表記の解放であり、族群文化の主体性構築の軌跡であるともいえる。台湾母語文学の展望とは、こうした文脈から観察されるものであり、母語表記法の構築、母語文学作家グループの形成、それから母語文学作品の題材、形式、風格、精神などの多様な発展の可能性をめぐるものである。

一　母語表記の解放と進展

東洋か西洋かを問わず、識字階層とは統治官僚階層のことを指している。文字表記とは本来、政治／宗教に奉仕するものであり、文学創作のために発明されたものではなかった。文字表記とは一種の特権であり、一般庶民が有する権利ではなかった。西洋の近代文学の発展を観察するなら、旧文学から新文学への発展の過渡期には高度な政治的意味合いがあったことがわかる。簡潔にいって一般的に「口語と書面語の一致（言文一致）」こそが西洋近代文学の起点である。たとえばダンテが自らの土地の言葉で表記したことが、近代イタリア文学の出発点であり、マルティン・ルターがドイツ語による聖書翻訳を行ったことが近代ドイツ語の出発であった。一九世紀末には中国でも清末の黄遵憲、梁啓超が、中華民国時期に胡適らが「私の話し言葉を書く」との理念から出発して、従来の文言文（古典漢文）から少しずつ文体を変えていった。

こうした「口語と書面語の一致」への変化が代表する意義とは、単に書面言語の変更のみでなく、個人の尊厳の問題である。つまり、政治的・宗教的権力からの解放を意味する。各階層、各職業のいずれもが自ら日常的に使っている母語で自らの心の声や物語を表現することができるようになった。それによって文字とは特権ではなく、近代の基本的人権と見なされるようになったのである。

言語が文字表記される段階となったことで、知識も文字表記によって大衆に普及することになった。識字階層は特権でなくなり、知識の権利が解放されることになったのである。それについで、すべての族群が教育を通じて自らの母語の読み書きを学習できるようになった。これが基本的な「学習権」である。台湾各族群の母語復興運動は実際には「母語権」の解放運動であるべきだった。母語文学の発展は一定程度の政治的意義を有しているからである。

その中で、台語についていては、使用人口が最多であり、台湾社会において比較的強い経済的な言語となっていることから、民間では台語の口伝文学および流行台語歌謡曲、民間演劇などの文学創作が行われてきた。こうして漢字通俗表記および教会ローマ字によるものとの二種類の表記法が流通してきた。一九世紀末の長老教会においては母語復興運動勃興以前から台語文学テキストの蓄積が見られた。そうしたこともあって台語は他の族群の母語文学より、蓄積が比較的豊かである。

一九世紀末に西洋基督教の宣教師が宣教の必要のため、教会ローマ字表記を考案した。これが台語の表記法に、漢字以外の可能性をもたらした。だが漢字文化圏においてはすべての言語が漢字表記できることが標準だという観念が強い。こうして教会ローマ字は「サブカルチャー」の位置に置かれ、教会の中だけで流通してきた。

一九三〇年代の台湾新文学運動の初期に「台湾話文論争」が起こった。その際に論争となったのは、「話す通りに書く」と言った場合の白話文や口語とは、中国白話文でなければならないのか、あるいは、大部分の台湾人が使っている台語なのか、という論争であった。だが結果的には、漢字によって台語を表記するという壁を乗り越えられず、漢字による中国白話文が主流だと考えられるようになった。

こうして母語表記は漢字の神話および二度にわたる「国語政策」による抑圧を受けて発展の機会

を奪われてしまった。だが戦後一九八〇年代の母語復興運動の勃興によって、新たな希望が生まれたのである。

（二）母語表記論争の分合

母語復興運動初期には、各団体の主張は一致していた。それは「還我母語（母語を返せ）」というものであった。だが、母語の文字化や教育レベルの話になると、様々な主張と対立が起こった。早くから明らかな主張を行っていたのは、洪惟仁の漢字派および鄭良偉の教会ローマ字派であった。前者は雑誌『台語文摘』、後者は雑誌『台文通訊』を本拠にしていた。それぞれ支持者がいてグループを形成していた。後に林央敏が台湾語文字問題で統合を図ろうとして一九九五年に「台語文推展協会」を結成した。そうした動きは運動組織として拡大し、海外にも支部を設けて、海外台湾人団体と連携するようになった。しかし母語意識の覚醒が拡大の趨勢を見せたものの、文字問題では相互に発展することになった。

二〇〇〇年に政権交代したことで、母語政策は大きな進展を見ることになった。母語教育と普及の舞台は、それまでの運動団体のデモから、学校に移った。何度も討論会が開かれた末の二〇〇六年、教育部が新たな台語ローマ字である「台湾閩南語羅馬字拼音方案（台羅）」といくつかの推薦用字表（推薦漢字表）を公布した。これが母語教材や台語能力検定の規範文字とされ、母語表記とローマ字表記について一段落を見た。『台文通訊』と『海翁台語文学』やそれに近い刊行物は、いずれも「台羅」を採用した。それによって母語文化が推進されることになった。

(二) 母語文学作家グループの分合

母語復興運動過程において、母語復興の支持者以外にも母語表記の習得者を輩出した。その中には母語文学創作の隊列に参加した人もいた。こうした母語文学作家は当初は異なる母語表記法を用いる運動団体に所属していた。だが復興運動が進むにつれてお互いに交流が進み、メンバーが重複するようになった。母語刊行物を通してメンバーは表記法を同じくするどうしで文学グループの再編が見られた。

最初期の台語作家は『台文通訊』もしくは『台語文摘』の二つの系統から登場した。『台文通訊』は海外台語媒体であり、台湾に総連絡事務所を設けてからは、「台文通訊読者連誼会」として、台北、台中、彰化各地に読書会や写作会(執筆会)が生まれた。その後、台湾で『台文 BONG 報』が創刊されると、二〇一二年には『台文通訊』と合併して『台文通訊 BONG 報』と改称し、今日に至っている。この系統からは多く台語作家が輩出した。一方、『台語文摘』は比較的古典伝統を重んじる台語の知識を伝承する点に特徴がある。そのため、現代新文学の創作は弱点となっていた。だがメンバーの中には台語創作を行うものもおり、個人的な関係から他のグループの出版物に作品を発表したりしていた。

一方、台南の「塩分地帯」の詩人である黄勁連は、台北に呼ばれて洪惟仁が開いた台語教室に参加した後、台南市街地において南台湾台語文運動をスタートさせた。台語教室の学生が読書会を組織し、創作を奨励、台語文学の定期刊行雑誌を発刊した。そうして菅芒花系統グループが形成された。のちに黄勁連は金安出版社で『海翁台語文学』を創刊し、台語文学著作を出していく。これはまた「海翁文学グループ」と呼ばれた。

方耀乾は菅芒花系統の台語出版物を主宰し、林央敏の『茄苳』系統や台中の宋沢莱による『台湾新文学』作家群との交流を経て、別のグループを結成した。それが『台湾e文芸』から発展した『台文戦線』である。これはまた高雄の胡長松ら台語作家とも連携した。

二〇〇九年末には、李勤岸の発案により、台湾南北のグループが結集して「台文筆会（台湾語ペンクラブ）」が結成された。国際ペンクラブとして言語ごとの作家団体が加盟できる。台語文学作家の統合への一歩を踏んだことになる。

(三) 母語文学の発展

台湾各族群は母語復興の想像と目標において異なっており、その効果もまた異なっていた。原住民各族群は人数が少ないため言語の衰退が激しい。またこれまで成熟かつ固定した文字表記法を確立してこなかったことから、母語による文学表現も乏しい。そのため、要求水準を一段下げて漢語表記を主体として、原住民文化精神を表現する文学という主張になった。

客家人については、母語復興の努力については非常に積極的であったが、母語書面語文学の創作という実践については相対的に薄弱であった。その主な要因は客家人が「言文分立」の傾向が強く、積極的に口語と書面語を一致させる行動をしなかったためと思われる。また大部分は漢字による客家語表記にこだわり、自ら独自の文字表記法を編み出すことを特に主張しない（あるいは「奨励しない」）。最大でも、鍾肇政、李喬ら元老級作家がそうであるように、小説内で漢字により客家語の対話を表記することで客家の特色を出す、というレベルにとどまっている。一般的には客家精神、客家文化の特色を強調するだけである。黄恒秋は、広義の「客家文学」とは、「すべて客家語で書く」ことを求めない、という。

一方で、現代客家語詩については、母語復興運動以降、何人かの詩人を輩出している。范文芳、黄恒秋、利玉芳、張芳慈、曽貴海らである。近年は邱一帆ら客家語作家が雑誌『文学客家』を創刊し、完全に客家語で書き、客家語の母語文学を発展させることを標榜している。

母語復興運動では、台語が最も積極的であり、成果も豊富である。台語の聞く話す能力にとどまらず、さらに固定化された表記法の確立、それによって台語の読み書きの能力の確立をめざしており、またその表記法を使った台語母語文学を推進している。「漢字ローマ字混ぜ書き」の表記法が一九世紀後期以降の教会ローマ字文学を継承する形で発展している。それによって台湾の白話新文学の歴史は従来より数十年前にさかのぼることになった。母語復興運動が始まる前と後のすべての台語文学創作がこれによってつながり、台語文学の伝統という考え方も登場した。台語のように、母語の保存が成熟した創作文学につながったことは、世界の母語復興の歴史の中でも、きわめて稀有な成功事例といってもよいだろう。

二　母語文学の展望

ポストコロニアル時代には、母語を回復し、母語文学によって族群の歴史的な記憶を取り戻し、族群の文化的主体性と自信を構築することは、最も基本的かつ最も重要な文化的作業である。この間の努力について、我々はまだまだ不足していることを素直に認めなければならないし、いまだに殖民地文化勢力による逆転のリスクがあり、母語文化の再構築の道のりはまだ長く、そして緩慢なものである。さらに多様な文化と思潮の影響を受ける中で母語が徐々に失われ、族群主体意識とこの土地に対するアイデンティティも危機に直面している。

台湾の母語教育は、いまだに外面的なものにとどまっている。行政側が重視せず、民間も積極的に取り組まないうちに、各族群の母語が少しずつ失われつつある。母語に関する言説環境も徐々に失われ、母語表記に土台となる語彙も減少している。母語能力には世代格差と断絶が見られる。母語文学の生存と発展の空間も自然に圧迫されている。しかしながら、台語文学については周辺的な戦いが進められ、新しい世代が加入し、新しい作品も見られるが、その他の各族語についていえば、たとえば客家語と原住民語によって表記された文学作品となると、きわめて限定されているのが実情である。

とはいえ、楽観的に言うならば、母語文学の発展史は、文字表記法について対立を抱えているものの、その文学性は評価され、受け入れられている部分もある。そしてここ三〇年来の母語文運動によって、母語の命脈は徐々に回復し、表記方法も確立されつつある段階にある。母語によるパソコンの入力法も開発され、作家にとってもそれが効率的なツールとなり、より多くのより良い文学作品が生まれる契機になっている。インターネットの発達により、ネット上で創作、発表、議論することができるようになり、これも作者の数を増やすことにつながっている。

学術体制においては、台語文学が学問領域として徐々に重視され、文学作品の解釈が進められ、そうした批評から、台語文学独自の美学理論が形成されつつある。それはまた華語文学の美学とは異なる基準によるものであり、台語文学がまさに独立した生命と特色をもっている。新世代の台語作家はもはや運動初期の作家たちのように華語から転向する必要はなく、最初から台語で文学創作を行う人も登場している。新時代の台語は新時代の事物と精神が宿っている。

台語文学の発展はまた、客家やその他原住民各族群が自らの母語文学を発展させようという機運に刺激を与えている。たとえば、客家人の邱一帆が主宰する雑誌『文学客家』（台湾客家筆会〈台湾客家ペンクラブ〉）である。われわれは台湾文学の領域に、各族群の母語文学が出現することを喜ばしく思い、またその発展に期待したい。そうあってこそ、台湾文学が多言語かつ多様な姿を持つことができるからである。

母語文学の精神とは世界に普遍的な価値観である。それぞれの言語には、それぞれ固有の語感と美意識があるからである。文学作品を通じて、こうした言語美学が表現され、その有機的な発展が行われてこそ、本当の意味での「土着性」と「主体性」をもった文化となることができよう。そして、自信をもって、自らの土地に立脚したものとなる。二一世紀初めの今日、多くの人たちの努力と堅持によって、戦前からの試みと努力を継承し、その伝統を現代につなげることができた。それは単一言語から多言語社会に向かう長くて困難な道のりである。だが、それは自らの母語文学の伝統を形成し、それに自信を持ちアイデンティファイし、継承すべき文学的伝統となりつつあるのである。

最も重要なことは、今の時代の母語文学作家は、日本統治期の新文学作家と同様、自分たちの時代的な任務を見出したことである。それは自分たちの時代精神をもった文学作品であり、同時代の台湾人に勇気を与え、台湾文学の光栄ある伝統を伝え、世界の文学地図の中に自らの座標を位置づけ、母語文学によって独立建国するための武器と精神的な基盤を形成することである。ポストコロニアル文学の戦いは、すべての台湾人がともに幸福かつ栄えある国を建設するためのものである。

ここで李勤岸の指摘を借りるならば、もし一九世紀後期に出現した白話字文学を「台湾文学の早春」[64]とするならば、ここ三〇年来の我々の努力とは、もしかすると「母語文学の春の回復」と言えるのかもしれない——つまり、母語創作によって台湾文学の春を取り戻すという意味である。当然、美しい花びらが咲き誇ることは、理想的な目標の前段階に過ぎない。道はまだまだ長い。台語のみならず、客家語および原住民諸語などの母語文学にもさらに多くの人が参画し、開拓していかなければならない。そうしてこそ、さらに輝かしい枝や葉が茂ることになるからである。

【関連文献】

（1）廖瑞銘「台語 láu tī 文学体制門口徘徊——検討一九九〇年代以来 ê 台湾語文運動」、「台湾主体性与学術研究研討会」論文、台湾歴史学会主辦、二〇〇六年七月。

【原註】

1　蔣為文『語言、文学kap台湾国家再想像』台南：成功大学台文系台語研究室、二〇〇七年、二〇三頁。

2　中国新華社一九九一年一月三〇日の報道によれば、全中国に五五の少数民族が、八〇数種の言語を使っているが、うち二三民族が自らの文字を有している（『中国大陸』一九九一年四月、八一頁）。ちなみに、アフリカの部落言語の状況はさらに複雑である。

3　賈徳・戴蒙著、王道還、廖月娟訳『槍砲、病菌与鋼鉄――人類社会的命運』台北：時報文化出版社、一九九八年、三七四頁（Jared Mason, *Diamond, Guns, Germs, and Steel: the Fates of Human Societies*, W.W. Norton, 1997／ジャレド・メイスン・ダイアモンド著、倉骨彰訳『銃・病原菌・鉄――一万三〇〇〇年にわたる人類史の謎』上・下、草思社、二〇〇〇年）。

4　葉石濤『台湾文学史綱』日本語訳註解版、高雄：春暉出版社、二〇一〇年九月、三頁。

5　施俊州、「頼和淹――死――編台語作家・著作目録ê文学史想像」、「二〇一三年第一七届世界台語文化営」社団法人台湾羅馬字協会、二〇一三年七月、四九頁。

6　一九二八年の第二三号以降は、「pak-pō͘ sū-bū（北部事務）専欄（コーナー）『芥菜子』」が『台湾教会公報』に合併された。一九三七年八月の『台湾教会公報』一三九号以降は『芥菜子』の名前を削除、「pak-ō͘ sū-bū（北部事務）」となった。

7　李勤岸「北部台湾教会公報『芥菜子』与陳清忠的出土」『白話字文学――台湾文化kap語言、文学ê互動』台南：開朗雑誌事業、二〇一〇年。

8　鄭昭穎「致力於教会音楽工作的鄭溪泮牧師」、鄭仰恩主編『信仰的記憶与伝承――台湾教会人物檔案（二）』台南：人光出版社、二〇〇一年、二一四頁。また、鄭溪泮の生涯については、次を参照のこと。陳思聡、鄭泉声、鄭

昭穎「致力於教会自治運動的牧者――鄭渓泮牧師小伝」（鄭仰恩主編、前掲書、二二二－二二六頁）。
9 台湾南部基督長老教会の「自養」「自伝」「自立」運動が成功してから、四ヶ所の中会（高雄、台南、嘉義、台中）において、南部大会、北部大会、台湾大会（のちの総会＝本部）が設置された。その過程については次を参照のこと。呉学明著『従依頼到自立――終戦前台湾南部基督長老教会研究』台南：人光出版社、二〇〇三年。
10 陳思聡、鄭泉声、鄭昭穎、前掲文、二二二－二二三頁。
11 註7に同じ。
12 鄭昭穎、前掲文、二一四－一五頁。
13 李勤岸「二零年代台語小説『出死線』作者鄭渓泮――採訪鄭泉声」『台文通訊』五二期、一三頁。
14 鄭昭穎、前掲文、二一六頁。
15 鄭昭穎、前掲文、一四頁。
16 註7に同じ。
17 鄭渓泮著、李勤岸訳註『出死線』台南：開朗雑誌社、二〇〇九年、一頁。
18 前掲書、一九四頁。
19 前掲書、一頁。
20 註10に同じ。
21 註12に同じ。
22 註10に同じ。
23 註7の前掲文、二二三－二四頁。
24 頼永祥が整理した電子ファイルより引用。
25 註2に同じ。

26　楊允言、張学謙、呂美親主編『台語文運動訪談暨史料彙編』台北：国史館、二〇〇八年、六二－六三頁。ここに、頼仁声の「作品簡表（作品一覧）」がある。

27　物語の中身は同じであるが、頼仁声がなぜ元の書名を用いなかったか？　黄佳恵は、『十字架ê記号』はキリスト教徒の信仰の強さを、『刺仔内ê百合花』は女性主人公の経験と純潔な人格に焦点があり、違いがみられる、と指摘する。黄佳恵「白話字資料中的台語文学研究」台南：台南師範学院郷土文化所碩士論文、一九九九年、一二四頁。

28　邱藍萍「頼仁声両個時代台語小説中的借詞比較」台北：台湾師範大学台湾文化及語言文学研究所碩士論文、二〇〇八年。

29　頼和「読台日紙（台湾日日新報）的『新旧文学之比較』」。初出は『台湾民報』八九期、一九二六年一月二四日。林瑞明編『頼和全集（三）――雑巻』（台北：前衛出版社、二〇〇〇年、九七－九八頁）より引用。

30　王錦江「頼懶雲論」、李南衡主編『日拠下台湾新文学　明集1――頼和先生全集』台北：明潭出版社、一九七九年、四〇五頁。

31　林瑞明「頼和文学及其精神」『台湾文学与時代精神――頼和研究論集』台北：允晨出版公司、一九九九年、三四四頁。

32　呂美親「日本時代台語小説研究」新竹：清華大学台湾文学所碩士論文、二〇〇七年。同論文は、林瑞明（一九九二年、一九九三年、一九九六年、頼和全集二〇〇〇年）、呂興昌（一九九三年、校註一九九六年、一九九六／一九九七年、許丙丁一九九六年）、彭小妍（楊逵全集一九九八／二〇〇一年）、陳淑容（二〇〇〇年、二〇〇四年）らの研究をまとめたものである。

33　蔡秋桐「帝君庄的秘史」『新高新報』第二四九号、第二五一号、第二五三－五五号、第二五九－六〇号、第二六五－六七号、一九三〇年一二月四日－三一年四月一六日。

34 蔡秋桐「連座」『新高新報』第二七三 - 七六号、一九三一年五月二八日 - 六月二五日。
35 蔡秋桐「有求必応」『新高新報』第二七八号、第二八二号、第二八四号、第二八六号、一九三一年七月二日 - 三二年。
36 蔡秋桐「痴」『暁鐘』創刊号（一九三一年一二月）。ただしこの号しか見つかっていない。
37 黄石輝「以其自殺，不如殺敵」『文学台湾』第一八号（一九九六年四月）。宋沢萊主編『台語小説精選巻』台北：前衛出版社、一九九八年。
38 許丙丁『小封神』は『三六九小報』一九三一年二月二六日の第五〇号より連載開始。緑珊盦（許丙丁）小説『小封神』は計二四章、第五〇 - 八九号、第九六 - 一一一号、一九三一年九月一九日、第一六六 - 二〇二号、一九三二年三月二六日 - 七月二六日。
39 呂興昌・編校『許丙丁作品集』台南：台南市文化中心、一九九六年。
40 楊逵「貧農的変死」『立志』第一章、一九三二年。彭小妍主編『楊逵全集　第四巻　小説巻（I）』台南：国立文化資産保存研究中心籌備処、一九九八年六月、三一七頁。
41 楊逵「剁柴囝仔」一九三二年四月一四日手稿。彭小妍主編『楊逵全集　第十三巻　未定稿』台南：国立文化資産保存研究中心籌備処、二〇〇一年一二月、iii頁。
42 林瑞明編「一個同志的批信」『頼和全集　第一巻』台北：前衛出版社、二〇〇〇年。初出は『台湾新文学』創刊号、一九三五年一二月。宋沢萊主編『台語小説精選巻』（台北：前衛出版社、一九九八年）にも収録。
43 林瑞明編「富戸人的歴史」未刊手稿、『頼和全集　第一巻』計三稿。『文学台湾』創刊号（一九九二年一二月）には林瑞明が整理した「清稿」および「原稿清校」の二種が掲載されている。また林瑞明による頼和研究特集『台湾文学与時代精神――頼和研究論集』（台北：允晨文化公司、一九九三年）も参照のこと。
44 台湾歌謡と政治運動の関係については、呉国禎『吟唱台湾史』（台北：玉山社、二〇〇三年）を参照のこと。

45　金安文教機構は小中学校の参考書やテスト問題の出版社で、創業者は蔡金安。

46　黄聡美は女性医師。やはり医師の伊藤邦幸と結婚後、ネパールにて七年間にわたり医療に従事、日本に帰国後は井上魯鈍の偽名で日本円五万円を『台湾青年』に寄贈し、台湾独立運動を支持した。亡くなるまで二〇年余り寄付を続けた。一九九三年黄聡美の弟である医師の黄声宏がニューヨークで「聡美姉紀念基金会」を設立した。幹事長は牧師の陳柏寿。設立の趣旨は、黄聡美の台湾への愛と黙々と献金してきた精神を受け継いで、台湾の文化・教育に献身する草の根運動家を支援する、とした。一九九三年一〇月、台湾母語の保存および発展のために『台文通訊』の発行業務を請け負った。

47　緊急アピールは第八〇号に掲載された。「台湾の言語がもし消失したなら、台湾の民族および文化のルーツも失われてしまい、台湾人が真の台湾人になることも不可能になってしまう」。そして読者に対して、『台文通訊』共同発行人に加入し、毎年最低でも米ドル／カナダドルで二〇〇ドルをカンパしてほしい、と訴えた。その資金は『台文通訊』の発行に用いる、『台文通訊』が続けられるようにしてほしい、と。その結果、大きな反響があり、一〇〇人を超える人が共同発行人となった。個人および団体も含められ、毎号の『台文通訊』にそのリストが掲載された。

48　『台文通訊』のトロントにおける編集部には、陳雷、陳星旭、頼柏年、廖碧玉、李春恵、張秀満がおり、蘇正玄が編集長となった。これは『台文通訊』創刊以来、初めてチームワークによって編集作業が行われたものであった。編集部はボランティアで、給料は支給せず無条件で時間と労力を提供するものとされた。のちに許文政も加入した。二〇〇二年二月には張秀満が編集長となり、陳星旭が副編集長となった。

49　『台文通訊』の歴代編集長は次の通り。鄭良光（一九九一年七月－九七年七月）、李勤岸（一九九八年二月－一九九九年九月）、蘇正玄（一九九九年一〇月－二〇〇二年一月）、張秀満（二〇〇二年二月－〇三年一二月）、葉国基（二〇〇四年一月－一二年一月）。『台文通訊』は第二一四号（二〇一二年一月）までで、その後、『台文 BONG 報』と

合併し『台文通訊 BONG 報』（第二一五号、二〇一二年二月）と改称して発行を継続。編集長は廖瑞銘（本書著者）。

50 台北台文写作会は「台文通訊読者連誼会」が一九九五年から形を変えた団体であり、総連絡事務所に置かれ、定期的に集まり活動を行った。

51 瓦歴斯・諾幹の第二回「台湾文学賞」審査員としての発言。

52 このときの論争については、呂興昌「台語文学的辺縁戦鬥――以八、九〇年代台語文学論争為中心」、張炎憲、曾秋美、陳朝海編著『邁向21世紀的台湾民族与国家論文集』（台北：呉三連台湾史料基金会、二〇〇一年）を参照のこと。同論文は文学史の角度から論争の発展過程について詳細に論じている。また、陳慕真「走向台湾民族的文学革命――論八、九〇年代的台語文学論争」六巻一期（二〇〇六年一月）も参照のこと。この論文は焦点を一九八〇－九〇年代の台語文学論争の背後にある価値観において分析し、台語文学論争が台湾民族文学に昇華するという最終目標とその時代的意義を指摘している。

53 白話字文学とその文献については、黄佳恵「白話字資料中的台語文学研究」（台南：台南師範学院郷土文化研究所碩士論文、二〇〇〇年）を参照のこと。

54 鄭良偉「双語教育及台語文字化」『台湾文芸』一一一期、一九八八年五－六月。

55 蔡金安主編『台湾文学正名』台南：開朗雑誌社、二〇〇六年。

56 李勤岸「台湾文学的正名――従英語後殖民文学看台湾文学」、蔡金安主編、前掲書、二六頁。

57 蔣為文「『中華民国文学』等同『台湾文学』嗎?-」、蔡金安主編、前掲書、三五－三六頁。

58 方耀乾は博士論文において「複数系統」および「多元中心」との概念を用いて、多族群、多言語の台湾文学の版図を描き出すことを試みている。それによって中国と台湾の二元対立の膠着状態からの脱却という新たなプランを提示している。ただし西洋理論に偏りすぎて本末転倒になっている嫌いがないではない。台湾の土地に暮らしてきた族群は文学を伝承しているとは限らず、文字表記を持たない民族の言葉は採集されることもなかった。それをどうやって「文学史」に入れるかという問題が発生する。また方耀乾の理論によっていかにして台湾文学の版図を具体的に構築するのかも問題である。もちろん既存の「台湾文学史」が「華語」のみを対象とし、台語文学の存在を無視してきた点に関する批判は当然である。だが「すべての」族群言語の文学がそれぞれ中心となるべきだとする主張は過剰修正ではないか。

59 「李江却台語文教基金会」の趣旨とは、「台湾各族群言語の生命を回復し、母語の文学および文化を発展させる」ことである。その目標とは、台湾各族群の母語による文章を全面的に使用し、創作、翻訳、研究、教育、伝播などあらゆる活動を展開することである。『台文 BONG 報』第八号によれば、「現在定期的に計画されているものは、台語文作家を育成し、台語文の創作コンテストを開催することである」。これはのちに「A-khioh 賞（阿却賞）」として結実する。この賞はまた台語界で歴史が最も古い文学賞である。

60 施俊州『台語文学導読』台南：台湾文学館、二〇一二年。

61 張春凰、江永進、沈冬青合著『台語文学概論』台北、前衛出版社、二〇〇一年、二〇七頁。

62 林央敏『簡明台語字典』台北：前衛出版社、一九九一年。

63 陳明仁「台語『異郷人』」『台文通訊』二三期、一九九三年八月、二一－三頁。

64 李勤岸「序：白話字文学——台湾文学 ê 早春」、李勤岸主編「台湾文学 ê 早春——白話字文学系列 1」『Án-niá ê Bak-sāi』台南：開朗雑誌社、二〇〇九年。

【訳註】

＊1　現在の日本においては一般的には「植民地」と書かれるが、原書およびこの言葉の原義を考慮して「殖」の字を用いる。

＊2　ここで「本土」とは、台湾を中国の一部とする国民党思想に対抗して、台湾を主体として考える意味がある。

＊3　二二八事件のこと。日本統治が終了して、国民党政権が台湾を接収した後、悪性インフレや賄賂の横行など、日本統治では見られなかった失政と腐敗に反感が広がり、一九四七年二月末に台湾で一斉蜂起がなされた。が当時は国共内戦とはいえ、中国大陸全土も支配していた国民党政権が軍隊を派遣してこれを弾圧、数万人の死者・処刑者が出た。

＊4　「族群」とは、Ethnic group（エスニックグループ）の台湾における訳語。台湾においては主に言語を主な要因として、文化や歴史などの認識が互いに異なる集団を指す。民族と類似するが、それぞれの族群がかならずしも独自の国家建設を目指さない点で狭義の民族とは異なる。

＊5　もともと台湾西部平原に住んでいたオーストロネシア（マライポリネシア）系のいくつもの部族の総称。その後福建などからやってきた漢人移民との通婚などでほとんどがホーローや客家として同化した。一部、平埔族の意識を残した人たちがいる。

＊6　固有名詞としてのクオユー、北京官話を元にした中国標準語、通称は北京語、華語。

＊7　なにをもって「言語」と「方言」とするかは、実は国家権力が政策的に決定することであり、正書法が政策で作られた「方言」を「言語」として、それを文章や規範として使う地域の言葉を「方言」としてきた。そのため台湾語などは標準中国語とは異なるにもかかわらず「方言」とされてきた。ただし原文では「方言」には括弧をつけていないところが多いが、以下は原文の論旨を理解して「方言」と訳した。

＊8　ただし客家語ではHok-lo ホクローである。
＊9　国民党政権は台湾を中国の一部とみなして、中国の標準語である中国語を「国語」と呼んで、それを強制したことを指す。系統が完全に異なる原住民諸言語も中国語の「方言」として中国語への同化を迫った。
＊10　「台語」とは日本では一般的に「台湾語」と呼ばれる台湾で最大の母語人口を抱える言語。起源は福建南部にあり、非漢語の要素も多い独特の言語で、「福建語」などとも呼ばれていたが、第二次大戦後になって国民党政権が新たに「閩南語」という用語を作ったことを指す。
＊11　「歴史的に中国」とは、漢人と漢文化の領域であり、現在の中華人民共和国の領域よりは狭い。本来は言語学や地理学の用語を援用して「シナ」とすべきであるが、現在の日本ではシナの定義が一定しておらず、本書では原文のまま「中国」とした。
＊12　中国歴代王朝・周の中心があった中原地域（洛陽を中心とする今の河南省南部あたり）を中国漢文化の中心とする観念。実際には中原が歴史的に中心なのかは定かではない。
＊13　もっともこのくだりは、主にベトナムあるいは朝鮮を想定したものであって、日本にはあまり当てはまらない。
＊14　当時台湾西部は形式的には清帝国の版図であったため。
＊15　プロテスタントの一派で、教会運営を信徒代表の長老と牧師で民主的に行う特徴がある。
＊16　「台湾話文論争」については、本文四八－五〇頁、六八－六九頁、一二〇－一二三頁参照。
＊17　ここで漢字とローマ字（白話字）が混ぜ書きになっている。それは台語の語彙の多くが、漢字・漢語由来ではなく、古代百越系語彙の残存であると考えられるから、漢字で書けない部分を無理やり漢字の当て字や造字をするのではなく、ローマ字としているため。日本語で漢字とかなを混ぜ書きするのと同じような発想によるものである。訳註39も参照のこと。
＊18　キリスト教長老教会の組織、教会→小会→中会→大会の順でまとまりが大きくなる。

＊19　中国南宋ごろから現れた白話（口語）小説の形式。講談を読み物としたもので、語り一回分ごとに分けたことから「章回」と名付けられた。のちに講談とは無関係に発展した。

＊20　観念上の中国漢文化の中心とされる中原地域の昔の漢字音の意味。「中原正統文化」の訳註12も参照。

＊21　言い換えると市民社会の力。民主化以前までの国民党一党独裁体制では、市民社会の力が抑圧されてきたが、それが一九八〇年代に噴出したことを指す。

＊22　国民党一党独裁時代には、国民党に対抗する野党の結成が認められていなかったため、国民党批判勢力は無所属で活動した。「国民党の外」という意味の一般名詞として「党外」と呼ばれたが、一九七〇年代後半には徐々に事実上の野党を指す名称となった。そして党外勢力から一九八六年に民主進歩党（民進党）が結成された。

＊23　国民党一党独裁時代に、原住民族が山地にいると考えて、こう総称された。民主化が進んでからは「原住民族語」と改称された。

＊24　王という名前の里長。里とは日本では町会にあたるが、台湾においては地方行政の最も末端の単位のこと。

＊25　ポストコロニアル段階とは、殖民地が終わってからの段階を指す。ただし一般的には、政治的な殖民地支配が終了にしたにもかかわらず、殖民地時代の言語や思考が継承されていることを批判的に指すことが多い。ただし、ここでは著者は、文字通り「国民党による殖民地主義からの離脱」という意味で使っている。これでわかるように、台湾で問題となる殖民地主義は、日本を指すか、中国国民党を指すかは、政治的立場によって異なる。単純に二分法を用いるなら、日本だけを問題にするのは中国統一志向、国民党だけを問題にするのは台湾独立志向と言える。現在は後者の立場が優勢。

＊26　略称は台独連盟、独盟。二二八事件に対する中国国民党の大弾圧を契機に、台湾人が中国そのものに幻滅して、台湾を台湾人による独立国家として建設することを目指す団体。最初は日本で生まれたが、一九七〇年代に米国留学者が増えるにつれて、米国が独盟の中心となった。その後、一九八七年に「台湾独立建国連盟」と改称して

いる。ちなみに、台湾独立というのは、中華人民共和国からの独立ではなく、戦後台湾を支配した中華民国体制からの独立、そして台湾自前の国家となることを意味する。

＊27　七字仔とは、台湾の伝統的な歌劇、歌仔戯《コアヒ》に多用される、七字（音節）一連で歌われる曲調と歌詞。その形式を用いた恋愛詩のこと。

＊28　ただし当時はまだ戒厳令下で制限が多かった。

＊29　いずれも、ローマ字入力して、台湾語の白話字と漢字を表示させるためのＩＭＥを指す。蘇芝萌は当時在米、劉杰岳はエンジニア専攻の学生だった。それぞれ使い勝手が異なる。

＊30　台湾では民主化初期の一九九〇年ごろから、政府の認可を受けずに、安価なＦＭ放送通信機材を使ったゲリラ的な非合法ラジオが雨後の筍のように生まれた。国民党への批判意識から台湾語を主に使って政治批判を繰り広げた。これもその一つで、リスナーの規模が最大のもの。

＊31　国民党が中国から持ち込んだ制度で、国会にあたるものは法案や予算審査を行う立法院と、憲法改正や総統選出を行う国民代表大会（国民大会、国大と略する）があった。

＊32　bong で声調が違うものを挙げて言葉遊びをした文章。

＊33　当時は前述した「ＨＯＴＳＹＳ」という文字入力ソフトが開発されていた。

＊34　ただしこの二冊は、オクスフォード大学が子供向けに簡約したもの。

＊35　中華民国建国の父（国父）とされる孫文は、実際には広東人だが、客家人は客家系だと主張していた。

＊36　一九九〇年代の台湾政治はエスニック政治と呼ばれるように、主に外省人とホーロー人との間での対立が高まった。この部分で著者が言わんとしていることは、国民党が少数の外省人だけでは劣勢となるので、客家人を引き込んでホーロー人と対立させた意図があったということ。

＊37　台湾に一九八一年から二〇一二年まであった中央省庁の一つで、文化を担当する文化建設委員会の略称。二〇

一二年五月の省庁再編で、新聞局（情報省にあたる）の一部などと統合して、「文化部（文化省）」となった。

＊38　一九三〇年代の「台湾話文論争」が内部対立に加えて、台湾総督府が推進した皇民化運動と戦争によって中断させられたことを指す。

＊39　台語の言語系統は、漢語（シナ諸語）とされるが、異論も多い。というのも、明らかに漢字・漢語起源ではない単語が基本語彙に目立つためだ。漢語ではない語彙を漢字で表記しようとすると、日本語の訓読みなどと同じ「当て字」になり、人によってばらばらになりやすい。そのため、著者たちはその部分はいっそのことローマ字で表記しようと主張し、漢字ローマ字混ぜ書き（漢羅合用）の主張となる。二〇二〇年現在、台湾語で書く人たちの多くは、この漢羅合用によっている。ただしローマ字は白話字か教育部が制定した台羅かで分かれる。

＊40　倉頡とは、漢字を発明したとされる古代中国の伝説上の人物。ここでは、漢語起源ではない語彙も漢字があると考えて、無理やり漢字をあてはめたり、はては日本の国字のように漢字を新たに造字したりすることを皮肉っている。

＊41　一九八〇年代後半から九〇年代前半のＤＯＳ時代に、中国語漢字を表示するために使われたソフト。

＊42　最初に生まれた台湾語のＩＭＥ（文字入力システム）は、イーテンの詞庫（個人作成辞書機能）を使って、台湾語音をローマ字で入力して、それを漢字や白話字で表示させるものだった。

＊43　台湾を中国の一部とみなす国民党と中共から見たら、台湾の独自性を強調する文学は、「台湾独立」の色彩が強い文学となる。ただし、台語文学の作家のほとんどが台湾独立派であるのは事実であり、それは罵倒することにはならない。

＊44　一八九五年下関条約調印後の五月二五日、日本への台湾割譲を阻止しようとする清国側につながる唐景崧や劉永福らによって作られた。唐や劉の逃亡によって五ヶ月もせずに崩壊した。内実はともあれ、当時台湾独立志向勢力の中では、まがりなりにも「独立国家」が宣言されたとして重視する向きもあった。

＊45　マカイ（馬偕、偕叡理、Pev. George Leslie Mackay、一八四四－一九〇一年）。現代日本語の表記ではマッケイ。スコットランド系カナダ人のキリスト教長老派に属する牧師。一八七一年に台湾に派遣され、一八八〇年まで台湾各地で布教を行い、台湾基督教長老教会を建設、また近代医療や教育にも従事した。

＊46　近代以前の伝統漢文化における漢字入門のための韻文の形式。三字ずつ一句、四句で一連としていることから、三字経と呼んだ。

＊47　町村にあたる郷・鎮・市が当時三〇九個あった。

＊48　二二八事件の後、一九四九年一二月に国民党政権が国共内戦に敗れて台湾に移転してからは、共産党摘発を名目に台湾を警察国家にして厳しい抑圧体制を敷き、多数の政治犯を拷問・処刑した。これを白色テロという。

＊49　長篇版が単行本として出版されている（二〇〇八年、台南：開朗雑誌社、約二八万字）。

＊50　直接本人に聞いたところでは、次作を出す予定はないという。

＊51　訳文は、E・H・カー、清水幾太郎訳『歴史とは何か』岩波書店、一九六二年（二〇一二年）、四〇頁から引用。

あとがき

若いころ、英国歴史家E・H・カーの名言に接したことがある。「歴史とは歴史家が過去の事実との間で不断に交わる過程であり、現代と過去との対話である」[*51]。この名言は本書の執筆過程にそのまま援用可能である。というのも、本書に描かれた事実は、自らの母語運動の経験と一致する部分が多く、私にとってこれは単なる著作の執筆にとどまらず、心路歴程を記録するものとなった。そのため、ここで学術的な中立性、客観性を維持することは、一つの大きな課題でもあった。

一九九一年末、前衛出版社の入口に差し込まれた雑誌に目がとまったことが、私が台湾の母語復興運動に参加するきっかけとなった。当時は単なる門外漢で、好奇心から始まっただけだ。そして、言語学的な知識を下手の横好きで補いながら、街頭デモに参加してスローガンを叫んだり、台語による教材を書いたり、大学の授業で台語を教えたり、台語文学を研究したりした。やがて台語文学賞の審査員を務め、台語能力検定も始め、台語学科も立ち上げるようになった。ただしその学科は後に閉鎖されてしまったが。

こうしたできごとはもう二〇年を超えている。この間、無数の経験と文献資料の蓄積を得た。いわば「自ら経験した」という自信である。そして、今回要請を受けて「台湾文学史長篇」というプロジェクトに参加した。これによって母語文学の運動過程を整理・記録ができて、また運動圏内の仲間に自らの足跡を顧みて至らぬところを反省するきっかけになればと思った。そしてそれが将来誰かが「台湾文学史」を書くときの参考になればと思った。目標はそれこそ単純明快で、そうなれば光栄であり、そうすることが使命だと感じていた。

最初にあらすじを書いた。そうすることで資料収集や思考をまとめることができるからだ。だが実際に資料を閲読し執筆を始めるや、当初の構想通りとはいかず、執筆は困難をきわめた。なんとか核心的な事実を拾い上げてコンテの中に流し込み、初稿を書き上げた。それを外部審査にかけ、審査委員の意見を得て、さらに全体を書き直していった。一ヶ月余り経て、思わぬことに、審査意見をもとに書き直すことが実はそんなに簡単なことではないことがわかった。それは部分的な修正で解決されるものではなかった。初稿が満足のいく出来ではなく、その後さらに読み込んだ資料が増えたこともあって、問題は山積していった。

再稿には時間を要した。しかも再稿中に台語文学史関係書が二冊も出版された。一冊は方耀乾による『台語文学史暨書目彙編（台語文学史および書目彙編）』であり、もう一冊は林央敏による『台語小説史暨作品総評（台湾小説史および作品総評）』である。これは大きなプレッシャーとなった。それらよりさらに資料を万全なものにして、歴史観もさらに深める必要がある。そうして最初のコンテを全面的に差し替え、さらに書き直した。

「台湾文学史長篇」プロジェクトでは、「母語文学」は単に一九八〇年代の戒厳令解除後から始まったものであり、台湾文学の多様な発展のうちの一つの流れという設定であった。そこで本書の重点は「台湾文学史」の中の母語文学発展の歴史的事実を押さえることにあり、「母語文学史」を書くことでも、「台語文学（運動）史」を書くことでもなかった。そのため、「過去は省略して現代を詳しく描く」「すべての母語に配慮する」「文学史の叙述を主体として運動史は副次的なものとする」などの原則を自らに課した。

原則を立てることは簡単だが、それを実現するとなるとそう容易なことではなかった。なぜなら、戦後の母語文学の発展は、基本的に台語文学がほとんどを占めており、客家語族や原住民各語族についてては母語文学発展の重点にはならなかったからである。母語文学の活動も作品も非常に乏しい。台語とそれ以外の比率を同じにするのは困難であった。また台語文学の発展も文学だけのことではなく、実際には台語運動の結果である。とくに初期の台語作家はほとんど全員が台語運動家の身分を有している。そのため、台語文学と台語運動を切り離して考えることは困難であった。さらに、台語文学作家の多くは表記法で対立しており、彼らの台語文学作品に対する美学の基準も、台語運動の観点と深い結びつきがあった。そこではすべての作家・作品を同じ文脈の中で記述し、それを評価し、優劣をつけることの公平性を担保することは難しい問題であった。

そのため、私はあえて派閥に分けて処理することにした。それから母語文学の発展過程といってもその時間は長くはなく、現存する作品についてはなるべく事実を淡々と記述することに努めた。それによって「死後に評価する」ような絶対的な歴史的判断を下すことは避けた。つまり作家が登場した順序に従い、また創作の時間や作品出版の質・量によって記述することにした。これによって私は審査委員に謝意を表すると供にその審査意見に応えた形とした。

本書の執筆を終えた最大の感慨は、彭瑞金や李喬がかつて憂慮した「台語文学の提唱が台湾文学全体の停滞と災難につながる可能性」が現実化しなかったことである。また陳若曦が台語で書くことは「話にならない」、黄春明が「デタラメ」などと貶めたことも、台語文学作者の熱意を減退するものにならなかったこと、陳芳明が「言語はあるが、文学はない」としたことにも議論の余地が生まれたことである。実際に台湾の母語文学の現在までの発展は、とくに台語の部分については基本的な成果があったと言えよう。将来、これがさらに成長することを確信している。もはや消滅を心配する必要もなかろう。世界の言語文学の歴史を鑑みれば、消滅の危機に直面した言語が、我々の三〇年にわたる努力によって生命力を回復し、自らの文学を発展させたことは、きわめて稀有の事例と言えるだろう。

執筆の過程で「母語文学」の概念およびその台湾文学史における位置づけについて私は改めて深く考え、それによって自分自身も大きく成長できたと思う。現在出来上がった原稿を眺めながら、これは「母語文学」というテーマに対する私個人の現段階におけるとりまとめであると思う。まだまだ見直しの余地はあるが、国立台湾文学館がこのプロジェクトを立案し、「母語文学」を「台湾文学史」の中に位置づけたことに感謝したい。そしてこれによって多くの人の母語文学発展を重視することへのスタートとなり、またより多くの人が母語文学の創作に参加し、今後さらに多くの、さらに詳細な「母語文学史」ないしは「台語文学（運動）史」が登場することを期待する。

最後にここで施俊州の二冊の大作に感謝したい。一冊は『台語文学導論』（台湾文学館、二〇一二年）、もう一冊は現時点では未刊行の『台語文学発展史年表』である。前者は台語文学作品に関して最も整った資料であり、台語文学作品論である。後者は台語文学運動史に関する現段階で最も詳細な年表である。前者は台語文学作品の紹介と評価が挙げられており、本書の書目索引と作品解題としても利用できる。後者は私が母語文学の発展過程に関連する文化的で歴史的な文脈を立体的かつ多面的に観察するうえで大いに役立った。この二冊がなければ私自身、本書の執筆を完成させられなかったであろう。

そして最後になったが、文学館の担当者・佩蓉の協力と鞭撻、理解、それから気長に原稿を待ち続けてくれたことが、本書完成の大きな原動力となった。心から感謝したい。

二〇一三年一〇月

廖瑞銘

訳者あとがき

本書は台語文学研究者兼活動家であった廖瑞銘（リャウ・スイビン）が中国語で書いた『舌尖与筆尖——台湾母語文学的発展』（台湾：国立台湾文学館、二〇一三年）の日本語訳である。国立台湾文学館（台湾南部・台南市）が実施する学術書の外国語翻訳プロジェクトの一環で、台語文学の発展について書かれた書籍が日本語に翻訳されるのはこれが初めてとなる。

国立台湾文学館は二〇一〇年から、華語（北京語）による台湾文学の外国語翻訳プロジェクトを展開してきた。これまでに文学作品一〇〇点余りを九言語に翻訳してきたが、二〇一九年より、さらに台湾文学に関する学術書の外国語翻訳事業もスタートさせた。

本書は原題に「母語」とある通り、台語だけでなく、客家語なども含め、歴史的に台湾に存在してきたあらゆる母語による文学を視野に入れたものである。とはいえ、本書でも指摘されているように、質量ともに多いのは台語（一般的にいう台湾語）であることから、事実上台語の文学史である。訳書の題名を『知られざる台湾語文学の足跡』としたのはそのためである。

台湾は多言語社会であり、二〇種類以上の言語が現存している。だが、台湾住民自身が国を作ったことがなかったことから、台湾の外からやってきた支配者の言語が公用語ないし国語として強制され、こうした土着の母語は、抑圧されてきた。本書で主に紹介されている台語は、母語話者が全体の七割を占めているにもかかわらず、長らく「方言」などとして侮蔑、抑圧されてきたことから、文章語として発展がみられなかった。とはいえ本書の記述にある通り、一九八〇年代の台湾の民主化以降、台語をはじめとする土着の母語による文章語および文学の試みが発展してきた。現在はまだまだメジャーではないにせよ、特に台語に関しては一定水準の質と量の出版物が出ており、文学には佳作もある。なお、台湾土着言語および母語文学の歴史と現状については、二〇一九年に国書刊行会から上梓した陳明仁著／酒井亨監訳『台湾語で歌え日本の歌』巻末の解説に詳細があるので、そちらを参照していただきたい。

台湾において「台湾文学史」といえば、日本統治時代の日本語、あるいは戦後は中国語で書かれた文学がメジャーであるため、それを中心とした記述がほとんどである。邦訳が出ているものとしては、陳芳明著／下村作次郎・野間信幸・三木直大・垂水千恵・池上貞子訳『台湾新文学史』（上下二巻、東方書店、二〇一五年）、彭瑞金著／中島利郎・澤井律之訳『台湾新文学運動四〇年』（東方書店、二〇〇五年）があるが、ほぼ中国語による文学だけを取り扱っている。

とはいえ、台湾では一九九〇年代以降は台語ないし他の母語も視野に入れた文学史もいくつか出版されている。

台語に焦点を当てたものとして、

林央敏『台語文学運動史論』台北：前衛出版社、一九九六年
張春凰・江永進・沈冬青（編著）『台語文学概論』台北：前衛出版社、二〇〇二年
林央敏『台語小説史及作品総評』台北：印刻文学生活雑誌出版、二〇一二年
施俊州『台語文学導論』台南：国立台湾文学館、二〇一二年
方耀乾『台語文学史暨書目彙編』高雄：台湾文薈、二〇一二年
方耀乾『対辺縁到多元中心――台語文学ê主体建構』台南：台南市政府文化局、二〇一四年
方耀乾『台湾母語文学――少数文学史書写理論』台南：台南市政府文化局、二〇一七年
宋沢萊『台湾文学三百年（続集）――文学四季変遷理論的再深化』台北：前衛出版社、二〇一八年

などがある。

客家語に焦点を当てたものとしては、

黄恒秋（本名・黄子尭）『台湾客家文学史概論』発行都市不明：愛華、一九八八年
黄恒秋『客家書写――台湾客家文芸作家作品目録』発行都市不明：愛華、二〇〇一年
黄子尭『客家民間文学』発行都市不明：愛華、二〇〇三年
黄子尭（編）『台湾客家文学発展年表』台南：国立台湾文学館、二〇一八年

がある（ただし、いずれも華語による文学作品も含まれている）。

これらの台語ないし母語文学史の中で、本書が翻訳プロジェクトの対象に選ばれたのは、概説としてまとまっているからである。


原著者の廖瑞銘について説明しておきたい。


廖瑞銘は一九五五年四月八日に台北市に生まれ、二〇一六年一月四日に癌のため亡くなった。享年六〇歳。台語文学の発展に関する研究と実践に生涯をささげた。

特に専門は演劇分野であった。一九八〇年代には台湾で最も有名な演劇集団「雲門舞集」の舞台技術に携わり（一九八〇－八六年）、また台湾の劇作家で舞台役者としても有名な李国修《リーコクシウ》（一九五五－二〇一三年）とも親交があり、李氏が主宰する劇団「屛風表演班」の台語や時代考証の顧問を務めていた（一九九三年から二〇一三年解散まで）。本書が他の類書よりも戯曲部分の記述が詳細なのはそのためである。

廖瑞銘の業績は台語運動にある。戦後最も長い発行期間を誇る台語文学専門雑誌『台文通訊BONG報』の編集長、台文筆会（台湾語ペンクラブ）の理事長も務めた。

廖瑞銘は一九七四年に中国文化学院（今の中国文化大学）史学系に入学した。一九七八年に大学を卒業すると、当時の徴兵制により兵役に就いた。除隊後、一九八二年には中国文化大学史学研究所（大学院）に入学し、碩士（修士）学位取得、そのまま同大学の講師を務めるとともに、一九八六年には博士課程に入学した。

一九九二年、米国で発行されていた台語文雑誌『台文通訊』にたまたま目が留まり、台語文に強い関心を抱き、台語運動に参加することになった。一九九四年に「明代野史の発展と特色」で博士号を取得すると同時に、台湾派の出版社「前衛出版社」で翌年まで編集長を務めた。一九九五年、私立静宜大学人文科（現在の通識教育中心＝教養学科）の副教授（准教授）となり、当時まだ珍しかった台語文の科目も開設した。

一九九六年、台語文を社会に宣伝する目的で、当時総統選出などの役割があった全国国民代表大会の代表（国会議員の一種）選挙に、環境政党「緑党」から「愛台湾、毋是愛選挙（台湾を愛するためで、選挙のためではない）」をスローガンに立候補した。わずか三六五五票しか獲得できなかったものの、台語運動の宣伝という目的はある程度達成した。

一九九七年には台語運動団体である「李江却台語文教基金会」の発起人および董事（理事）となり、台語文研習班（台語文研修教室）を開設し、台湾全土の大学生向けに台語文の講習をしてまわった。静宜大学台湾文学系（学科）設置準備にもタッチし、二〇〇五年は同学科の副教授、さらに中山医学大学にできた台湾語文学系（学科）に転籍して教授兼主任（学科長）を務めた。また「李江却台語文教基金会」が発行した台語文学雑誌『台文 BONG 報』の発行人および編集長を一九九六年から逝去まで務めるとともに、二〇〇九年には「台文筆会」の発起人の一人となり、二〇一三－一五年には第三代理事長を務めた。二〇一五年には台南で出ている『台江台語文学季刊』編集責任者となった。

台語の作品としては、一九九六年の随筆集『生活中 ê 美感（生活の中の美感）』、中国語で執筆した本書、その他台語による多くの学術論文や随筆がある。

ちなみに廖瑞銘とは、一九九六年の『台文 BONG 報』設立の際にたまたま台湾を訪れていて知り合い、その後も親交を深めた。本書原著が出版された際には、サイン入りの本を頂戴したこともある。フランクな人柄で、早逝されたのが惜しまれる。

二〇二〇年八月五日

酒井亨

参考文献

1. 専門書（単行本）

方耀乾,『台語文学史書写理論佮実践』（高雄：台文戦線, 2009）
呉長能,『台語文学論争及其相関発展——1987-1996』（新竹：時行台語文会, 2012）
呉達芸、方耀乾主編,『台語文学学術研討会』（台南：国家台湾文学館, 2005）
呂訴上,『台湾電影戲劇史』（台北：銀華出版部, 1961）
呂興昌,『台湾詩人研究論文集』（台南：台南市立文化中心, 1995）
李勤岸,『母語教育政策及拼音規劃』（台南：開朗雑誌社, 2006）
杜建坊,『歌仔冊起鼓——語言、文学与文化』（台北：台湾書房, 2008）
林央敏,『台語文学運動史論』修訂版（台北：前衛出版社, 1997）
胡万川編,『台湾民間文学学術研討会論文集』（南投：台湾省政府文化処, 1998）
陳慕真,『漢字之外——『台湾府城教会報』kap 台語白話字文献中 ê 文明観』（台南：人光出版社, 2007）
張炎憲、陳美蓉、黎中光編,『台湾近百年史論文集』（台北：呉三連基金会, 1996）
張春凰、江永進、沈冬青合著,『台語文学概論』（台北：前衛出版社, 2001）
張裕宏,『白話字基本論——台語文対応 & 相関的議題浅説』（台北：文鶴出版公司, 2001）
黄宣範,『語言、社会与族群意識——台湾語言社会学的研究』（台北：文鶴出版公司, 1994）
楊允言主編,『台語這条路——台文工作者訪談録』（台北：台笠出版社, 1995）
————, 張学謙、呂美親主編,『台語文運動訪談暨史料彙編』（台北：国史館, 2008）
蔡金安主編,『台湾文学正名』（台南：開朗雑誌社, 2006）
蔣為文,『語言、認同与去殖民』（台南：成功大学, 2005）
————,『語言、文学 kap 台湾国家再想像』（台南：成功大学, 2007）
————, 方耀乾主編,『詩歌 Kap 土地 ê 対話——2006 台語文学学術研討会論文

集』（台南：開朗雑誌社，2006）
————等著，台文筆会編，『蔣為文抗議黃春明的真相——台湾作家 ài/oi 用台湾語文創作』（台南：亜細亜国際伝播社，2011）
鄭良偉，『走向標準化的台湾話文』（台北：自立晚報，1989）
————主編，『台語詩六家選』（台北：前衛出版社，1990）
学生台湾語文促進会編，『台語這条路——台文工作者訪談録』（台北：台笠出版社，2006）

2. 学位論文

呂美親，「日本時代台語小説研究」（新竹：清華大学台湾文学研究所碩士論文，2007）
李静玫，「『台湾文化』、『台湾新文化』、『新文化』雑誌研究（1986.6-1990.12）——以新文化運動及台語、政治文学論述為探討主軸」（台北：台北教育大学台湾文学研究所碩士論文，2006）
陳金順，「Ui 胡厝寮飛向茉里郷的渡鳥——胡民祥台語文学研究」（台南：台南大学国語文学系碩士論文，2010）
黃文達，「当代（1986-2008）台語小説 kap 内底的台湾意識研究」（嘉義：中正大学台湾文学研究所台湾文化碩士在職専班台湾文化組碩士論文，2010）
黃佳恵，「白話字資料中的台語文学研究」（台南：台南師範学院郷土文化研究所碩士論文，2000）

3. シンポジウム論文

呂興昌，「母語書写的正常化——白話字文学在台湾文学史上的定位」，「台湾文学史書写国際学術研討会」論文（成功大学台湾文学系，2002.11.22-23）
楊允言等，「九〇年代以来校園台語文運動概況」，「第七屆台湾新生代論文研討会」論文（台湾文化基金会主辦，1995）
廖瑞銘，「台語 lâu TĪ 文学体制門口徘徊——検討 1990 年代以来 ê 台湾語文運動」，「台湾主体性与学術研究研討会」論文（台湾歴史学会主辦，2006.7）

4. 雑誌論文

宋沢萊，「談合語文字化的問題」，『台湾新文化』5 期（1987.1）

李勤岸，「平埔族主体性論述 ê 重現——以陳雷 ê 長篇小説『鄉史補記』做例」，『海翁台語文学』65 期（2007）
————，「台湾文学的正名——従英語後殖民文学看台湾文学」，『海翁台語文学』41 期（2005.5）
林芷琪，「枝葉代代湠、唔驚落塗爛——談蕃薯詩社佮『蕃薯詩刊』」，『菅芒花詩刊』革新 5 期（2006.5）
林宗源，「建立有尊厳的台湾文学」，「油桐花若開」，『蕃薯詩刊』6 期（1994.8）
————，「台語文学就是台湾文学」，「若夠故鄉的春天」，『蕃薯詩刊』2 期（1992.4）
廖瑞銘，「『台文 BONG 報』ê 成長 kap 方向」，『菅芒花詩刊』革新 4 期（2005.7）
————，「台語文学 nih ê 都市人気口——論陳明仁『路樹下 ê tō͘-peh-á』ê 都市書写」，『海翁台語文学』73 期（2008.1）
————，「台語白話文運動正確 ê 方向」，『台文通訊』22 期（1993.7）
————，「詩、故鄉、台語歌——黄勁連的文学世界」，『台語文学』66 期（2007）
————，「歴史 kap 語言」，『台文通訊』19 期（1993.4）
蔣為文，「台湾白話文学 ê 源頭是世界文学」，『台湾歴史学会通訊』18 期（2004）
蕃薯詩社，「蕃薯詩社成立宗旨」，「鹹酸甜的世界」，『蕃薯詩刊』1 期（1991.8）

5. 台語文学（単行本）

方耀乾編選，『林宗源集』（台南：台湾文学館，2008）
————主編，『黄勁連集』（台南：台湾文学館，2010）
————，『阮阿母是太空人』（台南：台南県文化中心，1999）
————，『予牽手的情話』（台南：台南市十信文教基金会，1999）
————，『白鴒鷥之歌』（台南：台南県文化局，2001）
————，『将台南種佇詩裡』（台南：台南市立図書館，2002）
————，『方耀乾台語詩選』（台南：開朗雜誌社，2007）
————，『烏／白』（高雄：台文戦線，2011）
————，『台窩湾擺擺』（高雄：台文戦線，2011）
王宗傑，『塩鄉情』（台南：台南市立図書館，2001）
王貞文，『天使』（台南：人光出版社，2006）
向陽，『銀杏的仰望』（台北：故鄉文化社，1977）

————，『土地的歌』（台北：自立晩報社，1985）
————，『鏡内底的囝仔』（台北：新学友書局，1996）
————，『向陽台語詩選』（台南：真平企業公司，2002）
江秀鳳，『薰衣草姑娘』（台北：前衛出版社，2005）
何瑞雄、趙天儀、李魁賢、沙卡布拉揚、李敏勇原著，『台湾詩選——第一輯／五人集』（東京：緑蔭社，1998）
呉正任，『車過牛路彎』（台中：文学街出版社，2005）
宋沢萊，『福爾摩莎頌歌』TH 詩合集（台北：前衛出版社，1983）
————，『弱小民族』TH 短篇合集（台北：前衛出版社，1987）
————，『一枝煎匙』（台北：聯合文学出版社，2001）
————，『普世恋歌』（台北：印刻出版社，2002）
李秀，『一欉小花蕊——台英双語童詩集』（高雄：台文戦線，2011）
————，『一個走揣蝴蝶路草的女子』（高雄：高雄市文化局／玉山社発行，2012）
李長青，『江湖』（台北：聯合文学出版社，2008）
李敏勇，『美麗島詩歌』（台北：玉山社，2012）
李勤岸，『李勤岸台語詩集』（台南：台南県文化中心，1995）
————，『李勤岸台語詩選』（台南：真平企業公司，2001）
————，『新遊牧民族』（台南：台南県文化局，2001）
————，『咱攏是罪人』（台南：開朗雑誌社，2004）
————，『大人囡仔詩』（台南：開朗雑誌社，2004）
————，『母語 ê 心靈雞湯』（台南：開朗雑誌社，2004）
————，『李勤岸文学選』（台南：台南県文化局，2004）
————，林央敏編，『李勤岸集』（台南：台湾文学館，2010）
————，『晏熟 ê 早春』（台南：開朗雑誌社，2011）
————，『食老才知 ê 代誌』（台南：開朗雑誌社，2011）
————，『海翁出帆』（台南：開朗雑誌社，2011）
沙卡布拉揚／ Sakabulajo, A.D.，『沙卡布拉揚四行詩集』（東京：緑蔭社，1998）
————，『鵝鸞鼻灯塔個憂悴』（東京：緑蔭社，2005）
邱文錫、陳憲国編註，『台湾演義』（台北：樟樹出版社，1997）
————，『陳三五娘』（台北：樟樹出版社，1997）
卓緻，『一個伝奇発光的生命——百年人瑞卓緻的美讚見証台語詩集』（台中：台湾

羅馬字協会，2009）
周定邦，『義戦噍吧哖』（台南：台湾説唱芸術工作室，2001）
――――，『斑芝花開』（台南：台南県文化局，2001）
――――，『台湾風雲榜』（台南：台南市立図書館，2003）
――――，『Ilha Formosa』（台南：台南県政府，2005）
――――，『起厝兮工儂』（台南：台南県文化中心，1999）
――――，『孤線月琴』（台南：台湾説唱芸術工作室，2011）
――――，『英雄涙――布袋戯劇本集』（台南：台南市文化局，2011）
――――，『桂花怨――台語七字仔白話史詩』（台南：台湾説唱芸術工作室，2012）
周華斌，『蒲公英』（台南：台南県文化中心，1999）
――――，『詩情 kap 恋夢』（台南：台南県政府，2008）
東方白，『雅語雅文――東方白台語文選』（台北：前衛出版社，1995）
林心智，『台湾節日童謡』（台南：開朗雑誌社，2004）
――――，『青菜、小動物童謡』（台南：開朗雑誌社，2006）
――――，『台湾地理童謡』（台南：真平企業公司，2003）
――――，『台湾点心歌』（台南：開朗雑誌社，2008）
林文平，『黒松汽水』（台北：百合文化出版社，2001）
――――，『時間的芳味』（台北：百合文化出版社，2006）
――――，『用美濃写的一首歌』（高雄：台文戦線，2012）
林央敏，『駛向台湾的航路』（台北：前衛出版社，1992）
――――，『寒星照孤影』（台北：前衛出版社，1996）
――――，『林央敏台語文学選』（台南：真平企業公司，2001）
――――，『胭脂涙』（台南：真平企業公司，2002）
――――，『希望的世紀』（台北：前衛出版社，2005）
――――，『一葉詩』（台北：前衛出版社，2007）
――――，『断悲腸』（台南：開朗雑誌社，2009）
――――，『菩提相思経』（台北：草根出版社，2011）
林沈黙，『台湾囡仔詩――新編台中県地方唸謡』（台中：台中県立文化中心，1999）
――――，『林沈黙台語詩選』（台南：真平企業公司，2002）
――――，『沈黙之声』（台北：前衛出版社，2006）
林宗源，『林宗源台語詩精選集』（台南：台南市文化中心，1995）

————，『林宗源台語詩選』（台南：真平企業公司，2002）
————著，鄭良偉編註，『林宗源台語詩選』（台北：自立晩報文化出版部，1988）
————，『無禁忌的激情』（台南：蕃薯詩社，2004）
————，『府城詩篇』（台南：台南市文化局，2011）
林武憲，『鹹酸甜——人生的滋味』（彰化：彰化県文化局，2006）
林茂生，『Lō͘-tek Kái-kàu Le̍k-sú-hì（路得改教歷代史戲）』（台南：新楼書房，1925）
林姿伶，『海』（台中：白象文化，2008）
林貴龍，『Thá-kheh——林貴龍台語小説集』（台北：李江却台語文教基金会，2013）
柯柏栄，『娘仔豆的春天』（台南：開朗雜誌社，2007）
————，『赤崁楼的情批』（台南：台南市立図書館，2009）
————，『内籬仔的火金姑』（台南：台南県政府，2010）
洪健斌，『我是一欉選挙樹』（台南：府城旧冊店，2013）
洪瑞珍編註，楊秀卿、楊再興弾唱，『哪吒鬧東海——楊秀卿台湾民謡唸歌』（台北：台湾台語社，2002）
————，楊秀卿、楊再興弾唱，『廖添丁傳奇——楊秀卿台湾民謡説唱』（台北：台湾台語社，2003）
————，楊秀卿、楊再興弾唱，『台湾唸歌——楊秀卿台湾唸歌』（台北：台湾台語社，2004）
————，楊秀卿、楊再興弾唱，『新編勧世歌』（台北：台湾台語社，2004）
洪錦田，『鹿港仙講古』（台北：台語文摘雜誌社，1995）
紀福讃，『各各他 ê 目屎』（台北：前衛出版社，2005）
————，『一枝草一点露——世間 ê súi』（台北：前衛出版社，2001）
胡民祥，『胡民祥台語文学選』（台南：真平企業公司：2002）
————，『茉里郷紀事』（台南：開朗雜誌社，2004）
————，『胡民祥台語文学選』（新営：台南県文化中心，1995）
————，『水郷花草工程路』（台南：台南県政府，2010）
————，『台湾製』（台南：開朗雜誌社，2006）
————，『夏娃伊意紀遊』（台南：台南県政府，2008）
————，『台湾味青草茶』（台南：台南市立図書館，2008）
胡長松，『灯塔下』（台北：前衛出版社，2005）
————，『槍声』（台北：前衛出版社，2005）

――――，『棋盤街路的城市』（台南：府城旧冊店，2008）
――――，『大港嘴』（高雄：台文戦線，2010）
涂順従，『涂順従台語散文集』（台南：台南県文化中心，1995）
荘柏林，『荘柏林台語詩集』（台南：台南県文化中心，1995）
莫渝編，『林央敏集』（台南：台湾文学館，2010）
――――著，『春天 ê 百合』（台南：府城旧冊店，2011）
郭玉雲，『土城白雲飛』（台北：樟樹出版社，1997）
陳士彰，『欠一角銀的人情味』（台南：開朗雑誌社，2008）
陳正雄，『故郷的歌』（台南：台南県文化局，2000）
――――，『風中的菅芒』（台南：台南市立図書館，2001）
――――，『失眠集』（台南：南一書局，2007）
――――，『恋愛府城』（台南：首都詩報社，2011）
――――，『白髪記』（台南：台南市文化局，2012）
陳廷宣，『葡萄雨』（台南：開朗雑誌社，2005）
陳建成，『浪人』（台南：開朗出版社，2008）
――――，『台湾英雄伝之決戦西拉雅』（台南：台湾文学館，2010）
――――，『恋恋台湾』（台南：海翁台語文教育協会，2010）
陳明仁，『走找流浪的台湾』（台北：前衛出版社，1992）
――――，『油桐花若開』（台北：台笠出版社，1994）
――――，『流浪記事』（台北：台笠出版社，1995）
――――，『陳明仁台語歌詩』（台北：台笠出版社，1996）
――――，『A-chhûn――Babuja A. Sidaia ê 短篇小説集』（台北：台笠出版社，1998）
――――，『Pha 荒 ê 故事――Asia Jilimpo ê 散文故事集』（台北：台語伝播，2000）
――――，『陳明仁台語文学選』（台南：真平企業公司，2002）
――――，『陳明仁的文学旅途――第十五屆栄後台湾詩人奨得奨人陳明仁専輯』（台南：栄後文化基金会，2006）
――――，『路樹下 ê tō͘-peh-á』（台北：李江却台語文教基金会，2007）
――――，『拋荒的故事・第一輯――田荘伝奇紀事』有声冊：冊 1 本、CD 2tè（台北：前衛出版社，2012）
陳金順，『島郷詩情』（台北：島郷台文工作室，2000）
――――，『思念飛過嘉南平原』（台北：島郷台文工作室，2005）

————, 『春日地図』（台南：台南市文化局，2011）
————, 『賴和価值一千箍』（台南：台南市立図書館，2008）
————, 『一欉文学樹』（高雄：台文戦線，2009）
————, 『Formosa 時空演義』（高雄：台文戦線，2011）
陳秋白, 『緑之海』（高雄：宏文館，2008）
————, 『当風 dī 秋天的草埔吹起』（高雄：高雄市文化局，2012）
陳義仁, 『我 m̄是罪人』（台北：前衛出版社，1994）
————, 『信耶穌得水牛』（台北：前衛出版社，1996）
————, 『上帝愛滾笑』（台北：前衛出版社，1999）
————, 『同家同学』（台北：前衛出版社，2000）
————, 『宝島素描簿』（台南：人光出版社，2004）
————, 『宝島南風』（台北：前衛出版社，2009）
————, 『下港阿媽』（台北：草根出版社，2010）
————, 『先生您鼻仔天寿長』（台北：草根出版社，2011）
陳雷, 『永遠 ê 故郷』（台北：旺文社，1994）
————, 『陳雷台語文学選』（台南：台南県文化中心，1995）
————, 『陳雷台湾話戯劇選集』（台中：台中市教育文教基金会，1996）
————, 『陳雷台語文学選』（台南：真平企業公司，2001）
————, 『郷史補記』（台南：開朗雜誌社，2008）
————, 『阿春無罪』（台南：開朗雜誌社，2010）
————, 『無情城市』（台南：開朗雜誌社，2010）
————, 『帰仁阿媽』（台南：開朗雜誌社，2010）
陳潔民, 『行入你的画框』（彰化：彰化県文化局，2010）
陳憲国, 『台湾囡仔古』（台北：台語文摘出版社，1993）
崔根源, 『水藻仔的夢』（台南：真平企業公司，2003）
————, 『倒頭烏佮紅鹹鰱』（台南：開朗雜誌社，2007）
————, 『無根樹』（台南：開朗雜誌社，2008）
————, 『回顧展』（台南：開朗雜誌社，2010）
————, 『人狗之間』（台南：開朗雜誌社，2011）
康原編著, 『愛情 kám 仔店——台語情詩選集』（台中：晨星出版公司，2004）
————著, 『八卦山』TG 詩（彰化：彰化文化局，2001）

————著,『逗陣来唱囡仔歌 I——台湾歌謡動物篇』(台中:晨星出版公司, 2010)
————著,『逗陣来唱囡仔歌 II——台湾民俗節慶篇』(台中:晨星出版公司,2010)
————著,『逗陣来唱囡仔歌 III——台湾童玩篇』(台中:晨星出版公司, 2010)
————著,『逗陣来唱囡仔歌 IV』(台中:晨星出版公司, 2010)
————著, 施並錫絵著,『詩情画意彰化城』(彰化:彰化市公所, 2011)
張春凰,『青春 e 路途——我 e 生活台文』(台北:台笠出版社, 1994)
————,『雞啼』(台北:前衛出版社, 2000)
————,『愛 di 土地発酵』(台北:前衛出版社, 2000)
————,『青春 e 路途——我 e 生活台文』(台北:前衛出版社, 2000)
張裕宏,『阿鳳姨 ê 五度 ê 空間』(高雄:台湾羅馬字協会, 2005)
張徳本,『泅是咱的活海』(高雄:筆郷書屋, 2008)
————,『累世之靶——張徳本台湾語両千五百行長詩集』(高雄:台文戦線, 2011)
張聡敏,『阿瑛! 啊』(彰化:彰化県立文化中心, 1999)
清文,『虱目仔 ê 滋味』(台北:李江却台語文教基金会, 2006)
許丙丁,『小封神』(台南:作者自印, 大明印刷廠印製, 1951)
許正勲,『阮若看著三輪車』(台南:台南県文化中心, 1999)
————,『城市三宝』(台南:台南市立図書館, 2003)
許立昌,『美麗的堅持——許立昌台語詩集』(虎尾:雲林県台語文研究学会, 2010)
許隼夫,『一 ê 草地囝仔 ê 感恩』(台南:教会公報出版社, 2009)
鹿耳門漁夫(蔡奇蘭),『鹿耳門漁夫詩集』(台南:台南市立図書館, 2002)
黄元興,『関渡媽祖——台語講古文学』(台北:台閩語系研究室, 1992)
————,『彰化媽祖——台語長篇文学』(台北:台閩語系研究室, 1994)
————,『紅磚仔厝——台語歴史小説』(台北:茄苳出版社, 2009)
————,『黄元興台語散文集』(台北:茄苳出版社, 1999)
————,『台北杜聡明——台語長篇文学』(台北:茄苳出版社, 2007)
黄勁連,『雉雞若啼』(台北:台笠出版社, 1991)
————,『偈促兮城市』(台北:台笠出版社, 1993)
————,『黄勁連台語文学選』(台南:台南県文化中心, 1995)
————,『潭仔墘手記』(台南:台江出版社, 1996)
————,『塗豆的歌』(台南:開朗雑誌社, 2008)

————，『藍仔花』（台南：真平企業公司，2003）
————，『雷公歹声嗽』（台南：開朗雑誌社，2004）
————，『蕃薯兮歌——黄勁連台語歌詩集』（台南：台南県文化中心，1998）
————，『南風稲香——黄勁連台語詩集 2』（台南：真平企業公司，2000）
————，『黄勁連台語文学選』（台南：真平企業公司，2001）
黄徙，『海翁兮故郷』（台南：真平企業公司，2002）
曽貴海，『原郷・夜合——Ngiàn-hiông, Ia-ha̍p』（高雄：台湾羅馬字協会，2010）
————，『画面』（高雄：春暉出版社，2010）
楊国明，『遊動物園学台語』（台南：開朗雑誌社，2007）
楊焜顕，『磺渓水流過半線天』（彰化：彰化県文化局，2008）
————，『行過思慕的所在』（彰化：彰化県文化局，2011）
楊照陽，『暗時的後窗』（台北：漢康科技公司，1995）
————，『追求永遠的物件』（台北：漢康科技公司，1997）
路寒袖，『春天的花蕊』（台北：平氏出版公司，1995）
————，『路寒袖台語詩選』（台南：真平企業公司，2002）
蔡文傑，『風愈大我愈欲行』（台北：遠景出版公司，2007）
蔡培火，『Cha̍p-hāng Koán-kiàn（十項管見）』（台南：新楼書房，1925）
蒋為文，『海翁』（台北：台笠出版社，1996）
鄭坤五，『鯤島逸史』（南方雑誌社，1944）
鄭渓泮，『Chhut Sí-sòa^{n}（出死線）』上巻（高雄州屏東郡：醒世社，1926）
劉承賢，『Tò-tńg 倒転——Voyu Taokara Lau 台語短篇小説集』（台北：李江却台語文教基金会，2008）
蕭平治，『台語俗語鹹酸甜——第一冊』（彰化：頼許柔文教基金会，1999）
————，『台語俗語鹹酸甜——第二冊』（彰化：頼許柔文教基金会，2000）
————，『台語俗語鹹酸甜——第三冊』（彰化：頼許柔文教基金会，2001）
————，『阿爸 ê 鹿角薫吹——蕭平治老師作品集』（彰化：頼許柔文教基金会，2002）
頼仁声，『Án-niá ê Ba̍k-sái（阿娘 ê 目屎、母之涙）』（高雄州屏東郡：醒世社，1925）
————，『Chhì-á-lāi ê Pek-ha̍p-hoe（刺仔内 ê 百合花）』TG 長篇（台中：台中中会青年部 kap 教育部聯合発行出版，1954）
————，『Khó-ài ê Sîu-jîn（可愛 ê 仇人）』TG 中篇（台南：台湾教会公報社，

1960.9.15）
————著，李勤岸訳註，『疼你贏過通世間』（台南：開朗雜誌社，2009）
藍春瑞，『無影無跡——藍春瑞台語小説集』（台北：李江却台語文教基金会，2009）
藍淑貞，『思念』（台南：台南市芸術中心，2000）
————，『台湾円仔花』TG 詩（高雄：春暉出版社，2005）
————，『走揣台湾的記持』TG 詩（台南：台南市文化局，2011）
————，『台湾花間集——台湾植物生態台語詩集』（高雄：春暉出版社，2013）
謝安通，『叫做台湾的搖籃』（台南：台南県文化中心，1996）
顏信星，『顏信星台語文学選』（台南：真平企業公司，2002）
————，『念郷詩集』（台南：人光出版社，長老教会総会教育委員会，1991）

6. 台語文学選集

方耀乾等合編，『台文戦線文学選——2005-2010』（高雄：台文戦線，2011）
宋沢萊主編，『台語小説精選卷』（台北：前衛出版社，1998）
李南衡，『台語詩六十首』（台北：台湾文化芸術基金会，2003）
李勤岸総編輯，『泅・海翁・舞——2008 台語文学選』（台南：開朗雜誌社，2009）
————，『泅・土地・恋——2009 台語文学選』（台南：開朗雜誌社，2010）
————，『異・平埔・命——2010 台語文学選』（台南：開朗雜誌社，2011）
————，『2007 台語文学選』（台南：開朗雜誌社，2009）
杜潘芳格、黄勁連等作，『天・光——二二八本土母語文学選』（台南：台湾文学館，2010）
林央敏主編，『台語散文一紀年』（台北：前衛出版社，1998）
————，『台語詩一世紀』（台北：前衛出版社，2006）
————，『台語詩一甲子』（台北：前衛出版社，1998）
林宗源，『台語詩六家選』（台北：前衛出版社，1990）
陳金順、施俊州主編，『2006 台語文学選』（台南：府城旧冊店，2007）
陳金順主編，『台語詩新人選』（台南：真平企業公司，2003）
陳豊恵，『愛母語，不是愛選挙——陳豊恵台文作品集』（台北：台笠出版社，1996）
張徳本等合編，『火煉的水晶——二二八台語文学展』（高雄：筆郷書屋，2010）
蔣為文総編輯，『台語白話字文学選集』（台南：台湾文学館，2011）
劉承賢，『台湾人写真——台文 BONG 報散文精選輯』（台北：台文罔報雜誌社，

2008）
劉承賢、陳豊惠編輯，『2012 詩行――年度台湾母語詩人大会集』（台南：台湾海翁台語文教育協会、首都詩報社／台北：李江却台語文教基金会共同出版，2012）
――――，『2011 詩行――年度台語詩人大会集』（台南：台湾海翁台語文教育協会、首都詩報社／台北：李江却台語文教基金会共同出版，2011）
劉承賢，『2008 詩行――年度台湾母語詩人大会集』（台北：李江却台語文教基金会，2008）
劉承賢，陳豊惠編輯，『2009 詩行――年度台語詩人大会集』（台北：李江却台語文教基金会，2009）
――――，『2010 詩行――年度台湾母語詩人大会集』（台北：李江却台語文教基金会，2010）

台湾語文学史年表

1626-2012

＊本文と年表の年代などに齟齬があるが、古い資料や個人的資料の検証が難しいので、原文を尊重してそのままにしておいた（訳者)。

年号	台湾語文学史関係	政治その他
1626	スペイン人宣教師がケタガラン族のローマ字による「淡水語」。	
1627	オランダ人の台湾初の宣教師カンディディウスによるローマ字によるシラヤ語表記。「新港《シンカン》文」「紅毛字(西洋人文字)」と呼称。	
1650	このころ、新港文とオランダ語対照版『馬太福音(マタイ福音書)』出版。	
1815	モリソンがマレーシア・マラッカの英華学院で漢語教会ローマ字表記法を考案。	
1865	5月27日、英国長老教会宣教師で医師のマクスウェルが来台。	
1870	マクスウェルが木柵（現・高雄内門）で白話字を教え始める。	
1871	カナダ長老教会のマカイ牧師が中国汕頭より来台し、打狗（高雄）に入る。 英国長老教会のキャンベル牧師が来台。	
1873	マクスウェルが初の白話字新約聖書『咱的救主耶穌基督的新約』を完成させ出版。	
1875	バークレー牧師が来台。	
1880	5月4日、マクスウェルが白話字印刷のため台湾初の活字印刷機を台南教士会に寄贈、6月に到着。	

年号	台湾語文学史関係	政治その他
1882	マカイ牧師が淡水に「理学堂大書院」（牛津学堂、台湾神学院の前身）開設。	
1884	5月24日、バークレー牧師が書店「聚珍堂」を設立。俗称「新楼冊房」。 イード（余饒理、長栄中学初代校長）編著による白話字漢文教科書『三字経新伝白話註解』。 マクスウェルが廈門《アモイ》語で、初の白話字旧約聖書『旧約的聖経』を監修・出版。	
1885	7月12日、バークレー牧師が白話字新聞『台湾府城教会報』創刊。台湾近代新文学の起点。	
1886	『台湾府城教会報』第7号に白話字小説「Ji̍t-pún ê Koài-sū（日本の怪事）」、第8号に周歩霞のルポ「Pak-káng-má ê Sin-bûn（北港媽の新聞）」を掲載。	
1895	伊沢修二が「台湾教育意見書」において「土語講習所」の設置を提案。日本人の台語教育機関。	日清下関条約発効、台湾民主国設立。
1910	古倫美亜唱片公司（コロムビアレコード）が日本蓄音器商会（日蓄）台湾出張所の名義で台北に設立。	
1913	キャンベル編著『Ē-mn̂g Im ê Jī-tián（廈門音の字典）』刊行（台南：新楼書房）。初版は横浜で刊行、俗称『甘字典』。再版で『廈門音新字典』。 『台南教会報』第340号より『台湾教会報』に改称。	
1917	ガシュー＝テイラー（戴仁寿）編著による白話字医学教科書『内外科看護学（内科・外科看護学）』刊行（全675頁、台南基督長老教会病院出版、横浜福音印刷合資会社［10月5日］印刷）。	
1920	新民会の機関紙『台湾青年』創刊、白話字名『THE TÂI OÂN CHHENG LIÂN』。	台湾議会設置運動（～1934年9月2日）。
1922	陳端明「日用文鼓吹論」（『台湾青年』4月1日）。	

年号	台湾語文学史関係	政治その他
	賀川豊彦が来台し、「一つの独立した国には、独立した文化が必要」。	
1923	台湾文化協会の第3回定期総会で「ローマ字の普及、ローマ字図書の発行」を決議。	
1924	頼仁声による白話字小説『十字架ê記号（十字架の記し）』（1954年『刺仔内ê百合花（薔薇のなかの百合の花）』の底本）。	
1925	『芥菜子』創刊（副題「北部台湾基督長老教会教会公報」、全22号、発行人・主筆：陳清忠、北部中会）。 郭頂順による白話字小説「拯救（救い）」（『芥菜子』第1-2号）。 頼仁声による白話字小説『阿娘ê目屎（母の涙）』（発行人：鄭渓泮、高雄州屛東郡：醒世社、7月31日印刷、8月3日発行）。自序にいわく2部構成（1部は「母の涙」、2部は「十字架の記し」）。 蔡培火による白話字社会評論集『十項管見』（台南：新楼書房、9月11日印刷）。 林茂生による白話字脚本『路徳改教——歴代史戯』（新楼書房）。 鄭渓泮が屛東で出版社「醒世社」設立、『教会新報』刊行。	
1926	頼和が「台湾日本新聞における新旧文学の比較」（『台湾民報』第89号）にて、「新文学運動……の目標は、口と筆の一致である」と提起。	
1929	蔡培火『白話字課本』（全9課）。 蔡培火が台南民衆倶楽部会員として台南武廟で「羅馬式白話字研究会」を開く。 1929-30年の間、蔡培火が白話字で日記。	
1930	1930年代の「台湾話文論争（郷土文学論争）」の発端となる黄石輝「なぜ郷土文学を提唱しないのか？」発表（『伍人報』第9-11号）。	

年号	台湾語文学史関係	政治その他
	蔡秋桐の台語漢字小説「帝君庄的秘史」(『新高新報』第249号、第251号、第253-55号、第259-60号、第265-67号、全10回)。	
1931	黄石輝による台語漢字小説「以其自殺、不如殺敵」。	
1932	卜万蒼監督、阮鈴玉・金燄主演の映画『桃花泣血記』上映(上海連美影業製片印刷公司)。宣伝曲として1930年代台語流行歌謡運動史初の流行歌、詹天馬作詞、王雲峰編曲「桃花泣血記」制作。	
1933	歌仔冊『勧改阿片歌』(発行人:許金波、台中:瑞成書局)。 バークレー牧師による旧約聖書の翻訳(1927-31年)出版。	
1935	頼和による台語詩「呆囝仔」(『台湾文芸』2月2日)。 戴三奇編著による歌仔冊『金快運河記新歌』(嘉義・玉珍漢文部)。 柯維思による七字仔17首「震災悲傷歌」(『芥菜子』第114号)。 頼和が灰の筆名で「一個同志的批信(一人の同志の手紙)」(『台湾新文学』創刊号)。	
1936	台湾文芸協会が李献章編による『台湾民間文学集』(6月10日印刷、総販売所:台湾新文学社)。序文は頼和。	小林躋造が台湾総督に就任(～1940年)。「皇民化」「工業化」「南進化」の三大治台方針。
1943	厚生演劇研究会の研究発表会で、台北永楽座で日本語劇『閹雞』(前部)公演(2幕6場、原作:張文環、改編:林博秋、編曲:呂泉生)。 皇民奉公会による「国語常用強化運動」。中央本部「国語委員会」(市支会)が街庄分に「国語推進員」を置き、「国語推進隊」を結成、民衆に「国語生活」を鼓吹。毎月1、11、21日を「国語日」に定める。	

年号	台湾語文学史関係	政治その他
	鄭坤五『鯤島逸史』。	
1945	台南学生連盟が台南市宮古座（延平戯院）で王莫愁（王育徳）原作・主演の台語2幕劇『新生之朝』（演出：陳汝舟）、および黄昆彬監督の1幕劇『偷走兵』を公演。	昭和天皇、敗戦受諾。
1946	聖烽演劇研究会が台北公会堂で初演『壁』（1幕悲劇、原作：簡国賢、編訳・演出：宋非我）、『羅漢赴会』（3幕喜劇、演出：宋非我）公演。姚讃福が演奏に参加。	行政長官陳儀が「強く」国語を推進すると宣言。 台湾省国語推行委員会が正式設立し（1959年6月廃止）、行政長官公署教育処に隷属。
1947	『新生報』に台語文芸欄「橋」開始（全223号、責任編集：歌雷［史習枚］、～1949年3月29日）。 「台湾師範学院台語戯劇社」設立（社長：蔡徳本）し、『龍安文芸』創刊（『天未亮（太陽のない街）』1948-49年、曹禺原作脚本『日出』改編）。	228事件。
1948	呂訴上の脚本『現代陳三五娘』をラジオドラマに改編し中国広播電台（ラジオ）で放送。	国民党政権が「動員戡乱時期臨時条款（反乱鎮定のための動員時期臨時条項）」。
1949	台語歌「補破網」（作詞：李臨秋、作曲：王雲峰）。台語歌「焼肉粽」（作詞・作曲：張邱東松）。台語歌「杯底毋通飼金魚」発表（作詞：田舎翁、居然［呂泉生］、作曲：呂泉生、場所：台北中山堂、台北文化研究社第二次音楽会）。	四六事件。 『自由中国』（半月刊）創刊。
1950	国民党台湾省改造委員会が開設した「台語劇団」（団長：呂訴上）が、全台湾で無料公演（1951年7月1日-10月8日）。台湾省文化工作隊の前身。 陳清忠によるシェークスピア劇『威尼斯的生理人（ヴェニスの商人）』翻訳（全19頁）。	

年号	台湾語文学史関係	政治その他
1951	呂訴上による「改良台湾歌仔戲」の脚本『女匪幹』(省新聞処)。 『小封神』自費出版(許丙丁の章回小説『小封神』中文改訂自費出版、大明印刷廠)。 『台湾風物』創刊。	教育部社会教育推行委員会が「国語教育輔導会」設置。
1954	呉守礼編修『台湾省通志稿・巻二——人民志語言篇』(台北:台湾省文献委員会)。 廖毓文(廖漢臣)「台湾文字改革運動史略」(『台北文物』3月3日-4月1日)。 呂泉生作曲、王昶雄作詞の台語歌「阮若打開心内的門窗」。	
1955	教育部が省政府への通達で、教会の白話字使用を制限し、白話字による布教を禁止。 呉守礼『近五十年来台語研究之総成績』(大立出版社)。	
1956	辛奇(辛金伝)、徐守仁、李川らが「中興台語実験劇社」設立。 社会事件を題材にして何基明監督、寒萤脚本の台語映画『運河殉情記』(南洋影業)公開。	国民党政権が「国語を話そう運動」全面実施。各行政機関、学校、公共の場所で一律「国語」使用を義務付け。
1957	音楽家呉晋淮が日本から帰国し音楽会開催。 張新興編著による歌仔冊『台南運河奇案歌』(1-3集、新竹:竹林書局)。 『文友通訊』第4号で「台湾方言文学に関する私見」について問うたところ読者は否定的。 張深切脚本・監督の台語映画『邱罔舎』。 連雅堂『台湾語典』。	教育庁が各県市に対して白話字聖書の取締を通達、宣教師に「国語」使用を義務化。
1958	林博秋監督、郭芝苑脚本の台語音楽劇『鳳儀亭』(貂蟬、玉峰影業公司)。	
1959	懐約翰「山地教会の言語問題」(『台湾教会公報』第846号)。	

年号	台湾語文学史関係	政治その他
	『台湾教会公報』第852号に客宣董事長「客家人集落宣教会による客家語ローマ字の事」の公告。	
1960	王育徳が黄昭堂ら在日本留学生と、東京で「台湾青年社」設立。『台湾青年』日本語、隔月刊を創刊。王育徳の『台湾話講座』（全24講）を連載。 黄武東が長老教会を代表してローマ字聖書の全面禁止を不服として行政裁判所に提訴した行政訴訟が敗訴。	
1966	日本天理大学共同専門科目外国語部門で台語授業開始。	「全米台湾独立連盟（UFAI）」設立。
1967	許丙丁『小封神』が東映影業公司により台語映画化。	教育部文化局設立。
1969	国民党が『台湾教会公報』の郵送を「台語ローマ字」の使用を理由に禁止、白話字版『台湾教会公報』（全1050号、第1049・50号は合併号）休刊。 王育徳「閩音系研究」（「台湾語音の歴代史研究」）で東京大学文学博士学位取得。 王育徳が東京外国語大学で台語授業開始（「中国方言特殊研究」）。	
1970	『台湾教会公報』第1051号を華語で発行（華語版「復刊」）。 台湾テレビ局で黄俊雄の布袋戯『雲州大儒俠』の放映開始（3月開始、11月中止）。 丁邦新『台湾語言源流』（台湾省新聞処、新版：台湾学生書局、1979年）。	
1971	「台北語文学院（Taipei Language Institute）」（中華語文研習所の前身）が外国人用台語教材を出版（頼仁声著、涂東州修正『可愛ê仇人（愛すべき仇びと）』[英語解説]、序文は院長何景賢）。	
1973	『台湾教会公報』が月刊から週刊へ。 放送業務監督が文化局から新聞局「広播電視（ラジオテレビ）事業処」に、政策と社会教育宣伝を強化。	

年号	台湾語文学史関係	政治その他
1974	文化局と3テレビ局が「協議」。「1. 各局は昼間の閩南語と国語ドラマを交代で放映する。2.『方言』番組は1日1時間を上限とし、夜と午後に各30分ずつまで。『方言』番組の比率は10分の1を原則に」。 警察が和平郷タイヤル語博愛教会に突入し、民族語聖書・讃美歌集を押収。 キリスト教新旧教共同翻訳の白話字『新約』（俗称『紅皮聖経』）。	
1975	国民党がタイヤル語聖書に続き、警備総司令部が台語聖書と『紅皮聖経』2200部を没収。 李豊明らがニューヨークで「台湾語言推広中心（台湾言語推進センター）」を設立し（3月29日）、『台語通訊』創刊（隔月刊、創刊号は全漢字、第3号から漢羅合用。第4号から『台湾語文月報』に改称）。 鄭良偉が「台湾語文研究会」名義で『台独月刊』第37号に「台湾語文計画草案」発表。台語、客家語による白話文による言語計画6項目の基本原則。 「世界客属総会」設立。	
1976	「広播電視法（広電法、ラジオテレビ法）」施行。第20条「ラジオ局の国内ラジオ言語は国語を主とし、方言は徐々に減少。比率は新聞局が実際の需要により定める」。	
1977	台湾語文推広中心が『台湾語文月報』発行（『台語通訊』の後身、漢羅合用）。 耕莘実験戲団が王禎和の台語劇『望你早帰』（団長：黄以功）上演。台湾小劇場運動の始まり。 陳少廷『台湾新文学運動簡史』（時報）。	選挙不正に抗議する中壢事件。 郷土文学論戦。
1979	黄勁連、杜文靖、羊子喬、黄崇雄、呉鈞らが初の「塩分地帯文芸キャンプ」開催。 『美麗島』創刊。 『陽光小集』創刊。	美麗島事件。
1981	村上嘉英編『現代閩南語辞典』（日本：天理大学お	年末に、行政院文化

年号	台湾語文学史関係	政治その他
	やさと研究所）。表記法は白話字。 台独連盟が「台湾公論報社」設立、7月31日『台湾公論報』創刊（3日刊、発行人：羅福全、社長・編集長：洪哲勝）。 宋沢萊が米国アイオワ大学国際著作計画に招聘。 最後の台語映画『陳三五娘』（歌仔戲映画）。	建設委員会が設立。主任委員（大臣）は陳奇禄。
1984	長老教会編『ブヌン語聖書』。	「台湾原住民権利促進会」設立。
1985	陳建中責任編集による全漢字『客語聖歌集』（客家宣教節大会執行委員会）。 向陽と楊青矗が愛荷華大学国際著作計画に招聘。向陽が「役割——作家と子供心」として台語詩創作について講演。 呉守礼が手書本『綜合閩南方言基本字典』。表音文字による補助文字は改良式注音符号を採用。 台湾大学教授陳金次、揚維哲、李鴻禧らが「西田社布袋戲基金会」設立。	行政院長俞国華「語文法」立法計画中止を宣言。
1986	柯旗化が『台湾文化』（台湾）創刊（季刊、全10号、～1988年9月15日）。 『台湾新文化』創刊（月刊、全20号、発禁第11号、～1988年5月）。 『南方』創刊。 宋沢萊が東海大学で講演「台語文字化の問題」（原稿は『台湾新文化』第5号に掲載、1987年1月）。 彭徳修編『大家来学客語』（聖経公会）。 ロサンゼルスで台湾人初の台語学校設立。	台北市龍山寺で鄭南榕が発起した抗議行動「五一九緑色行動」。戒厳令解除を要求。 1986年党外選挙全国後援会が円山飯店（ホテル）で集会、民主進歩党（民進党）結成。
1987	「台湾筆会（Taiwan Pen、ペンクラブ）」が台北耕莘文教院1階大礼堂で設立大会。楊青矗、李魁賢がそれぞれ会長、副会長に。 宋沢萊『台湾新文化』第9-10号に3万字の台語中篇小説「抗暴个打貓市——一個台湾半山政治家族个故事（暴政に反抗するターニャウ市——中国帰りの台湾人政治一家の物語）」発表。華語版が『自立晩報』（6	戒厳令解除。

年号	台湾語文学史関係	政治その他
	月）に連載。 「台湾語文学会」（台南）設立。趣旨に「ローマ字を検討、台語文字を制定せよ」。 教育部、省教育庁が学童の台語使用処罰を禁止。 『客家風雲』創刊（月刊）、趣旨に「初の客家人地位と尊厳を代弁、奮闘、奉仕する世論の公器」。洪惟仁が客家語で寄稿。 林継雄が「台湾話語文研究会」設立、台語辞典・教材・参考書。 台南市太平境教会に「台湾語文研究会」、成功大学学生が「台湾語文研究社」を設立。「台語現代文書法」の実地学習。	
1988	洪惟仁、黄勁連が創設した「漢声語文中心（漢声語文センター）」（台北）で台語教室が開講。受講生は黄勁連、杜建坊、駱嘉鵬、陳恒嘉、邱文錫、洪錦田、趙順文、黄冠人、陳憲国、呉秀麗、王聖宗、林錦賢、高穎亮、潘志光、徐芳敏、蔡雪幸ら。 鄭良偉編注『林宗源台語詩選』（自立晩報文化出版部）。 成功大学学生が「台語研究社」設立、『小西門』創刊（1991-92 年）。 『客家風雲』第 13 号に「マスクを外せ——客家人母語運動開始」掲載。マスクをした孫文肖像画を表紙に。 客家権益促進会による「母語を返せ」デモ。3 項目の要求「毎日客家語のテレビニュース、農漁業天気予報を放映し放送法の方言制限条項を廃止して保障条項に改正、多様性のある言語政策を採用せよ」。 林継雄編『台湾現代語音辞典』。	
1989	『新文化』創刊（全 21 号、発行人：謝長廷、社長：謝明達、～ 1990 年 12 月 1 日）。 廖咸浩が『台大評論』第 2 号（夏季号）に写稿「『台語文学』の定義——その理論の盲点と限界」（103-14 頁）。 鄭良偉「さらに広い文学空間——台語文学の基本認識」（『自立晩報』本土・文芸欄）。	

年号	台湾語文学史関係	政治その他
	戦後初の台語・言語学専門雑誌『台語文摘』創刊（台語社、～1991年7月15日）。 白話字雑誌『風向』創刊（隔月刊、全18号。発行人：屏東高樹長老教会牧師陳義仁、～1992年9月）。	
1990	黄勁連輯選、鄭良偉編注『台語詩六家選』（前衛出版社）。 「台湾大学台湾語文研究社（台湾語文社／台語文社）」設立。機関誌『台湾語文』が「第5回全国大学生台語生活キャンプ」開催。 李瑞騰「閩南方言の台湾文学作品における運用」（『台湾文学観察雑誌』創刊号）。 「中華民国台湾語文学会」が台湾師範大学で設立大会（会長：曹逢甫、副会長：姚栄松、常任理事：張裕宏、常任監事：張文彬、秘書長：洪惟仁）。 「交通大学台湾研究社（台研社）」設立。 「台湾客家公共事務協会」設立（会長：鍾肇政）。 鄭良光、李豊明ら、ロサンゼルスで「台文習作会」設立（『台文通訊』の前身）。 林継雄が「彰化YMCA」（総幹事：蔡峻銘）で夏季台語教員養成教室開催（2ヶ月コース）。 林継雄が成功大学医学院と高雄医学院で「台語現代文」課程を開始。	3月、野百合学生運動。「台湾教授協会」設立。
1991	初の大学生客家団体「台湾大学客家社」設立。 台湾大学学生サークル「客家研究社」設立。 「蕃薯詩社」が台南神学院で設立大会。機関誌『蕃薯詩刊』刊行。 米国『台文通訊』創刊（月刊、発行人・編集長：鄭良光）。 磺渓文化学会、台湾筆会、台湾語文学会、猟人雑誌社、台語研究会、台湾客家公共事務協会の6団体共同開催の「台語文研究会議」。「台語文字統一標準化」を訴える。 『自立晩報』の文芸欄「自立」で客家語詩特集。 「台湾語文学会」設立。 「淡江大学台湾語言文化研習社（台湾語文社）」設立	国民大会第二次臨時会議が「動員戡乱時期臨時条款」を廃止。

年号	台湾語文学史関係	政治その他
	（初代部長：蔣為文、1994年11月『台湾囡子』）。 「台湾師範大学客家社」設立。 清華大学学生「台語網」メーリングリスト設立。	
1992	『文学台湾』創刊。 『台湾語文学会会訊』創刊。 陳修編著『台湾話大詞典』（遠流出版）。 「学生台湾語文促進会（STAPA）」が台湾大学校友会館で設立大会。初代会長に清華資訊所の楊允言。 台湾語文学会第二次会員大会で「台湾語言音標方案（TLPA）」。 「台湾語文促進会」正式設立。 台湾語文促進会が『台語風』創刊（半年刊、4月準備号、全25号、代表者：呉秀麗、～1994年6月）。 学生台湾語文促進会が『台語学生』創刊（全22号、第1-18号旬刊、第19-22号季刊、～1995年2月25日）。 国家科学委員会が鄭良偉を清華大学語言研究所客員教授に招聘。 初の客家語雑誌『客家台湾』創刊（台北新荘）。 曽正義が莒光国宅と文化カフェで台語ローマ字開講。のちに「台語文写作会」に発展。 初の漢羅合用台語詩集として陳明仁『走找流浪的台湾（流浪の台湾を求めて）』（前衛出版社）。	刑法100条廃止。
1993	国内初の「台文通訊読者連誼会（林森南路連誼会）」が台北豊泰基金会環保部で設立（代表：段震宇、林伶利）。 立法院「広電法」第20条の修正案。 長老教会編『パイワン語聖書』。 「台中台湾語文研究社（台中台語社）」設立。 「客家学生連盟」設立。	
1994	「南鯤鯓台語文学キャンプ」開催。戦後初の台語文学キャンプのテーマは「南方に向かおう」。 陳雷による台語小説集『永遠ê故郷（永遠の故郷）』（台北：旺文社）。	

年号	台湾語文学史関係	政治その他
	台語随筆アンソロジー『楓樹葉仔的心事（楓葉の気持ち）』（台語文摘雑誌社出版、責任編集：楊允言）。 台中台湾語文研究社が雑誌『台湾語文研究通訊』創刊（季刊、全19号、～96年）。 清華大学主催による国際学術会議「頼和文学とその同時代作家」。 鄭児玉牧師が台南神学院社会研究所に台語人材育成のため「台語文化教室」開設。張復聚、呉仁瑟、李文正、鄭雅怡ら参加。 黄元興（台閩語系研究室）が台語講古小説『彰化媽祖』自費出版。	
1995	学生台湾語文促進会編撰『台語這条路――台文工作者訪談録』（責任編集：楊允言、台笠出版社）。 「高中生台湾語文促進会」設立、6月に台湾語文促進会に合併。 「台語文推展協会（台展会）」が台湾大学校友会館で設立大会および届会員大会（執行委員11人）、機関誌『茄苳台文月刊』創刊（全25号）。 台湾台語社（前身は台語社同仁会）が『掖種』創刊準備第1号創刊（主要編集［編集長・責任編集］：陳憲国、林文平）。 東方白『雅語雅文――東方白台語文選』（前衛出版社）。 長老教会野百合団契が『台湾百合論壇』創刊（全9号、～1996年11月）。 淡水工商管理学院が設立30周年および台文系準備のため「台湾文学学術シンポジウム」開催。黄元興、陳明仁、廖瑞銘、楊青矗、臧汀生、陳恒嘉ら論文発表。 淡水工商管理専校学生「台湾文学社」設立（2001年に改称「台湾文化社」）。 江永進がwindows版の台語表音IME開発。 米国・聡美姉紀念基金会が『台湾百合論壇』創刊（全9号、～1996年）。	
1996	「トロント台文通訊読者連誼会」設立。 林央敏『台語文学運動史論』（前衛出版社）。	

年号	台湾語文学史関係	政治その他
	廖瑞銘・陳豊恵ら緑党から国民大会代表選挙に出馬。共同政見「母語を愛するためで、選挙のためではない」。3月、台笠出版社から『生活中ê美感』『愛母語，不是愛選挙』刊行。 『台語世界』準備号（台語世界雑誌社［台中市］、発行人：林光鑫［林時雨］、責任編集：呉長能）。 郷城台語読書会が「郷城生活学苑」設立（～2001年3月、郷城文教基金会が社区大学を設置）。指導者は黄勁連、施炳華、歴代会長：董峯政、陳泰然、藍淑貞、方耀乾、周定邦。 『台湾語文研究通訊』が『台湾語文研究雑誌』に改称（責任編集：荘勝雄）。 『台語世界』正式創刊（月刊、全16号、責任者：游堅焜、～97年）。 陳明仁、陳豊恵、廖瑞銘、北米巡回講演。 『台文BONG報』創刊（月刊、台文罔報雑誌社）。 陳雷『陳雷台湾話戯劇選集』（台中市教育文教基金会） 「5%台訳計画工作室」による台語訳叢書7巻（人光出版社）。 バルセロナ世界言語人権大会「世界言語権宣言」で、各国政府に言語の保護・推進を呼びかけ。	
1997	「北米客家語文教基金会」設立。 「花蓮師範学院台湾語言文化研究社」設立。 「財団法人李江却台語文教基金会」が林皙陽、李秀卿のカンパにより設立、「台湾各族群言語の生命を回復」を標榜。 『菅芒花詩刊』創刊（責任編集：黄勁連、台江出版）。創刊号は「菅芒花若開」。 北米『客台語専刊』創刊（主事者：朱真一、葉台宇、温星甫、邱真）。 「世界台湾客家連合会」が設立し、「共同宣言」で国民党政権に以下の4点を要求。「1. 国内各族は一律平等に保障されるべきであり、各族の言語文化は適切な保護を受けるべきこと。2. 各放送メディアは一定比率の時間で各族言語を流すべきこと。3. 政府は客家話、	

年号	台湾語文学史関係	政治その他
	河洛話（台語）、北京話（国語）および原住民話を台湾共通の公用語と制定すべきこと。4. 台湾各中小学校は客家語を必修正式課程とし、毎週少なくとも二時間を設けるべきこと」。	
1998	『島郷台語文学』準備号（責任編集：陳金順）。 教育部が TLPA 音標系統の「台湾閩南語音標系統」「台湾客家語音標系統」「方音符号系統」を採用。 台北市通用音標案。 「台南市菅芒花台語文学会」が郷城生活学苑で設立大会（初代理事長：黄勁連、理事 9 名、監事 3 名）。 黄恒秋『台湾客家文学史概論』（序文：鍾肇政、客家台湾文史工作室）。 呉国安による全漢字台語小説『玉蘭花』（自費出版、取次：三民書局）。 陳慶洲『文芸維新雑誌』創刊。 『時行台湾文月刊』創刊（歴代責任編集：沈冬青、黄淑恵、尤美琪、糠献忠、時行台語文会［新竹市］、第 17 号から隔月刊）。 1998 年李江却台文賞（第 1 回）。詩の正賞：鄭雅怡、二賞：呉国禎、三賞：林春生。	
1999	『菅芒花台語文学』創刊（全 4 号、～ 2001 年 10 月 1 日）。表紙は許丙丁。 『蓮蕉花台文雑誌』創刊（季刊、全 39 号、歴代責任編集：賴妙華、楊照陽、曾敦香、蓮蕉花台文雑誌社［台中市］、～ 2008 年 10 月 20 日）。 方耀乾による初の台語詩集『阮阿母是太空人（私の母は宇宙飛行士）』（台南県文化中心）。 張聡敏による長篇台語小説『阿瑛！ 啊』（彰化県立文化中心）。 客家人鍾勲邦による母語詩文集『客家人神祖牌的伝説』（人光出版社）。4 篇の台語詩と文章（「彼冥」「主阿, 你在哭」「RF-1004」「那暗, 伊流嘴延」）。 TGB 学生台湾語文促進会が『TGB 通訊』創刊（月刊）。 ユネスコが少数言語・文化の保護を訴え、毎年 2 月	

年号	台湾語文学史関係	政治その他
	21日を「世界母語デー」に（2000年から実施）。	
2000	教育部が「母語教育」を小学校必修科に（週に1～2時間、2001年9月より実施）。 米国『台湾公論報』に台語専門欄「文学園」開設（責任編集：胡民祥、～2002年1月）。 全ローマ字の隔月刊雑誌『Tâi-oân-jī（台湾字）』創刊（全19号、創刊編集長：鄭詩宗、高雄台語羅馬字研習会、～2007年1月20日）。 陳慶洲、陳宇勲、陳育彦編『台語文基礎』（台湾語文科根研究所）。 黄佳恵が修士論文「白話字資料中の台語文学研究」（台南師範学院郷土文化研究所）。 台中の『台湾e文芸』が準備会議。 『菅芒花詩刊』改版、革新号（編集長：方耀乾）。 「民視2000年台語文シンポジウム」開催。 台湾基督長老教会総会が「台湾族群母語推行委員会」。 教育部が「小中学校九年一貫暫定課程綱要」で「本土語言」課程採用。台語を「閩南《ビンナン》語」と呼称。	陳水扁が総統に当選。 行政院客家事務委員会設立。
2001	「台湾新本土社」が台南郷城文教基金会により設立。機関誌『台湾e文芸』創刊号で「新本土主義宣言」（創刊会員34人、創刊者：王世勛、初代社長：楊照陽、編集長：胡長松［華語］、責任編集：方耀乾［台語］、呉尚任［客家語］、前衛出版社）。 『海翁台語文学』創刊（隔月刊、開朗雑誌事業公司）。編集長の黄勁連が創刊の言葉で「台湾人の文芸復興」。 郷城文教基金会が社区大学運営になり、郷城台語読書会が台南社教館に移転し「府城台語文読書会」に。 「台湾羅馬字協会（台羅会、TLH）」が真理大学で設立大会（初代理事長：張復聚、第二代理事長：林清祥）。 九年一貫課程で小学校が「郷土言語」を毎週1時限の必修に。 張春凰、江永進、沈冬青共著『台語文学概論』（前衛出版社）。	

年号	台湾語文学史関係	政治その他
	国語推行委員会が中国語に通用拼音採用。 劉杰岳が Taiwanese Package 輸入法（入力法）。	
2002	国立編訳館責任編集、董忠司総編『台湾閩南語辞典』（五南出版社）。 教育部の主催、師範大学進修推広部の開催で、九一年郷土語言教学支援人員育成コース。受講生が教育部認証の初の母語教師に。 林央敏による台湾文学初の歴史詩『胭脂涙（口紅の涙）』（真平企業出版）。 『Thòa^{n} 根母語文刊』創刊（責任編集：陳廷宣［A-hi］）。 「台湾母語教師協会」設立。 台中馬利諾語言中心（メリノールセンター）による新版『台語英語字典』。	
2003	米国『台湾公論報』が台語文ページ「蕃薯園」を開始（責任編集：林俊育）。 孫大川編『台湾原住民族漢語文学選集』7 巻。 「客家電視台（客家テレビ）」開局。 「台語信望愛」サイト（http://taigi.fhl.net）設立。 「世界台湾母語連盟」設立。	
2005	李勤岸研究代表による「1885-1984 の教会公報における白話字文学資料から台湾文化の特質を検討する」、師範大学術発展処整合型計画による「コーパス、テクストおよび台湾文化史の構築」。 『台文 BONG 報』第 108 号に「台語文学専門雑誌」。 陳秋白が『掌門詩学』の社長に。 『台文戦線』創刊（社長：林央敏、方耀乾、責任編集［編集長］：陳金順、胡長松）。	
2006	林央敏責任編集『台語詩一世紀』（前衛出版社）。 教育部国語委員会が「台湾閩南語羅馬字拼音方案（台羅）」を 10 月 14 日に正式公告（台語字第 0950151609 号）、「白話字と TLPA の統合」。 『海翁台語文学』第 60 号から台羅を採用。 「客語信望愛」サイト（http://hakka.fhl.net）設立。	

年号	台湾語文学史関係	政治その他
2007	『掌門詩学』第46号より母語文学コーナーがスタート。 陳金順、施俊州責任編集『2006台語文学選』（府城旧冊店）。 台湾師範大学台文所所長李勤岸副教授を研究代表に国家科学委員会研究計画「台湾教会公報白話字文献デジタル収蔵計画（1885-1969）」。 呂美親が修士論文「日本時代台語小説研究」（清華大学台湾文学研究所）。 李勤岸研究代表「台湾教会公報白話字文献デジタル収蔵計画（1885-1969）」（国家科学委員会研究計画）。 『台文BONG報』第139号から白話字を「台羅音標方案」に。 方耀乾が博士論文「周辺から多様な中心に――台語文学の主体性確立」（成功大学台湾文学系）。 陳雷の28万字にのぼる長篇小説『郷史補記』（開朗雑誌社）。 李勤岸研究代表「台湾教会公報白話字文献デジタル収蔵計画2（1885-1969）」（国家科学委員会研究計画）。 『海翁台語文教学季刊』創刊（編集長：李勤岸）。	
2009	詩人柯柏栄が釈放。 黄元興による講古小説『紅磚仔厝（赤レンガの家）』（茄苳出版社）。 李勤岸研究代表「台湾教会公報白話字文献デジタル収蔵計画3（1885-1969）」（国家科学委員会研究計画）。 亜細亜国際伝播社とAiriti出版公司により『台語研究』創刊（半年刊、責任編集：蔣為文）。 『首都詩報』創刊（隔月刊、発行人：潘景新、社長：潘静竹、編集長：柯柏栄、主筆：施俊州［報道面責任編集］、林裕凱）。 「台文筆会（台湾語ペンクラブ）」設立大会が台湾文学館にて開催（初代理事長：李勤岸、総幹事：胡長松）。 卓縀による白話字七字仔詩集『一個伝奇発光的生命――百年人瑞卓縀的美讃見証台語詩集』。	
2010	成功大学が「台湾語文測験中心」設立（主任：蔣為	

年号	台湾語文学史関係	政治その他
	文）。 国立台湾文学館にて「台湾本土母語常設展」開幕。 台南市鹿耳門天后宮主催による「第13回鹿耳門文化キャンプ」（台語詩講師：林央敏、方耀乾、胡長松、陳秋白）。 施炳華『歌仔冊欣賞与研究』（博揚文化）。	
2011	『台語教育報』創刊（月刊、創立者：蔡金安、発行人：蔡貞観、編集長：陳明仁、編集指導：李碧珍、責任編集：林杏娥、編集：柯柏栄、廖秀齢、黄之緑、蔡詠淯、真平企業出版）。 国立台湾文学館、国家図書館、台湾文学発展基金会による「百年小説シンポジウム」が台南会場で開催、黄春明「台語文書写と教育の定義とは」。 『海翁台語文教学季刊』休刊（全12号）。 初の呉金徳文学賞に林央敏長篇小説『菩提相思経』（賞金20万台湾ドル）。 李勤岸研究代表による「楊秀卿の唸歌の歌声および歌詞に関するデジタル収蔵プロジェクト」（国家科学委員会研究計画）。 張徳本と台文戦線で「台湾文薈」設立。	
2012	『台文通訊』（全214号、1991年7月1日-2012年1月）と『台文BONG報』（全184号、1996年10月15日-2012年1月）が合併し『台文通訊BONG報』創刊（社長：陳明仁、発行人・編集長：廖瑞銘、副編集長：陳豊恵、テキスト編集：劉承賢）。廖瑞銘「発行人の話」で「言語主体性のメディアを期待する――『台文通訊』と『台文BONG報』合併によせて」。 「国語委員会」が最後の会議を開き国語会は廃止。辞典業務は国家教育研究院、言語政策・教育は新設の「終身教育司」に移管。 施俊州著、周定邦責任編集『台語文学導論』（「台文館叢刊15」、国立台湾文学館）。	

※本年表は主に施俊州『台語文学発展年表』を参考にした。

廖瑞銘

リャウ・スイビン

1955年台北市生まれ。台語文学研究者、専門は演劇分野。中国文化学院史学系卒。徴兵後に中国文化大学史学研究所（大学院）に入学し、碩士（修士）、博士号取得。1995年静宜大学人文科准教授、台語文の科目を開設。1996年台語文を社会に宣伝する目的で、全国国民代表大会代表選挙に環境政党「緑党」から出馬。2005年静宜大学台湾文学系准教授、中山医学大学台湾語文学系教授。前衛出版社の編集長、雑誌『台文BONG報』編集長、台湾語ペンクラブ理事長など。2016年逝去、享年60歳。生涯を台湾語文学の研究と実践にささげた。

酒井亨

さかい・とおる

1966年石川県金沢市生まれ。早稲田大学政治経済学部卒業、台湾大学法学研究科修士課程修了。共同通信社記者を経て、台湾・新境界文教基金会専門研究員。現在、公立小松大学国際文化交流学部准教授。主な著書に、『台湾入門 増補改訂版』（日中出版）、『日本のアニメはなぜ世界を魅了し続けるのか——アニメ聖地と地方インバウンド論』（ワニブックスPLUS新書）、『この国のかたち2020』（エムディエヌコーポレーション）等。訳書に李筱峯『台湾・クロスロード』（日中出版）、陳明仁『台湾語で歌え日本の歌』（国書刊行会）等。

舌尖與筆尖：台灣母語文學的發展 by 廖瑞銘

國立台灣文學館（National Museum of Taiwan Literature）贊助翻譯出版
国立台湾文学館（National Museum of Taiwan Literature）の助成により刊行された。

國立臺灣文學館
National Museum of Taiwan Literature

知《し》られざる台湾《たいわん》語《ご》文学《ぶんがく》の足跡《そくせき》

2020 年 10 月 10 日　初版第 1 刷発行

著者　廖瑞銘
訳者　酒井亨
発行者　佐藤今朝夫
発行所　株式会社国書刊行会
〒 174-0056 東京都板橋区志村 1-13-15
Tel.03-5970-7421　Fax.03-5970-7427
https://www.kokusho.co.jp
装幀　コバヤシタケシ
印刷・製本所　三松堂株式会社
ISBN978-4-336-07156-9